180度
空 白

180 degrees Blank space

李楠 著

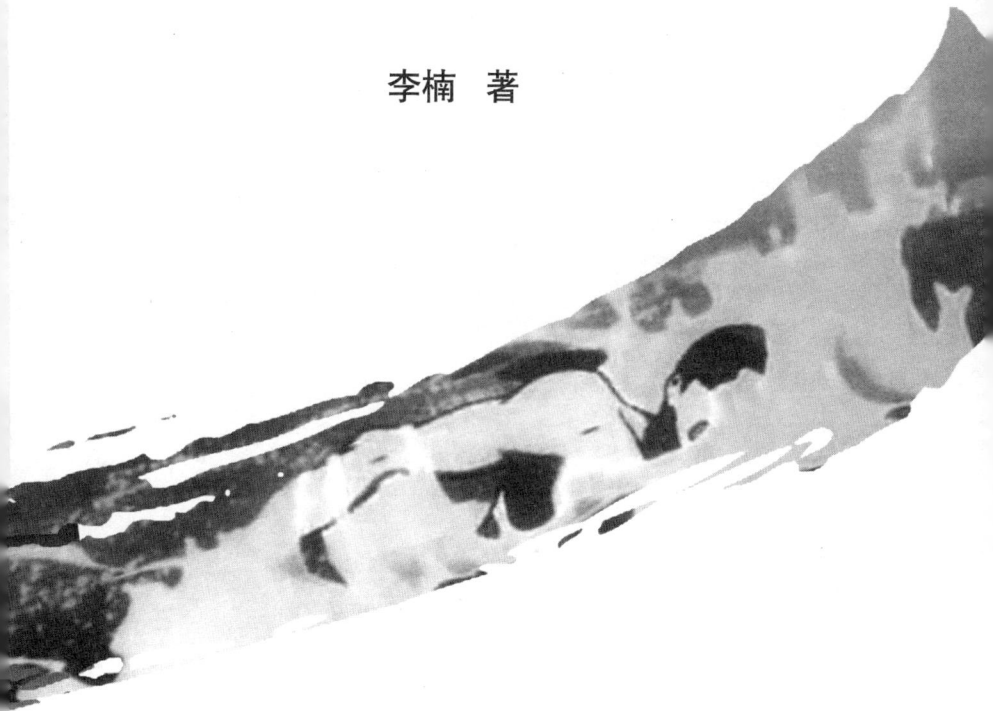

南方出版传媒
花城出版社
中国·广州

图书在版编目（CIP）数据

180度空白 / 李楠著. -- 广州：花城出版社，
2017.8
　　ISBN 978-7-5360-8444-5

　Ⅰ．①1… Ⅱ．①李… Ⅲ．①长篇小说－中国－当代
Ⅳ．①I247.5

中国版本图书馆CIP数据核字(2017)第188044号

出 版 人：詹秀敏
文学策划：屈洪波
责任编辑：张　懿　陈诗泳
特约编辑：王春晓　赵　欣
技术编辑：薛伟民　凌春梅
封面绘图：马玉亭
装帧设计：仙境设计

书　　　名　180度空白
　　　　　　180 DU KONGBAI
出版发行　花城出版社
　　　　　　（广州市环市东路水荫路11号）
经　　　销　全国新华书店
印　　　刷　佛山市浩文彩色印刷有限公司
　　　　　　（广东省佛山市南海区狮山科技工业园A区）
开　　　本　880 毫米×1230 毫米　32 开
印　　　张　8.875　1 插页
字　　　数　205,000 字
版　　　次　2017 年 8 月第 1 版　2017 年 8 月第 1 次印刷
定　　　价　36.00 元

如发现印装质量问题，请直接与印刷厂联系调换。
购书热线：020－37604658　37602954
花城出版社网站：http://www.fcph.com.cn

目 录
contents

楔子

天燥人热，8月的日子，天天泡水里都不为过。

40℃的酷暑，连荷尔蒙都随之升高。看着泳池边痴男怨女的卿卿我我，路过之人不由得心底长毛。心里痒痒也就算了，可有些好事之徒，非要从后背踹上一脚，圆了各位看官的落水梦。随着"扑通"一声，善男信女在入水的一刻，抱得更紧了。

唉，这就对了。

这就是夏天的意义。

这就是泳池的诱惑。

当漂浮派遇到落水狗

伸出大脚的好事之徒便是这个一脸桃花相，满嘴跑火车的凌小马，人称"阿花"。

为啥叫"阿花"？就是看不得女人哭，导致好兄弟杨子的前女友们纷纷投靠凌小马来找安慰。一来二去，安慰变成了暧昧，抚慰变成了依赖，绯闻变成了事实。今天中文系的女生来送饭，明天英文系的妹子送来电影票，没过几天就发现摩托车后座又换了同门师妹……总之，旱的旱死，涝的涝死。而且这些"前女友"虽跟他分手了，却没有半句怨言。但谁又相信凌小马是因为不知如何拒绝，而变成令所有男生艳羡的人间极品呢。加之他爱穿花衣服，故被赠诨号"阿花"。

阿花人好啊，被杨子一忽悠，就各种良心发现。这不，话都没说清楚，就被提溜到游泳馆来。

"这么热的天，你就不能让老子哪儿凉快哪儿待着吗？非得拽着我看一堆裸男游泳！"

被好基友杨子连拽带拉的凌小马显然一脸的不乐意，但还是半推半就地从了，谁让这基友还是他的老板呢，他不当司机谁当！看裸男游泳也就罢了，可最让他受不了的就是前面女子啦啦队花痴般的呐喊声，不就是个男子自由泳比赛嘛，又不是什么超级巨星，至于搞这么大动静嘛。

"喂，你带纸了吗？"杨子捂着肚子，急着去厕所。"都怪你小子，昨天被客人退单，害我把那些外卖全吃了！"

"你一个人把50个串烧虾和80只生蚝全吃了？服！"不愧是刮皮老板，竟然吃独食，活该！"你别看我，我又不是个女生，整天纸不离手，你自己借去！"

急得冒汗的杨子只好向前面的女生求救。他试探性地拍了拍前面女生的肩膀，回头望他的女生虽谈不上惊艳，但在他所结识的女孩当中，绝对算得上清纯，不大的鹅蛋脸，一头利落的齐肩短发，总之两个字：不俗。

"美女，美女，小弟腹里难受，着急去趟五谷轮回之所，可否跟您借个纸？"遇到美女当然还是要装文化人，果然此言一出，纸到擒来，现在不是撩妹的时候，等他调整好状态卷土重来。

"滨大必胜！叶枫必胜！"比赛快开始了，啦啦队也铆足了气力呐喊起来。

"这次我们滨大肯定妥妥会赢！"

"那当然啦，我们叶大男神的本事可不是盖的！"

听她们的口气这么大，倒是让后面无意听到的人对这个"叶大男神"产生了好奇。

"拉死我啦！一包纸都快用完了，还腚疼。我现在对海鲜就四个字：深！恶！痛！疾！"杨子坐定，肚子依然一个劲地咕噜咕噜。"不行，不行，又来了！"说着又跑回了洗手间。等他再回来的时候，已经拉得虚脱了，只好有气无力地仰坐着。

"行不行啊？你小子别再挂这儿了，我看还是去医院吧！"

"不用去了，已经没得拉了，只剩尿了。"杨子一副生无可恋的模样。

突然他转过脑袋，问道："你说，我现在想拉就拉，想尿就尿，要是那些泳池里的帅哥也尿急，那咋办？"

"咋办，那就在池子里尿呗！"

"啊……不可能吧，这么多人，你一泡我一屁的，这池子里都成什么了！不能这么没素质！"

凌小马煞有介事地长篇大论起来："认识菲尔普斯吗？"

"当然，世界著名飞鱼！我认识他，他不认识我！"

凌小马意味深长道："菲尔普斯，我的偶像，曾经有过这样的名言。拿过世界冠军的运动员，哪一个没在池子里尿过。勤奋和小便是成正比的。所以，想拿冠军的第一步就是学如何在池子里悄无声息地小解。"

杨子朝着凌小马的头，狠狠一拳挥去。

"骂人是吧？欺负老子读书少是吧！什么屎尿屁理论，我是不会游泳，那又怎么样！没吃过猪肉还没见过猪跑吗！想学游泳，先学尿尿。这种恶心的理论，也就是你凌小马想得出。"

凌小马不依不饶："看看，告诉你秘诀，还狗咬吕洞宾。以后有你后悔的时候。"

"滚滚滚！"

……

一场毫无营养的对话，却被这两个人谈得津津有"味"。前面几个助威的女孩子听到这番话可就不淡定了，他说的所有岂不包括了她们的男神！她们男神是何等完美的人啊，不但泳技绝佳，为她们滨大屡次斩获大奖，而且最为关键的是他人长得帅啊，几乎所有见过他游泳的女生无不垂涎于他俊秀的脸庞。当然这样的好皮囊还要归功于男神爹妈优良的基因，当年响当当的"跳水皇后"汪海海便是他的母亲，父亲更是大有来头，是滨城叶氏集团的董事长叶孤城。生长在这样优越的家庭环境中，他不但没有一丝豪门公子的浪荡习气，反而全身散发着一种刚劲与蓬勃之力，让人根本无法将他与任何不堪的词汇放在一起。

"话不要说得这么满，同学，你怎么知道所有的运动员都跟你一样这么没素质呢！"刚刚借纸的美女回头反驳，一看这种满头黄毛的家伙就知道人不怎么正经，本来懒得跟他理论，但是男神的尊严不得不捍卫。

"我没素质？哈？"他还想理论，可此时广播声响起："运动员准备入场！"成功地将所有人的目光都转移到赛场上。一个个散发着青春荷尔蒙气息的雄性穿着清一色的紧身泳裤登场，个个八块腹肌，倒三角的黄金比例，看得台上的女同胞们血脉贲张，沸腾尖叫。尤其是叶枫上场的瞬间，女生们周围的空气仿佛都凝滞了。叶枫自带光环特效，一上场便俘获了众多女孩子的芳心，其中不但有本校的，就连滨大的死对头体大也来了许多专门看叶枫比赛的女生。

"Take your mark"，一声鸣笛，选手们如飞鱼般迅速入水。4号泳道的滨大选手陈旭，是第一棒仰泳，他动作流畅，速度飞快，在第一个转身位就赶超了第二名半个身位。就在陈旭触壁的一瞬间，第二棒蛙泳的方永健腾空而出，更将距离拉至一个身长。眼看着优势愈加明显，第三棒的彪哥自信满满地跳入水中，开足马力潜泳，谁知在转身触板时过于猛烈，翻转有些失衡。现场气氛开始紧张起来，岸上的叶枫屏息张望着，幸而在抵达之时仍然独占鳌头，观众席上一片雀跃。

"吓死宝宝了！"阿萌长舒一口气。"怕什么，有什么闪失还有叶枫的最后一棒。冠军肯定是我们的！"朱迪对叶枫的能力充满信心。这种信心并不是无凭无据的，去年校联赛，在滨大前三棒落后一大截的情况下，叶枫依然能力挽狂澜，创造奇迹，这次更不在话下。

果然，第四棒自由泳的叶枫一下水便犹如一条剑鱼，锋利、速度、自律。随着叶枫触板的一瞬间，全场被点燃般沸腾起来，滨大4分32秒20！创造了全省大学生运动4×100米游泳接力赛的最新纪录。

在众人的欢呼声中，有一个人还镇静地、目不转睛地看着现场。杨子以为他魔怔了，拍着他说道："你还傻看着干吗？比赛结束了，还算精彩，不然老子白坐这儿受煎熬了，走吧！"可是，他依旧坐着不动。"我知道了，你肯定是看别人游泳，心里痒痒了是吧？你就是一辈子靠水吃饭的劳碌命，我劝你干脆就遂了凌大女神的愿，去海洋馆工作吧。"

"还没有结束。"他冷不丁来一句。

"你说什么？什么还没有结束？"

"比赛还没有结束，成绩有问题。"

"啊？！你怎么知道？"杨子对他的判断很是意外。

恰在此时，广播响起："滨大4×100米游泳混合接力赛在第三棒蝶泳环节中，选手潜泳距离超过15米，故取消滨大全队成绩。本届4×100米混合接力的冠军是5号泳道的济庆大学，成绩是4分35秒23。"

滨大的学生愣住了，紧接着全场一片哗然。

"这不可能！裁判肯定是搞错了！"

"就是，就是！我看这帮裁判人老珠黄的，就是嫉妒我宝宝颜值高。"

"目测超出0.5米，实际可能超出0.8米，队员的求胜心太强，啦啦队的素质太低。"说完，阿花便转身离开。

"你别走，小黄毛！说我们素质低，你自己又好在哪里？"之前没怎么想搭理他，现在反被他将了一军，体内的"火药桶"瞬间被点燃了。当她追出去找他理论时，只看见一辆粉红色的小摩托绝尘而过，上面分明坐着那个小黄毛和痫疾男。

此时，广播传来最后的判决："经边裁多方确认，滨大队在蝶泳赛道中潜泳距离超出规定距离0.8米，故裁决比赛成绩无效。"她没想到竟然真的让那个黄毛猜中了。

"滨大犯规0.8米断送冠军之梦"的新闻很快就传遍整个滨城。平日吊儿郎当，不学无术的凌小马竟能猜得如此准确，这一点连杨子也没料到。这家伙平时对读书学习等事一概"硬不起来"，唯独目测胸围技能，那是无人能敌。要说凌小马是熟能生巧吧，杨子的"实战量"比他更胜一筹，莫非是天赋异禀？

"我去，还真让你给说中了！那头大蛮牛真的是犯规0.8米。你是怎么看这么准的，你小子不是近视加散光吗？"

杨子话音被日版的娇喘声遮盖，一个女孩穿着清凉比基尼来回跑动，一对呼之欲出的胸器也跟着上下摇动，凌小马站在显示屏前，眼部戴着个黑匣子，两只手微微朝里弯曲，在空气中一前一后来回扑，全然没有注意到身边多了一个杨子。

被忽视的杨子只好悄悄挪到凌小马身边使大招——凑近其耳边吹一口暖气。沉浸在温柔乡中的凌小马，耳边突然来了这么一股气流，顿时起了一身鸡皮疙瘩，两肩下意识耸起自卫，此时再次凑过来的杨子随即被逮了个正着。

"好你个'春风拂面'，大爷也给你来个'猴子偷桃'！"凌小马一手取下黑匣子，一手紧紧钳住杨子的脖子。杨子见自己处于下风，反抗无用，赶忙嬉皮笑脸道："哎呀，我也是怕你精尽人亡嘛！"

"少来！我全身发情细胞都被你赶跑了！"小马一脸不爽，伸手就要对杨子施以"酷刑"。杨子只好忍痛割爱："大不了这VR眼镜多借你两周！不过咱说好，两周一到……"

未等他说完，凌小马已腾起身重新启动游戏去了。这样一来正合凌小马心意，自从杨子带他打开了"VR乳摇"新天地，他通过亲手拨弄波儿，目测妹子胸围的技能又有了提升。反正杨子那小子没有这灵性，这个VR眼镜放他那儿也浪费，再多讹他几周，物尽其用！

杨子一看凌小马那得意样儿，当即后悔刚刚自己为何要屈服于他的淫威下，但事已至此，只好作罢。眼下还是取经要紧，"话说，你不是千里眼火眼金睛吗？昨天看台上跟我们呛声的妞，你给目测一下，什么杯？"

凌小马头也不回，语气里尽是神气："绝对有C！我这眼神那么贼，一看一个准！"

　　杨子一手撑着脑袋卧躺，一手不自觉比画着C杯的造型，懊恼道："为何我老是没法看穿？你小子也不教教哥们，不够意思啊！"

　　凌小马神秘微笑着勾了勾手示意杨子过去，杨子以为终于可以取到真经了，屁颠屁颠凑到小马跟前一脸虔诚地洗耳恭听，但等待他的却是——震疼耳膜的呐喊。

　　"你他妈的使诈啊！你给我等着！"杨子揉着耳朵骂道，而凌小马已在成功"复仇"后溜之大吉。

　　凌小马从小生长在滨城渔村，在海水里泡大，对海有着天然的敏感和喜爱。高中三年，每年暑假他都会选择不同的海滨城市感受不一样的水感。海南的水，大气潮热，在40℃高温下，总让人有喷火式的冲动；西沙南海，神秘而安静的水感，每一次下水，都会游出不一样的体验；胶东半岛，干燥沉淀，粗糙的水质，挑战着游泳者水中的技巧。在泡过各海域海水后，凌小马得出结论：不同的海域孕育着不同的水感，就如同不同地域养育着各色美女一般，环肥燕瘦，却有着各自不同的美。而征服一片海域的体验和俘获一个美妞，过程如此相似而令人着迷！在凌小马的世界里，游泳和泡妞二者缺一不可，他成天离不开那紧身的四角泳裤，这和他改不了泡妞的本性是一脉相承的。

　　在泡妞方面凌小马已然是"老司机"，但他万万没想到自己在这个夏夜竟然会迎来第二春。夜晚是夏日最舒适的时段，闷热的空气伴随落日散去，窗边不时吹进阵阵凉爽的夜风，疲倦了一日的人们将自己交给舒适的大床，让它带着自己去畅游奇妙的梦境。即使是高考落榜，宅在家过着黑白颠倒生活的凌小马，也不会轻易放过这美好的酣睡时光。凌小马鼻鼾阵阵，身旁的边牧犬似乎习以为常，它此时正目不转睛地盯着电视上郑多燕的健身舞，硕大的尾巴跟着音乐不时摆动，扫过凌小马的脸颊，但这熟睡中英俊的面庞竟如雕塑一般毫无知觉。直至一阵电话铃声在屋内骤响，边牧犬熟练地冲到电话机旁，不一会儿就把电话叼到了主人的耳边。昏睡中的凌小马，迷糊地接通电话。

电话里传来杨子的声音："小马，帮哥一忙，送一单到知育路5号，我这边忙，走不开！"

"嗯。"凌小马含糊地答应。随后，背景声便传来一嗲嗲的女声："杨哥，干吗呢？快来啊！"

"喂，你别忘了！微信上我已经收钱了。知育路5号，2点前送到哦！"还没等凌小马反应过来，电话已经挂断。

凌小马转过身又睡去，但边牧犬朝他身上腻味，伸出大舌头将他的脸上下舔了个遍。滑溜溜的口水伴随着狗的喘息声终于扰醒了凌小马，他呼地坐了起来，用手胡乱擦了下脸上的口水。他咬牙切齿地抱怨见色忘友的杨子，这丫的肯定是耐不住寂寞"翻云覆雨"去了，就会留"打夜工"的苦活给他。但抱怨归抱怨，谁叫人家是杨记烧烤店的太子爷呢，俗话说吃人的嘴软，自己家那位女祖宗常去人家那儿"扫荡"，她的饭钱还不是得由他凌小马来还。

凌小马揉了揉自己惺忪的睡眼，打了两三个哈欠后意识渐渐清醒，边走出门边朝边牧犬一挥手："二毛，伺候！"

二毛迅速叼来了车钥匙、烟、火机、游泳镜，凌小马满意地接过所有装备，帅气地一甩头，拉上冲锋衣并戴上泳镜，手指还不忘拉开泳镜后面的弹性胶带，让它"啪"的一声紧扣脑后。待这一系列动作完成，随即脚踩着油门直奔杨记烧烤店。

烧烤店门前的摊子全坐满了，凌小马寻思着这"馋嘴夜猫"可真不少。吃宵夜的男女不时朝他这边望，停在门前的凌小马表现欲顿时达到了"高潮"，他朝车镜看着自己的"盛世美颜"，享受着"万众瞩目"之感。

伙计不一会儿就送出了两大袋外卖，凌小马顿时傻眼："什么人叫这么多？"

"咱家太子爷接的单，谁敢问。"伙计摊开双手做无奈状。

"杨子这小子就会接些乱七八糟的滥单，这次不知又会整出什么幺蛾子。"

店伙计打趣："别管什么幺蛾子，太子爷不是有您这么个好兄弟罩着嘛！"

"别，别捧！这次绝对是最后一单，明天我就去海洋馆上班了。"

"这么说，您终究还是从了凌大女神啊！"

小马叹气："别提了，人在江湖，不得不从！哎，能不叫她女神吗？都34了，还女神，隔壁家经常说她是女神精病。你今晚看到女神精病啦？"

伙计大笑，"待了一阵就走了，估计奔下一场去了。"随即他拿出账本，正想要与凌小马算下账："小马哥，女神的饭钱？"

凌小马见状，摆摆手："老规矩，扣这次外卖车马费，多退少补。"

伙计无奈地摇摇头，在凌小马名字后一连串"正"字下又添了一笔。

　　在两大袋外卖的"重压"下，本欲轻装上阵的凌小马，最后只得如负重的矮马般缓缓前行，生怕一不小心就把外卖弄泼了。哈雷般的鼓噪声中，是他一米八的大高个骑着粉色的女士轻骑摩托的身影。

　　凌小马终于来到了知育路5号，原来是一所废弃的学校，黑夜中，高耸的校门显得格外阴森。大门紧锁，凌小马透过栏杆朝里面望去，一片漆黑，几栋毫无光亮的教学楼，鬼影幢幢。

　　凌小马自言自语："什么鬼地方，连个人影也没有。"

　　正待他转身离开，一阵风刮过，突然听到"咔嚓"一声，学校大门竟然自动打开了。凌小马看着半敞的大门，紧张得咽了咽口水。他迟疑半晌，往后退了几步，但看着手上两大袋外卖，就这么回去也实在不好交差，最后虚荣心战胜了恐惧，他还是挺了挺腰板跨进了学校。然而就在凌小马两脚都踏入校门的时候，身后的门突然被狠狠关上了，惊得凌小马一身冷汗。

　　他快步穿过漆黑的走廊，嘴里暗骂："杨子，老子要是今天折在这里，做鬼也得找你垫背！"

　　正高度紧张的时刻，凌小马的手机偏偏响起，他被吓得骂娘，掏出刚想要接，手机亮光又突然消失——没电了？而一抬头，凌小马顿时感觉头皮一阵阵发麻——走廊尽头破败的感应灯，在刚刚手机声的惊扰下，竟然在鬼闪。三十六计，走为上计，他掉头往回跑，但边跑边回头，总担心背后那只黑手就要朝他逼近，结果一路上被各种横在走廊上的破桌椅磕碰，疼得他倒吸了好几口凉气。然而此时他却顾不上这些，只想寻到来时的大门。

　　正当惶恐忐忑的时候，凌小马发现不远处有道虚掩的门，"阿弥陀佛",他模仿平日姥姥拜神的动作,伸出手在额头和肩两侧分别点了点。是福不是祸,是祸躲不过!凌小马上前用力推开门,突然眼前一片光亮。凌小马被刺眼的白炽灯,闪得眼前一片昏白。再睁开眼时,眼前竟是一个巨大的室内游泳馆,里头竟有10来个人在训练。众人一见陌生人突然闯进,便齐刷刷聚集向"外来物种"逼近。

"我这是跑得了和尚,跑不了庙啊。"凌小马一边苦笑嘀咕,一边紧贴着门往后退,却没料想一个趔趄没站稳,滑了一下一屁股坐到地上,手上的外卖也"啪啦"散落一地。

再抬头时为首的男子已伫立在凌小马跟前,凌小马仰视他,才发现此男子正是前几日赛场上犯规的滨大大蛮牛,那么……凌小马的大脑高速运转起来,他用自己的一套游戏理论分析眼前的战情:身高1.93米,出拳斜角37.8度,从紧实的肱二头肌目测出拳力度达175pa,相当于两块3厘米厚的木板同时达到人颅骨的帕级数。如袭击上部,恐没有破绽。腿长有1.2米,但腿部肌肉略有松弛,左脚踝偏大,疑似左脚踝有常年旧伤,攻破点就在左脚踝上,一击致命。

凌小马还在琢磨突围时,大蛮牛突然一个俯身,一身浓烈的药酒味朝他迎面而来。凌小马下意识伸手去挡,却扑了空。他惊讶环顾,才发现大蛮牛此时蹲在地上从一堆狼藉散落的外卖中,挑出几只椒盐口味的串烧虎皮虾送到了嘴里,并还陶醉得闭上了双眼。见此情景,凌小马暗忖:原来是个贪吃的主,这回好说了。

"哥!您真识货,整个滨城咱家的串烧虾可是无人能及。"

大蛮牛不怀好意地瞪了凌小马一眼:"你还好意思说。我们十几号人训练了一晚上,就等着这一口宵夜补充能量,你说吧,怎么解决?"

凌小马赶紧点头哈腰赔不是："我带你们去店里吃个痛快，我买单！这都半夜1点了，练下去也是疲劳，就算想夺回冠军，也不能急于一时。"

一听到"冠军"二字，大蛮牛仿佛被刺了一刀，当即一把将凌小马推开："说什么呢你！什么夺回冠军不能急于一时，你到底是什么人？"

"我呢，就一游泳爱好者，我看过你们那场比赛，游得不错，但唯独你……"说到游泳，凌小马立即来了精神，一张嘴巴就停不下来。

"我怎么了？"大蛮牛直接冲上前，鼻尖几乎顶到凌小马的额头。

"你就是太焦躁，要我说裁判那是正常判决，根本没有针对你。我在看台上就已经发现你潜游的距离问题，最少要超出个0.5米。唉，要不是你太过于自信和急于求成，冠军是稳拿的！"

见凌小马如此嚣张，大蛮牛忍无可忍，朝着他的鼻子一拳下去。凌小马再抬头时，鼻孔下已挂着两条血痕。他环顾四周，肌肉结实的队员们已将自己围了个水泄不通，看这架势，凌小马决定以退为进，好汉不吃眼前亏！他赶忙赔笑脸："各位帅哥，我这人嘴特臭！老爱说实话得罪人，各位大人不计小人过。"

赔礼间隙，人群中出现一男子，虽没有大蛮牛的海拔，却也是身形高耸，肌肉线条分明，标准的倒三角游泳健将。下身着黑灰相间的游泳紧身长裤，更拉长了整个身体的比例。他从泳池上岸的一瞬，抽掉泳帽和泳镜的束缚，一头微卷的头发，蓬松自然。高阔的鼻尖上挂着水珠，深邃的眉宇间夹杂着一丝愁倦。男子一出现，人群中自然让出了一条通道。

凌小马从上到下审视着眼前这个重量级的人物，心里有了答案：看来这个才是他们的老大，应该也就是那天啦啦队女孩们疯狂追求的男神——叶枫，也不过就如此嘛。虽然嘴上不想承认，凌小马却紧盯了叶枫良久。

直到叶枫发声："你的意思是说，因为你说了实话，我们就为难你了吗？"他的声音不大，字句却很坚定。

凌小马邪魅地笑答："这实话啊总是赤裸裸地带着点血腥味，听到的人难免会冲动，闻到的人难免会不好受。这种滋味我能理解。"

"你不是专业运动员，我可以容忍一个观众的无知。潜泳距离并不是一个专业运动员的职业属性。它是跟运动员的身高、体重、腿部肌肉力度、蹬踏触板的材质温度等因素有千丝万缕的关系。你看到的只是一个0.5米的距离，而这背后包含的质量和密度，是你这种凡夫俗子无法理解的。"叶枫虽然没有表面盛气凌人的态势，但他斯文儒雅娓娓道来的语调，字字锱铢。

凌小马出神了一会儿，大伙以为叶枫已将他的气势打压下去。没想到他过了一会儿随即恢复伶牙俐齿："素闻叶老师您是整个滨大的神话，真是百闻不如一见。您一向是个公平、公正、公开的好男神。那您说说刚才您的队友这一拳打在我脸上，到现在还冒着血，这又怎么解决？"

叶枫看了大蛮牛一眼，大蛮牛灰溜溜地低下头。叶枫自知是自己人理亏，但又不想让这小子如此嚣张，转向凌小马说道："那好，之前的一笔勾销。既然你对我们的职业技能比赛和比赛结果都有非议，我看你对游泳也不陌生，那我们就用一场游泳比赛解决所有恩怨。你看怎么样？"

跟我比游泳？凌小马心里窃喜，立即应战："还是叶老师爽快！但我有个要求，游泳不变，但我要比100米自由泳。若我赢了，打我一拳的哥哥得向我道歉。"

大蛮牛一听笑了："小子，我可是去年全省200米自由泳亚军，你跟我比自由泳？还想赢？"

凌小马不理会他的嘲笑，倒是轻松自如地做起了准备运动，并不自觉地又给大蛮牛补上了两刀："男神，不是，枫哥，据我观察，这位大哥的左脚踝是有旧伤的，这种情况下参加比赛，多少会影响比赛结果。我做事从来不吃亏，也不会乘人之危，你看看要不要换其他人比赛？"

"怎么你还可怜起老子啦？老子就算用手划水，都赢定你了！"大蛮牛一听急了，指着凌小马要下战书。

叶枫蹙起眉头："左脚的伤不是早就好了吗？最近又复发啦？你跟我说实话，省赛是不是也是因为左脚才失误的？"他走近大蛮牛身边低声问道。

"你别听那小子胡说，我没事，他这是扰乱军心！"说着，大蛮牛还不忘在叶枫面前剁了剁左脚。待叶枫低头观察，大蛮牛朝旁边的队友神秘地使了个眼色，队友离开。

叶枫看了看，还是不放心他的旧伤，找来现场的队医检查。凌小马这才发现原来那天跟他呛声的C杯女孩竟然也在。凌小马看着女孩走近，忍不住调侃："想不到你还是队医呢！"

C杯女孩，名叫朱迪。轻盈短发，英姿飒爽；高挑身材，衣服架子，穿衣品位极佳。这双水汪汪的大眼，连睡觉时都半睁，忽闪着悠长的睫毛。

朱迪一看，刚想问这黄毛小子怎么会出现在这儿，但话到嘴边又咽了回去，想起那天的呛声，她感觉这种人精还是少惹为妙。她随即白了凌小马一眼："你想不到的还多着呢。"接着便不再理会凌小马，给大蛮牛做检查去了。

凌小马在一旁等着也无聊，研究起了跳台。他来回走了一圈，竟然一屁股坐了上去。谁知跳台上有水，结果一个没注意，顺势滑下水去。大蛮牛和周围队友见状，捧腹大笑。凌小马狼狈爬上岸，朱迪刚好走到岸边，向其伸出手。凌小马有些意外，仰视下，才发觉这妞好正！灯光的映衬下，她皮肤白皙，俯身时事业线呼之欲出，这轮廓一看妥妥的D啊，这这这，深藏不露，第一次竟逃过了他的法眼！凌小马下意识地吞了吞口水。

朱迪的声音此时在他身边响起："请停止你的龌龊想象。赶紧上来！"

凌小马这才从意淫中回过神来，紧紧抓住她的手。朱迪看到他的"落汤鸡"样，不禁笑了，而这一浅笑正击中了凌小马那怦怦直跳的小心脏。

"行不行啊你？他们可都是省内前几名的高手，不行就别逞强！"朱迪看着眼前瘦高的凌小马调侃道。

凌小马拧干湿衣服，不以为然："真正的男人没有行不行，只有强不强，知道吗？不能随便说男人不行。"

"懒得跟你贫。反正到时候死的是你，跟我没有半毛钱关系。"

尽管朱迪语气里尽是嫌弃，但凌小马却在里头听出了一丝丝的关心。他可是给点阳光就灿烂的"老司机"啊，这样的大好机会他怎么能错过……

"哎，等一下！"凌小马叫住正要离开的女孩。

"后悔了？现在放弃……"

还没等朱迪说完，凌小马一个箭步从后面抱住了她。

"你发什么神经？"朱迪两手抓住凌小马的手腕拼命想挣脱。

凌小马此时在她耳边说了一句话，朱迪的脸唰的一下变得通红，停止了挣扎，喃喃自语："怎么办？"

凌小马迅速脱下了自己身上的湿衣服，一把裹在了朱迪腰间。虽挡住了她的裙子，但衣服还在往下滴水。朱迪本以为他瘦高个子会是干扁单薄的身材，却未想到他身上肌肉凹凸有致，紧致厚实，仔细数来竟也有八块腹肌。她盯着凌小马赤裸的上半身脸越发通红，只好低下头掩饰她的紧张尴尬，但这一低头反倒让她"扑哧"一声笑出声来。凌小马健硕有型的上半身下居然是一条印有小黄鸭的四角泳裤。

"贱人！"朱迪不自觉脱口而出。

凌小马坏笑道："但凡贱人都有内涵，英雄才败絮其中。"

周围的人都不知道他俩发生了什么，一阵疑惑。叶枫看着凌小马对朱迪的一举一动，不由自主地想要中断他俩之间的互动，他当即叫唤："朱迪，你过来！"

凌小马一听，笑嘻嘻打趣："原来你叫朱迪啊！那我也把自己大名跟你报备下，我叫……"

"凌小马，我知道。"朱迪想都没想脱口而出。

"你那么关注我？莫非你……"凌小马一阵狂喜，赶紧刨根问底。

　　但朱迪只是睥睨了他一眼，然后对远处的叶枫尴尬笑了笑，转身就往洗手间里跑。可她跑到一半又折返到凌小马身边。凌小马以为她害羞，赶忙安慰："没事，看不出来！"

　　"你听着，前脚掌扣在跳台面边缘部位，双手拉紧台面扣手位。左脚在前，右脚半弓蹬踏跳台。转身位一定要双手触壁，再翻转蹬踏，记住啦！"

　　凌小马半天才反应过来朱迪说了一堆起跳的动作要领。他有些感动，但又不知怎么表达，只好立定踏步，给朱迪敬了个军礼："贱人明白！"

　　朱迪莞尔一笑，再次奔向洗手间。凌小马暗自庆幸自己的小聪明，这让他与C杯的妞不仅有了身体上的接触，还让她对自己报恩了。

　　"到底还比不比啦？我看你扯这么久，无非就是拖延时间嘛！"大蛮牛在一旁等得有些不耐烦了。

　　"谁不比谁是孙子！"受到朱迪指点后的凌小马似乎得到了鼓舞，他犀利的眼神瞪向大蛮牛。

　　大蛮牛暗自偷笑，再次与之前那队友眼神交流。待队友点头，他才走上跳台开始做热身运动，扩胸、踢腿、拉伸动作……一旁的凌小马则试图按照朱迪提示的动作要领征服起跳台，可毕竟没有受过专业训练，他看着这么个方寸大小的斜面台，竟不知如何下脚。最后只好偷学大蛮牛的样式，不协调地左右摇摆。

　　看到凌小马迟迟没有做好起跳准备，叶枫实在看不下去了，走到他身边，指了指自己再指回他："我教你起跳，你看着学！"大蛮牛见此情景，惊讶而不解："小枫，你管他干什么？胳膊肘怎么往外拐？"

"我们只看结果，不看那些起跳转身的细节，你只要手脚同时把住起跳台的边缘，方便自己蹬踏入水就好。"叶枫并没有理会大蛮牛，手把手地教凌小马起跳。

凌小马对叶枫谄媚地笑："谢了，我开始对你有好感了。"

"我没有。"叶枫还是一如既往的冰块脸。

叶枫教学的同时，远处一个队友正一个劲地跟大蛮牛打手势，大蛮牛装作没看见，但叶枫倒是完全看在眼里，他不由得皱起了眉头。而游泳馆入口处，也不知何时多了个身影。

预备的哨声重新响起，凌小马和大蛮牛再次站到了起跳台上，蓄势待发。在叶枫的指导下，凌小马进步神速，他有模有样地学着起跳动作，上身弯曲，小腿有力地蹬紧起跳台。戴上泳镜的那一刻，不忘弹拉一下泳镜的橡胶带。举手投足之间，都透着一股游泳老将的味道。

大蛮牛似乎被场外猪一样的队友扰乱了心情，他并没有注意到凌小马刚刚的举动，看到队友还在对自己使眼色，内心忐忑不安。

随着比赛哨声吹响，大蛮牛和凌小马几乎同时飞跃入水。凌小马的腾空曲线，堪称完美。从侧面的角度望去，竟然比彪哥还要高出一个5度角，这让一旁观战的叶枫有些犹疑：泳裤做底裤，起跳如此高度，难道他也是职业选手？

大蛮牛干净利落地入水，悠长的手臂向前延伸，似一条飞鱼般在水中蜿蜒。凌小马也紧跟着入水，只听到"嘭"一声，凌小马全身拍打在水面上，溅起巨大的水花。岸上观战的人群中发出一阵阵嘲笑般的骚动。本来还有些担心的叶枫，长舒了一口气。

凌小马觉得整个胸部火辣辣地疼，他强忍着潜入水中，边游边暗骂：谁发明的起跳台，疼死老子了！但骂归骂，这疼可不能白挨，凌小马快速从水中潜出水面，紧追大蛮牛身后。他俩入水虽落下近一米的距离，但几个展身动作之后，这差距就只剩半身距离。岸上的队员们看着凌小马迅猛的冲劲，开始为自己的队友捏把汗。眼看转身触壁已到，大蛮牛率先转身，但随之传来的却是一声惨叫。只见池壁周围的水下散开红色，大蛮牛靠在岸边，痛苦地呻吟。所有人随即赶到池边，快速将他拉起到岸上。只见他脚底鲜血直流，再凑近些便可以看到前脚心有颗钉子立在里头。

"这怎么回事？怎么会有钉子？"叶枫带着质问的口吻。突然，他脑海闪现了比赛前队里的小方鬼鬼祟祟比着手势的场景，他环视周围人群："小方去哪里了？"

就在问话间，一身影消失在大门口。大蛮牛看到叶枫反应，自知事情败露，扯着叶枫说："小枫，你听我解释……"

"你够了！省赛失利我没有怪你，我们是一个团队，有责就要一起扛。可你呢？不但没有反省自己，还各种责怨旁人。今天你贸然出手打人，就算是为了团队挣回面子，我也可以理解，可你不至于用此龌龊的伎俩。你知道我最讨厌在背后下梗。"

大蛮牛的脸一阵青一阵白，试图辩解："我……"

"你到现在都没明白我的用意。一次失利有什么关系，我们还可以在40天后的省运会上争回冠军。可你意气用事，尽干些损人不利己的事情。现在害人不成反而伤了脚，你说怎么进行接下来的集训！"

队友们见到叶枫叨叨不停地训话，知道他是真的动怒了，都默不作声。而凌小马似乎也听出了些头绪，他打破了尴尬的静谧："我这算是有些明白了，原来这头大蛮牛是想害……"

"你给我闭嘴，还没轮到你说话！"叶枫打断了他的质问。

大蛮牛还是不服气："我咎由自取，我认了。可省赛那次，是……裁判误判，我不服。"

"服不服都已经尘埃落定了！"叶枫不自觉地提高了音量，他实在是忍不住想要用锤子锤醒他这一榆木脑袋的队员。

凌小马见到叶枫训斥大蛮牛的模样甚是暗爽，不忘添油加醋跟着起哄："就是就是，判都判了，你还能重改历史？再说了，你真是犯规了，我亲眼看到的准没错。到现在还茅坑里的石头——又臭又硬！"

叶枫本已气上头，还被凌小马这一火上浇油，立刻就有了燎原之势。他转头狠狠瞪住凌小马："还轮不到你来评判！如果你质疑我们滨大游泳队的水平，我来跟你比一场！"

凌小马当然不愿再次比赛，刚才那一跳他的胸脯还在火辣辣地疼。他试图推托比赛，但突然被人从后面揪着耳朵。他疼得吆喝："哎哟喂，哎哟喂！"

凌小马斜眼一看，原来是C杯小妞，连忙赔笑："姑奶奶，我是哪里做错啦？"

"你个贱人，敢骗我！还说什么好姐妹来了！你大姨妈才来了呢，你个死变态！"朱迪忍不住破口大骂。

凌小马自知诡计败露，不敢造次。周围的队友一听这话，想笑也只能捂嘴憋着。

朱迪看大家偷笑，更来气："笑什么笑，潮涨潮汐，这叫作生理期。都没上过生物课吗？"

叶枫把大大咧咧的朱迪拉到一边，低声地说："这种事不害臊啊，到处嚷嚷。"

"那小子骗我！一把从后面抱住我，说什么你好姐妹来了，他就是个贱人！"

叶枫拍拍朱迪的背："好了，我来对付他。你先去给阿彪看看他的脚伤。"

"啊？彪哥又怎么啦？"朱迪一脸疑惑。

凌小马接话："彪……哥……可真是彪悍啦！他啊，就是搬起石头砸自己的脚。"

但换回的又是朱迪的一顿臭骂："贱人，你别太嚣张，你……"

叶枫劝阻朱迪，示意她先过去检查彪哥的伤口，自己则对凌小马板着脸，道："从你踏进游泳馆那一刻，麻烦就没停过。咱们的梁子算是结下了。今天你想走出游泳馆，必须得跟我比一场。"

小将使诈，这回派了主力出场，这一晚上还能不能消停一会儿？凌小马还是摆摆手表示不愿再应战。叶枫仍然不依不饶："你屡次挑战我的团队，我有义务回敬你一番，也是给我的队友们做个表率。这次游泳你可以不起跳，不转身，只游直线距离。"

凌小马看着叶枫一脸认真与执着，想想自己竟然也能有被如此重视的时刻，战斗的小火苗噌的一下又上蹿："你不用让我！老子奉陪到底！"

叶枫和凌小马分别站上了起跳台，兴许是太紧张，凌小马的小腿竟在这时不争气地抽筋了，他使劲剁了剁脚，试图缓解疼痛。对比之下，叶枫一副沉着稳健的样子，把泳镜戴好整理。凌小马见状也赶忙跟着调整泳镜，毕竟在他凌小马这儿，输啥也不能输气势，他还是习惯性地先拉开泳镜带，想弹出响亮的一声给自己加油鼓劲，结果却是一声闷响。不甘心的他又使劲地弹了一次，这回是够响了，却把自己的后脑勺打得生疼。

叶枫看着凌小马的笨拙样，忍不住撇嘴一笑："还是直接下水游直线吧？"

凌小马腿肚子一直打抖，但仍死鸭子嘴硬："不用！这么多妞我都征服了，还征服不了一个起跳台？"

就在叶枫和凌小马还在争论是否下水直接游时，一个大高个儿拉着刚逃走的小方走进了人群，他紧皱眉头直盯起跳台上的叶枫和凌小马，古铜色的皮肤更显出他的低气压。队员们看到他的出现，纷纷打退堂鼓准备离开。金鸡独立的大蛮牛见到他，也一个劲往后躲，怕被发现。凌小马也注意到了他的出现带来的骚动，他预估这个应该就是滨大泳队的boss。而事实也证明他的猜想完全正确，这位教练不仅长相正气，说起话来也不怒自威，他先是以一句"你给我下来！"命令叶枫停止，后一句"胡彪，你留下来"又震慑住了开溜的大蛮牛。凌小马一见有人来拆台，第一时间下跳台，暗自庆幸有借口推托，但叶枫却没有停下来的意思，仍站在跳台上。

教练见叶枫迟迟没有走下跳台，再次训话："叶枫，你还不下来！三更半夜把全队的人拉来夜训，谁给你这个权力。你不知道一个运动员最重要的就是保存体力吗？过劳训练只会拖垮你们的身体。"

叶枫看了一眼教练，并未做出回应。凌小马正诧异他的举动，这时叶枫却来了这么一句："一起游吗？"

"真是朵奇葩！"凌小马一边感慨，一边应和，"但还真没法拒绝你这热情的邀请，来吧！"

水花四溅，叶枫和凌小马同时入水，尽管凌小马起跳有些狼狈，但是他惊人的爆发力很快追上领先的叶枫。两人几乎齐头并进，连振臂侧身的节律也几乎一致。场边本已作鸟兽散的队员们，一听到二人的入水声，又一个个折返观战。

瘸腿的大蛮牛不忘给叶枫加油："小枫给他点颜色，看看什么叫专业运动员。"

最后十几米，队员们也跟着大蛮牛呐喊助威，朱迪更是高八度呐喊："叶枫加油，游死这个死变态！"

教练的脸一下变得更暗沉，但他仍一个劲地在驱赶队员："赶快散了，回去休息！"朱迪一激动，顾不上教练的不悦，拍拍他的肩膀："别吵了，你看，快赢了！"

快接近终点，叶枫突然提速，凌小马也不甘示弱加快了振臂划水的速度。两人不分伯仲。最后五米内，凌小马仍紧追不舍，但叶枫及时调整了动作和呼吸节奏，锁定了胜局。队员们在岸上一阵欢呼。只有教练依旧面无表情，但从他松开的眉头来看，已不如刚走进来时那般不快。然而团队的纪律性还是要强调的，他要求叶枫及队员们明早6点准时到操场集合，若少一人，这学期的学分作废。说完他便转身离开了。

叶枫赢了凌小马，如果这对滨大游泳队来说是挽回了面子，那么对朱迪来说可是一次打击贱人的有力回击。她第一时间跑到游泳池边，伸手就要去拉她的英雄上岸。但还没等叶枫伸出手，凌小马却抢在前头，带着邪魅的笑容将手朝朱迪伸去。但朱迪只是白了他一眼，随即挪开身，直接把叶枫拉上岸，并及时地给他披上了毛巾。"你刚才游得真棒！"朱迪忍不住夸赞，她望着叶枫的眼中尽是崇拜和喜爱。

"谢谢！我什么时候游得不好，你再告诉我。"叶枫客气地回应。

一听叶枫这么说，朱迪顿觉沮丧，然而凌小马此时却不知不觉又凑到她的跟前，厚脸皮要求："我也要毛巾！我湿衣服都给你了，我穿什么回家？"

朱迪狠狠对他竖了个中指，转身尾随叶枫等人离去。凌小马笑得前仰后合，见朱迪等人走远，还紧追不舍："等等我嘛！"

凌小马明明紧随其后，可一出门就一个人影也不见了。空旷的大街上只留下他那辆孤单的绵羊机车。他一边伸手抚摸着爱车，一边回味着今晚所发生的一切，在泳池中游泳虽受限制较多，但竞技的刺激，却令他感觉到前所未有的畅快。而遇见的那些人，大蛮牛虽粗莽却有股不服输的劲，叶枫理智沉稳的外表下却藏着颗稚子之心，黑脸教练并非那么不近人情，最难忘那泼辣的C杯小妞，连竖中指都那么美……

为爱入乾坤

　　阳光透过棉麻窗帘，肆意地挤进房间，刚巧映在凌小马倦怠的脸上。凌小马揉了揉眼睛，翻个身又睡去。牧羊犬二毛围着凌小马打转转，嘴里哼哼唧唧，兴许是想叫醒这赖床的主人给它来一顿营养的早餐。然而，被打搅美梦的主人不但不领会，反而一把拖过被子盖在脸上。忽地，被子又被慢慢掀开。凌小马终于不耐烦了，他烦躁地朝被子上踢了一脚，试图把二毛踹下床，然而只听到一女的"哎哟"一声。

　　凌小马一听这叫声，如开了电钮般，一个激灵坐了起来。只见朱迪正笑盈盈地坐在他面前，凌小马不敢相信地揉揉眼睛，惊讶道："你……你怎么来了？"

　　朱迪不回应，只是伸出手，试图拉凌小马起来。凌小马紧紧拉住她的手，陶醉其中：这手好柔软，好想停留在这一刻，再也不松开。拉着拉着，凌小马不自觉地将柔软的手紧贴在自己的脸庞上，上下摩挲。然而"啪"的一声，凌小马顿觉左脸颊上火辣辣，他只觉得头发涨，有些昏眩，仿佛是被人打了一巴掌。

　　"发什么春梦？拉着我的手又亲又搂的！"

　　凌小马使劲甩甩头，原来是他家的女神精病。又来念经了，简直比亲妈还可怕。他虽然从小就没有母亲，这小姨是他唯一的亲人，但想象当中，母爱应该是温暖的、包容的、温馨的……而不是如这般……催命夺魂！

小姨凌洛，集少女心、公主病于一身的矛盾体双鱼座，继承了凌家优良基因，乌黑长发，皮肤白皙，一对酒窝甜甜地挂在脸上，立刻减龄一半。文艺范极浓，却又透着一股柔软的女人味。独自经营一家健身馆，势要做中国版的"郑多燕"。可女人就是如此的矛盾，一边教育客户如何管住自己的嘴，一边又是个不折不扣的吃货。

"快起来，今天可是游泳馆上班第一天，你可别迟到，给我丢人！要知道，我这是拜托了多少人情才给你搭上的关系。你也知道你小姨我还是有些颜值的，不然的话……"

凌小马实在不想再听她的碎碎念，趁着她还没讲high，他必须早点截断："知道您用心良苦，谢谢你出卖色相给我找工作。"

这一奉承不打紧，主要是凌小马又撞到要害上了："有你这么说你小姨的吗，什么叫出卖色相！我这叫适度地经营颜值，懂吗？我凌洛的名字，好歹在滨城也是个不大不小的IP。说出去，总会给些薄面。"

这话说得确实在理，凌洛天生就是个美人坯子，虽然已30多岁，但岁月在她的脸上并没有留下痕迹，反而积淀了她的气质。如今的她不再似20出头的小姑娘周身散发着稚嫩青草香，她的美是带着花香的，更沁人心脾。

但凌小马并不买账，他一脸不屑地看着凌洛："哎，你好歹也三十好几的人了，能不这么公主病吗？你知道外面的人都怎么说你吗？说你是女神……"

凌洛雀跃接话："女神呗，我就知道！"

凌小马白了一眼："女神……经病！"

"你才神经病呢！你们全家都是神经病！"凌洛话一出口便意识到自己说过了，连忙捂住嘴。

"是啊，咱们全家确实是神经病。一个女神经病，老大不小还一身公主病，自欺欺人就是不结婚。一个小神经病，高考落榜却死不复读，非要天天半夜提着脑袋送外卖，赚来的辛苦钱还不够给女神经病买个包。"

凌洛不乐意再听凌小马调侃，催着凌小马赶紧上班去，然而凌小马却如石块般不愿动弹。凌洛只好使出杀手锏，让凌小马二选一，要么复读重考，要么去海洋馆工作。凌小马当然不会回去复读，他天生就不是读书的料，每当他看到书上的字就脑子发涨。要说他有什么特长，那就只有游泳。按凌洛的话，他是个头脑简单、四肢发达的人。但凌小马自己可不这么认为，在他心里，游泳是自我享受和思考的过程，它不仅仅是一项运动。

凌洛和凌小马之间的博弈，以凌小马三个月内不能辞掉海洋馆的工作为条件而终止。凌小马按照凌洛的指示，先到海洋馆主任办公室报到。主任一见到凌小马，就将他从上到下打量了一番，没有任何评价，只是一边叹气，一边用手不断扶正头顶那几缕残发。凌小马本来就心不甘情不愿，因而一进门坐下来之后，便仰着头无聊地数着天花板上的飞蚊残骸，手指有节奏地敲着座椅扶手。终于，主任还是忍不住先开口了。

"咳咳，凌小马是吧？我们这个海洋馆，是30年明星企业，想进来的人抢破了头，要不是看在洛洛，你小姨的面子上，我是绝对不会开这个绿灯的。想当年洛洛可是我的女神啊……"

一听眼前这个油头满面的男人叫自己小姨"洛洛"，凌小马就起了一身鸡皮疙瘩，他赶紧打断主任对往昔的意淫："我这个面试，什么时候开始？"

主任意味深长地看着凌小马，刻意降低了音量："咱们心照不宣，面试对你这种人来说，就是走一过场。"

凌小马一见他这滑稽样，就想和他对着来，他挑衅地大声应和："可不是嘛，我这走后门进来的嘛！"主任忽地站起来，赶忙做出个"嘘"的动作。

兴许是凌小马这么一激，让主任有些不大高兴，因而主任领着凌小马来到硕大的鱼池边，把下水装备全部推到凌小马面前。按照主任的意思，凌小马这段期间要先在鱼池里练习潜水，适应水下清道夫的工作，之后熟练了再调到业务部门，进行潜水表演。主任指导凌小马穿上潜水装备后，交与他扫帚便离去了。

主任一回到办公室便叫来了一位身着潜水服的工作人员。只见这工作人员一瘸一拐走进来，粗哑着嗓子问道："二叔，什么事？"

主任一听，赶紧关上门，紧张地道："说了多少遍，在公司不要叫我二叔，让别人听见会说闲话的。"

瘸脚小伙心不在焉答应着，反问主任找他有什么急事。

主任打心眼里不喜欢凌小马，但他打着接近凌洛的小算盘，但又不好和凌小马明说。于是只好交代他的侄子今天来了个实习生，让他多多关照，并暗示他这个侄子多替他问问凌小马小姨的情况。

凌小马站在鱼池边，身上湿漉漉的潜水衣散发着臭气，他手拿着扫帚在池边左扫扫右刮刮，不爽地嘟囔："什么潜水员，忽悠吧。就这清洗鱼缸的破活儿还要训练上一段时间？好歹我也是海里泡大的，什么凶猛鱼兽没见过，如今倒是给这些个小畜生收拾屎尿屁来了。"

突然一只手搭在凌小马的肩膀上，安抚式地揉着肩头。凌小马一转头，被杨子一把搂住，杨子一脸宿醉样，臭气扑面而来。

"兄弟，伺候鱼的活咱可不能干，还不如伺候人呢。"

凌小马一把推开杨子："得了吧，伺候你们这帮富二代，分分钟都要提着脑袋去送外卖。老子昨晚差点被群殴死。"

"什么人敢在太岁头上动土？我现在就找他们去！"杨子作气愤状。

"滨大游泳队的，就是那天被取消成绩的那群人，个个比你高两个头，你要去的话，祝你好运！"凌小马冷笑道。

"为了兄弟，头破血流在所不惜，我现在就去，你别拦我哦，我走了哦……"

凌小马看着杨子夸张的表演，笑着蹦出两个字："快滚！"

杨子知道他这兄弟义气，不会真的生气。杨子仔细打量了凌小马这一身潜水服，打趣道："要不你下水给哥表演一个？"

"这还不简单，你看着！"说着，凌小马直接跳进了鱼池。

杨子在岸上调侃："可别被鱼给吃了咯！"

话音刚落，一个身影从杨子面前闪过，跟着跳入水中。凌小马正准备潜入水底，但感觉背后被人拉扯着氧气瓶，往水面上拽。凌小马不知所以，只好在水中和这个神秘人撕扯，但水中浮力太大，扭打几个来回，凌小马就败下阵来。神秘人一把将凌小马从水中捞起，拖上池边。

"你谁啊？拉我出来干吗？"凌小马上来就一脸不爽。

"我救你上来，你还恶人先告状。"神秘人气喘吁吁地回应，他脱下潜水眼镜，凌小马也脱下装备。凌小马这才发现拖自己上岸的正是滨大游泳队的大蛮牛——胡彪。此时，胡彪也是一脸惊愕。

"没事吧，这谁啊？"杨子走过来，询问凌小马情况。

"滨大游泳队犯规那家伙。"

"你嘴巴能积点德吗？"胡彪一听凌小马又提他犯规的事，气就不打一处来。

"怎么，我说错了吗？"

胡彪一脸不屑地冷笑："你就是那新来的实习生吧？主任没告诉你有老师带你实习吗？快叫老师！"

"叫你妹！"凌小马本来今天就受了主任的气，原想好好潜个水，又被这家伙拉上来，诸事不顺的他懒得再和胡彪争执。两秒工夫，他就把潜水衣甩到一边，叫上杨子转身就要走，却没想到胡彪直接上手按住凌小马的肩膀。

"谁让你走的，老师还没发话你就敢走？"

"松手！"凌小马脸慢慢涨红，压着声音低吼。

"我不松又怎么样？"胡彪明显想要挑衅凌小马。

凌小马反手拉住胡彪的胳膊往前一拽，转身就把胡彪扯到背上，准备来一个前空翻，但胡彪毕竟是一米九的大高个，悬在空中，翻不过来。观战的杨子见这大傻个如此窘态，竟"噗噗"笑出声来。胡彪趁机把凌小马踹开，谁知道没掌握好平衡，直接摔了个大马趴，凌小马倒是很灵巧地躲开了。杨子此时再也忍不住，捧腹大笑起来。胡彪气得脸红脖子粗，迅速爬起来，直接就给了凌小马一个左勾拳。凌小马反应也快，向右一闪，但胡彪的拳头还是落在了他的左眼角上。凌小马顿时气炸，他顾不上眼角的疼痛，直接冲上去，和胡彪扭打起来。

与此同时，叶枫和朱迪在到处打听胡彪的下落，他们三寻五觅，才得知胡彪在海洋馆。主任一听是学校的人过来找胡彪，有些紧张，平时他这侄子行事鲁莽，该不是犯了什么事吧？

在朱迪和叶枫再三解释下，主任才相信他俩只是来给胡彪看脚伤的。主任带着叶枫和朱迪二人来到海洋馆表演区，却看到众多游客围在表演区，议论纷纷。他们钻进人群中，才发现凌小马和胡彪此时在地上扭打作一团，四周围散落着各种潜水用具、表演海报、引导牌等。而可怜的杨子则在一米开外的地方，大头朝下地趴在地上，显然是参与了这场"恶战"。

"快住手，别打了！阿彪，听到没有，快给我住手！"主任大惊失色。

但两个荷尔蒙爆发的雄性动物，打到眼里喷火的状态，哪里听得进一句劝。主任想冲上去劝架，但又怕他俩误伤了自己，只得在一旁干着急。眼看这两人愈打愈烈，鱼池边的设备无一幸免，主任只好向叶枫求助，然而叶枫却异常冷静地回答："不分出个胜负，他们是不会停的，谁劝都没用，除非……"

"除非什么，你可真是快急死我了！我馆里高价定做的设备都快要被他俩毁了！"主任急得破了音。

"报警！"

叶枫话音刚落，胡彪和凌小马直接跳进浅水池撕扯。主任见状，刚刚的犹豫全然消失，拿着手机就要报警。

朱迪在一旁拉着叶枫低声提醒："报警不好吧？万一被抓起来怎么办？我们来找他不就是为了让他及时归队训练吗？"

"可是你看他现在暴躁的样子，如何继续训练，如果警察介入，会让他记住这次教训。就算到时学校给处分，那也是他应该承受的。"

朱迪诧异地看着叶枫，怪不得人家说他是冰块脸，对自己的兄弟还这么狠心，那对自己的女友是不是也会……朱迪不敢再往下想，她现在要做的是赶快制止主任报警。谁知胆小如鼠的主任，早已打通电话。

另一边，胡彪和凌小马从浅水池掉进了深水缸。就在两人在水里挣扎的时候，凌小马一头撞在了珊瑚上，鲜血染红了大片水域。叶枫见状第一时间潜入水里，试图救凌小马出水面。可是，凌小马昏厥过去完全没有了意识，他的脚卡在珊瑚的缝隙处无法拔出。时间一分一秒地过去，岸上的杨子、朱迪如热锅上的蚂蚁。最终，叶枫和胡彪合力把昏迷的凌小马拖出水面，平躺在地上。

"他怎么样？"杨子和朱迪一拥而上，异口同声问道。

叶枫来不及回答，立刻对凌小马做心脏按压抢救。朱迪随身带来的医药箱也派上了用场，她快速地为凌小马处理脚上的伤口。叶枫几次按压，仍不见凌小马醒来，朱迪见状，指挥彪哥、杨子抬起凌小马，将其腹部放在叶枫膝盖处，不断顶压其腹部。凌小马突然吐出一大口积水。接着朱迪继续为凌小马按压胸腔位置，紧跟着做人工呼吸。凌小马逐渐恢复了意识，他隐约看到一女人的轮廓，周围的人在叽叽喳喳讨论着什么。他想看清听清，但很快又失去了意识。

"赶快打电话叫120!"朱迪冲杨子大吼,"快打啊!"杨子这才从惊吓中回过神来,拿起电话的手不停地颤抖,拨了120。

挂断电话,杨子还是不安心,他嘴里不停地嘟囔:"怎么办?怎么办?"

"没办法,只能等着救护车来了。对了,海洋馆里都有氧气瓶的,快把氧气瓶拿来。"朱迪拍了拍身边的胡彪。

胡彪惊魂未定,脸色苍白道:"哦哦。"主任则在一旁不停地责怪,并重复强调这件事与海洋馆无关,也与他无关。胡彪没想到自己会遇上这么一个没有人情味的亲戚。他还在主任的训叨下发愣,只见朱迪一脚朝着他的屁股踹下去:"人命关天,不是儿戏,你还在这傻愣着干吗?"

杨子突然对朱迪侧目,有些崇拜地看着眼前的女孩,内心在称赞:好家伙,这么飒!胡彪在她的威胁下立马找来了氧气瓶。朱迪指挥叶枫半抬起氧气瓶,把导气管放入凌小马口中,并吩咐杨子拿着导气管,自己则继续为凌小马做心脏复苏。

"这样做有用吗?"叶枫看着满头大汗的朱迪发问。

朱迪顾不上擦汗,仍在不停地努力:"不管有没有用,在救护车到来之前都不能坐视不理。"

杨子心里升起一股暖流。然而朱迪按压了半天,凌小马却依旧昏迷,没有任何反应。朱迪开始有些心慌,不停地看表。杨子似乎看出了事情的蹊跷,紧张问道:"你怎么不做啦?"

"按理说输了氧气,还做了近20分钟的心脏复苏,应该有所反应才是,可是……"

胡彪在一旁一直不敢出声，听了朱迪的话，他心里的鼓也敲得越来越厉害了。而主任一看这情形又开始在训叨。胡彪忍不住了开始还嘴，你一言我一语，杨子只觉得脑子都快炸开了。杨子生怕凌小马真的会挂掉，他控制不住自己，拉起凌小马使劲地摇晃："王八蛋，你给我起来，听见没有！这乳摇闯关你还没破底呢，你就这么放弃了吗？"

杨子一边说着，一边更大力地晃动凌小马的上半身。由于情绪过于激动，竟抱着他，呜呜大哭起来。浑身湿透的凌小马，趁着靠近杨子的机会，与杨子耳语："你他妈别晃了，老子的肠子都快给你抖出来了，还有能别提少儿不宜的事吗？"

杨子突然一惊，把凌小马推开远看，只见他脑袋低垂，双目紧闭，头发还在滴水。杨子惊恐："什么声音，你们听到没有？"

朱迪和叶枫等人都有些无奈地摇头，杨子再次晃着凌小马的上半身，这次凌小马干脆摊在杨子肩膀上，又是一句耳语："别晃了，我要吐了。"

杨子这次清清楚楚听到了凌小马的声音，他继续搂着凌小马，用极小的声音反问："你奶奶的，在这给我装死，打的什么鬼算盘？"

"美女美女美女。"

杨子忍不住骂了一句："狗改不了吃屎！"

"你说什么？"朱迪关切地问道。

"没什么，我说狗还会狗刨几下，他竟然就这么淹死了，真冤啊！"杨子说完，还不忘假哭几声。

朱迪看着杨子的伤心劲，决定再努力一把。她推开杨子，直接放倒凌小马，俯下身为凌小马做人工呼吸。站在一旁愣神的杨子，看到眼前的一切，似乎明白了凌小马装死的门道。但就在朱迪即将要吻下去的时候，叶枫突然挡在前面，示意朱迪由他来做人工呼吸。就这样，还没等凌小马反应过来，叶枫两片厚唇已经贴了上去。杨子撇过脸偷笑，不忍再看下去。凌小马双目紧闭，还在陶醉与女神朱迪意外的初吻中。但陶醉之余，又感觉有些不对劲，这唇有些厚实，还有干纹，同时竟没有女孩子平日的娇羞，反而还更主动。凌小马忍不住半睁眼，试图亲眼看着女神救死扶伤的投入状，却看到一丛短毛在眼前。

"我去！"凌小马大叫一声，从地上直接腾空跃起，由于用力过猛，一下子撞到旁边的鱼缸上，瞬间又昏了过去。

杨子忍不住笑得前仰后合。朱迪、叶枫、胡彪和主任都被凌小马突如其来的动作惊到，同时他们又奇怪地看向判若两人的杨子。

"看我干什么？他装死的！"

朱迪立即上前检查已倒地的凌小马，翻开眼睑，手诊脉搏，严肃说道："别笑了，脉搏只有60，比之前的还差。"

"这怎么可能，刚才明明已经醒了啊……"

就在众人一筹莫展时，救护车和警车同时赶到海洋馆，警察在现场询问主任和胡彪整个事件的经过，而凌小马则被直接送上救护车，叶枫和朱迪不放心，跟着杨子一起陪同凌小马去医院。救护车一路向医院飞驰，杨子一看凌小马又是死一般的沉寂，这回应该不是装的，赶忙发微信向凌洛报备。不一会儿，就有电话打进来了。

"在海洋馆那头跟人打起来了，掉水池里昏迷，现在在去医院的路上了……"杨子不自觉地将话筒拿离耳旁，揉了揉耳朵，凌洛在电话那头显然已经抓狂。"姐，姐，你先听我说，其实也没那么严重……"

杨子感觉背后有动静，回过头来看到朱迪侧身偷听的姿势，立马又换了虚张声势的语气："很严重，到现在还没有醒，你赶快过来！"

"你脑子进水了吗？一会儿不严重一会儿严重，你把地址发给我，我马上过去！"凌洛"啪"的一声挂断电话，杨子明显感觉到一股杀气。

凌小马被送进医院，头部被暂时处理，裹上纱布，脚踝处也临时进行了包扎处理。朱迪正在细心地跟医生交代凌小马整个受伤的过程。杨子在一旁偷偷打量朱迪，暗暗为凌小马泡妞的眼光点了个赞。与此同时，叶枫给教练打电话交代情况，教练劈头盖脸就是一顿责骂，他愤怒这些队员的不安分，同时更心痛他们出事了最后一刻才让他知道情况。

警察带着胡彪赶到医院，询问凌小马受伤的现状，凌小马还是一直处于昏迷状态。胡彪此时开始着急了，他不承想打一架能惹出这么多事来，以他的物资人脉根本就没有办法解决眼前的问题。

杨子在救护室里寸步不离地陪着凌小马，时间一分一秒地过去了，却仍不见他醒来，医生说凌小马除了溺水还有轻度脑震荡。那在海洋馆时为何凌小马还能清醒地跟他调侃泡妞的事，莫非是回光返照？杨子越想越可怕，当医生再次查房时，杨子又忍不住询问。

"都说了是轻微脑震荡，没有那么快醒！就算有睁眼也是神志不清的状态。"医生不耐烦地回答。

"不可能啊，他当时明明很清醒，还跟我说泡妞的事呢……"

杨子还在辩解，但只感觉背后有双手将他向上拎。他回过头只见胡彪一脸怒气地瞪着他。

"你说什么？他刚才就已经醒了？"

杨子被吓了一跳，说话都有点哆嗦："没有，谁……谁醒了？"

"你别跟我揣着明白装糊涂。我都听到你和医生的谈话了，咱们找警察理论去！"

杨子心里发怵，表面却一副无所畏惧的样子。胡彪见他那嚣张样，直接拎着他的衣领朝电梯间拖去，奈何杨子那可怜的一米六五身高，仅到人家腰部，无法作出反抗。就在等电梯时，杨子电话响起，显示屏提示：凌姐！杨子仿若抓住了救命稻草。

"姐，你到了没？警察都已经来了！"杨子接起电话小声报告。

胡彪正想一把抢过杨子的电话，杨子一扭腰灵活闪过，溜到一旁去了。此时电梯门打开，叶枫、朱迪还有教练走出来。胡彪看到自己人来了，顿时松了口气，也挺直了腰板，他赶紧将刚才的有利消息跟他们说明。

"我就说这么感觉有些古怪，原来他真的醒了。"朱迪眉头松开，感觉如释重负。

"可是那小矮子就是不承认，我这正要拉着他见警察去，看他还敢不说实话。"胡彪愤愤不平。

"伤者家属来了吗？"一旁的教练终于发声。

胡彪摇摇头，指着站在走廊边打电话的杨子："只有他的朋友，估计现在在搬救兵呢。"

"当事人还没醒，家属又没到，情况不容乐观啊！"教练深知处理这种情况，赔偿金、后续的医疗费都还好说，最关键还是要看家属的性格和为人。但现在当务之急是要先拖住这个打电话的，让他先别跟警察见面，顺便跟他套套家属的口风。

杨子全神贯注听着凌洛在电话里的嘱咐，丝毫没有察觉身后有人，他挂断电话一转身就被吓了一跳，他欲绕过眼前这个莫名其妙的陌生人，但哪知，不一会儿就被随后走过来的叶枫、朱迪、胡彪给围住了。杨子这才明白他们都是一伙的，这时陌生人正欲开口，但一下子就被杨子抢了话头："你们来多少救兵，我都不怕！不就是找警察说理去吗？走，咱们现在就去！"

杨子虽提高了音量，但话语里还是有些颤音。胡彪一把搂住杨子的肩膀："好兄弟，有话好商量嘛。"

杨子一把推开胡彪，一想起凌小马还躺在病床上他就来气："你刚才不是恐吓我吗？继续啊！现在会装兄弟啦！"

胡彪一把抓过杨子衣领，杨子没站稳跟跄了几步，眼看一场恶战又将上演。陌生人一下制止了胡彪，示意叶枫管着，而他则将杨子带到一边安抚。

"小兄弟，您消消气，别跟他一般见识。都怪我平时没教育好他们，才让事情越闹越大。"

"你还教育他？你是什么人？"杨子看了看眼前这个还说人话的，便暂时缓了缓情绪。

"我是他们的教练卫迟，我看今天这事多半是误会大于责任。阿彪这人容易冲动，但不管是谁先动手，把你朋友打成轻微脑震荡就是他的责任。请你放心，学校这边会负责所有的费用，我们也希望伤者能尽快好起来。作为朋友，你一路照顾，也真是够兄弟的。”

教练的解释让杨子放下了戒心，没有了刚才对峙的态度。教练也就继续追问凌小马家属的情况，但杨子的回答让教练刚放下的心再次提起来了。

正当他俩还在对话时，电梯门再次打开，只见五个警察簇拥着一个婀娜多姿的女人走了出来，杨子一见，立即就跑到了女人的身边。紧接着他带着女人直奔抢救室，警察一路跟在后面。

“姐，你全搞定了？”杨子悄悄低声问凌洛。

“那还用说，姐出马一个顶三！”

望着杨子和凌洛慢慢走远，教练还在原地发愣，他一时没反应过来。这个电梯里走出来的女人，有着一双水盈盈的眼睛，眉宇间流露着几分担忧，一头大卷发更显女性的韵味。这个有着一张柔美精致脸的女人是家长？

当教练还在犹疑猜测女家属的性格和为人时，朱迪走过来拍了拍教练，让他赶紧跟上。但他们还没步入抢救室，门就被从里踹开，刚才还是妩媚动人的女人现在怒目圆睁。

“是谁？打人的是谁，站出来！”

警察、朱迪还有教练一并望向叶枫和胡彪所站方向，凌洛快步向前，教练试图在中间挡住，但凌洛躲开教练的阻拦，一个箭步向前，右手一个大巴掌狠狠地甩了过去。

“这一巴掌是还你的。”凌洛气急败坏，伸手准备又要呼一巴掌，警察走到凌洛身边，拉拉凌洛的衣服示意打错了。但气恼的凌洛哪里听得进，她指着被呼巴掌的男孩破口大骂：“告诉你，你把他打成这样我是不会善罢甘休的，你小小年纪，哪来这么心狠手辣？你没有父母吗？我今天就替你爸妈好好教育教育你！"

叶枫只觉得左脸一阵火辣辣地疼，他一声不吭，和暴怒的凌洛也没有任何眼神交流，只是揉了揉被打的嘴角。但叶枫越是平静，凌洛就越是气得咬牙。教练上前试图拉开浑身炸毛的凌洛，并解释道："大姐，你真打错人了，他不是当事人。"

凌洛一愣，她转头看向杨子，杨子有些尴尬地点点头，然后向叶枫身后指去。凌洛再次向警察确认，警察点头表示肯定。她跟叶枫点头道了歉，说完就往后迈步，但被叶枫一把抓住了胳膊。

"打你也打过了，不用再来一次了吧？"

凌洛没有说话，甩开叶枫的手。此时的胡彪默默站着，不敢出声，只是时不时偷偷瞄一下发飙的凌洛。凌洛双手抱在胸前，在叶枫和胡彪面前踱步，冷笑道："兄弟为他躺枪，他却一声不吭，打了人还怕担责！你，说你呢！"

胡彪一抬头刚好与凌洛愤怒的双眼相对，惊得又低下了头。凌洛一手直指到胡彪面前："叫你父母出来跟我对话！"

"我……他们赶不过来。"胡彪突然变得很温顺。

"没有家长就找学校，总有一个能管事的。"

胡彪看向教练，教练本不善于经营人际关系，此时也只能硬着头皮上了。教练走到凌洛跟前摆出了一副生硬的表情："我是学校的教练，有什么要求您尽管跟我说。"

凌洛明确表示不接受私下解决，要验伤、打官司。教练、胡彪和叶枫几个一听都傻眼了。卫迟试图低声下气缓和关系，然而凌洛态度坚决就是不肯私了。叶枫搬出凌小马装病一事试图扳回一成，但这反而更激怒了凌洛，双方相互争执，最终还是由警察出面进行了调解，凌洛回想凌小马此时还在高烧昏迷不醒，忍着怨气和委屈，只好叹了口气答应了，但同时也开出了条件——学校必须要开除胡彪。

叶枫和朱迪一听都着急了起来，然而此时教练反而不慌不忙地招呼他们离开。众人面面相觑，教练一转身离开，凌洛开始慌了，追上前要拉住教练。

"你什么意思，没谈完就想走？"

"你这种女人我懒得跟你理论，上诉也好，赔偿也罢，悉听尊便，想好了再找警察解决吧！"教练冷冷回答完就甩手离去，教练撒手不管了，其他人也只好先回去商量对策。

谈判陷入僵局，当事人一走了之。凌洛气愤之余还有一些后悔，她本以为可以在那些人面前替小马好好讨回公道。她平日里虽经常与小马互怼，但小马就如她的亲儿子一般，然而现在他却躺在病床上，看着昏迷不醒的凌小马，鼻子一酸，泪水止不住地流。她想起她第一次见到凌小马时，凌小马9岁，她嫌弃姐姐留下的这个拖油瓶，对他一脸冷漠。那么多年来，与其说她在照顾凌小马，不如说凌小马在照顾她，为她健身房忙前忙后，为她准备午餐晚饭，帮她洗内衣，督促她喝姜茶……凌洛坐在床边垂泪，缓缓地抚摸着凌小马的额头。

凌小马的嘴角突然闪现不自然的抽搐，凌洛发现端倪，轻拍凌小马的脸颊，不停地呼唤："小马，你醒了吗？"床上的凌小马没有任何反应，嘴角又出现奇怪的抽搐，忽地，凌洛朝凌小马腰部一拍。只听见凌小马"哎哟"一声，从床上跳起来。

"你这是谋杀亲外甥啊！"

凌洛听着凌小马调侃自己，紧跟着又是一掐，脸上还挂着泪痕："你还敢笑我，你万一有个三长两短……"说着说着又落泪了。

凌小马搂着凌洛安慰："好了，老妈子！我知道你离不开我！我又不是死了。"

"哎哎哎……"病房里传出阵阵打闹声。

凌洛因为健身房的琐事要处理便提前离开，她前脚才走，杨子后脚就来了。看到已经醒来的凌小马，杨子恨不得上去飞两腿给他，但看他大病初愈就暂且先原谅他吧，因为他还有更重要的事情向他报告。

"我说啊，那妞……"杨子神秘一笑，惹得凌小马在一旁干着急。

"有话快说，有屁快给老子放出来！"

"朱迪，1994年，双鱼座。"

凌小马眼前一亮，真不愧是好兄弟，肚里蛔虫啊！凌小马傻笑着，迫不及待跟杨子分享他的爱慕："心眼好，善良，我喜欢。"

"所以呢？"

"当然是见机行事了，我是谁啊，凌小马！只有我不想要的妞，没有我得不到的妞！"凌小马暗暗下决心，这女孩，我泡定了！

从狗刨到浪状动作

为了让凌小马这个无赖就此罢手，叶枫只能自告奋勇上场。可贴心的朱迪哪里见得自己的男神受委屈。这种低三下四的差事，得帮男神给挡了。一到这种挺身而出的时候，朱迪马上女汉子上身。

说客三人组到达医院的时候，叶枫已经在门口候着了。阿萌和胖铃，朱迪的闺蜜们，眼睛早已不听使唤，直勾勾地盯着叶枫。朱迪早料到这两个人是冲着叶枫来的，也懒得管她们了，还是赶紧和叶枫商讨和解政策最重要，教练拉不下脸，只好他们自己来了。可是一向不善言辞的叶枫想到自己要跟女人计较个短长，心里不免有些打鼓。

"要不，我在外面留守，你跟你那两个姐妹一起进去吧。"在将要推开门的一瞬间，叶枫面露难色地转过头问朱迪。

朱迪装着思考的样子，趁他不注意，一把把他推了进去："让你这时候打退堂鼓，我可不喜欢你临阵脱逃的样子。"

正在整理衣物的凌洛一看是他们，心里虽是一阵窃喜，可又摆出一副特别不待见他们的样子，继续忙着自己手头上的活儿，等着他们先开口。

尴了个尬的，叶枫支支吾吾，看看凌洛，又看看朱迪，半天没说出一句话，急得朱迪只好自己挺身而出。

"姐，其实我们今天来的目的您也很清楚，就是来调解的。玩心眼的谈判我不懂，所以只能实话实说了。咱还是别闹到上法庭了，彪哥他能上大学真的不容易，他学习不好，只能走体育这条线。您也知道，运动员就这么四五年的黄金时期，如果在这个时候他还出不了成绩，估计没到全国赛他就要提前退役了。我看您侄子跟我们年纪也差不多，希望您能多体谅体谅。都是父母，谁不盼着自己孩子出息呢。您说是吧？"

没想到大道理说不通的凌洛，反倒被眼前这个女孩子的一番实诚话给打动了。她愿意接受调解，但是要先答应她两个条件：第一，胡彪必须过来道歉，并赔偿所有的医药费。第二，卫迟也要向她负荆请罪。

说话间，凌小马吹着口哨推门而入："早说了我没事，非要拍什么CT，这得杀死小爷多少活跃的脑细胞啊！赶快换衣服走人。"凌小马一边抱怨，一边以光速脱掉了上衣和裤子，全身只留下了一条泳裤。没错，他对泳裤有一种执着的偏爱，以至于发展到现在睡觉都要穿着，杨子嗤笑他整天穿泳裤的习惯迟早会影响他的精子质量，但他并不以为然，还是照穿不误，大概久而久之他已经喜欢上这种紧紧包裹带给他的某种安全感。人就活这么一次，干嘛不做些自己喜欢的事呢。

但朱迪和叶枫对他的装束可不敢苟同，尤其是朱迪打心眼里讨厌他，讨厌他总是一副痞里痞气、不正经的样子，多看他一眼都觉得眼睛受到了十万点的伤害，于是她拽了拽叶枫，向凌洛道别。

　　凌小马可不想放过这么好的机会，他想见她却一直苦于没机会，现在机会来了，怎么着也得多说几句话才行。他追上去要朱迪给他这个受害者一个说法，朱迪觉得这个人简直是无赖的代表，身体恢复得这么快，傻子才会相信他受了重伤！想想也知道是他故意装晕，故意刁难彪哥。但刚刚与他小姨达成了和解，可不能再因为这小子破功。

　　"好，你告诉我，你想要什么，怎样才能弥补你？"朱迪挑了下眉眼，望着凌小马一本正经地说道。

　　"我要追你，你答应让我追你，这样就两不相欠啦！"

　　朱迪有点怀疑自己的耳朵是否接收到正确的信息，但显然是的，胖铃、阿萌不可思议地看着她，她一时之间忘记了怎么回应凌小马，她望向叶枫，想在叶枫的脸上寻找答案，或者内心期许着对方可以做出一点回应，但是，很可惜，她看到的依旧是那一副冷若冰霜、事不关己的模样。

　　凌小马很清楚朱迪的眼神中透露着怎样的信息，他略带挑衅地问叶枫："我想追她，你有意见吗？"

　　"没，我没意见，这是你的事，与我无关！"说完，叶枫便自顾自地走了。

　　"好了，既然所有人都没什么意见，那我正式宣布一件事，"凌小马慢慢逼近朱迪，高过朱迪一头的他完全可以给对方制造一定的压迫感，"从今天开始，你，就是我凌小马唯一指定对象，先给你盖个章！"说着，便用大拇指在朱迪眉心轻轻一按，仿佛烙上了一个属于自己的记号。朱迪生平第一次被人这样表白，脑子短路般怔住了，这种无言以对倒是纵容了凌小马的胡作非为。情商高的人往往懂得什么时候该退场，耍帅亦是如此，趁着朱迪还没缓过神儿来，他大胆地抚摸了一下朱迪的头发，痞痞一笑，然后迅速转身，挥手告别。

"谁准你追我，谁要你的盖章，我再也不想见到你！"被他调戏到奶奶家的朱迪终于反应过来了。

"欧巴！"胖铃看着凌小马的伟岸背影，瞬间感到一个大写的"帅"字就刻在了他的后脑勺上。这可是自己心心念念被表白的场景啊，最撩人的"摸头杀"竟然没用在自己身上，好恨哪！

同样被惊艳到的阿萌，搂着胖铃的肩膀，感慨道："可真是旱的旱死，涝的涝死啊！"

百无聊赖的日子并没有因为他凌小马那句惊天动地的宣言而发生任何改变，事实上，他感到前所未有的懊恼，耍帅远不如要个电话号码实在得多。要是能重来一遍，剧情一定是这样的：凌小马版的宋仲基帅气地将朱迪的手机撩到自己手中，然后迅速拨通自己的号码。

越想越后悔，身为撩妹达人的自己竟然会犯这种低级错误，干脆一头撞死好了！转念一想，我凌小马可不是一个轻易放弃的人，一定得再制造个机会才行，可是要怎么制造呢？毫无头绪的他缓缓将头没入浴池中，希望水能帮他找到答案。

"凌小马，凌小马……你死哪儿去了？"凌洛在家四处找寻凌小马的踪影，待她拉开浴帘看到水中挺尸的某人，一把将其耳朵揪了起来。

"凌姐饶命，凌姐饶命啊！"

"让你装聋！刚出院就下水，你就该在医院给我好好待着！"

"凌大美女，我错了，我错了，你就饶过我的耳朵吧，它要是坏了，以后谁在家听你叨叨啊，谁陪你看韩剧啊，是吧？"凌小马立刻堆出一脸的谄媚。见凌洛手劲稍有放松，便立刻挣脱魔爪，捂着自己的耳朵抱怨道："我都多大了，还揪我耳朵！"

"从你凌小马9岁跟着我，就注定要听我的教训，你什么时候成家立业滚蛋了，什么时候就可以不被我揪耳朵了。"

"成家立业，那我也得先有女朋友啊！"凌小马灵机一动，接着问，"上次来医院和解的那个女生有找过你吗？或者有没有留下什么联系方式啊？"

"没，我知道你打的什么主意，但是这次老娘不想和解啦！"

"啊？为什么，凌姐？"凌小马还想着自己去和解，增加美女对自己的好感呢。

"今天真是倒了大霉，他们那个教练竟然在我的地盘代课，竟然还把我的元老级会员给得罪了，害我不得不把金牌教练请出来给她们上课。"凌洛一想起卫迟那个家伙犯了事还死不认错的样子，就恨得牙痒痒。"想和解，这次门也没有！"

"凌姐，我用脚趾甲盖儿想，都能想象得到你那些元老客户对人家做了啥。就那几个阿姨，跟饿狼似的，我都被她们骚扰过好吗！仗着我性格好，人缘好，百毒不侵。可人家教练是个正人君子，从小在训练队长大，哪见过被这么多老女人围攻的场面？这是忍着多大的性骚扰委屈啊！"

"你小子的胳膊肘这是要往外拐啊，你还没追上人家姑娘呢，就开始替他们说好话啦！"

"儿大不由娘啊，凌姐，这就是现实！"说着便拿上手机、外套，准备出门的节奏。

"你干吗去啊？"

"去成家立业，然后滚蛋啊！"说完便关上了门，门里传来一阵阵的咒骂声。

不能再坐以待毙了，一定要主动出击。

"喂，杨子，你得跟我去一趟滨大……我管你什么莺莺燕燕呢，快给老子过来！"说完便利落地挂了电话。

追女朋友的初级技巧之一便是打伏击，就如同所有想制造意外邂逅的人一样，乔装打扮后的凌小马与杨子猫在操场的看台上，眼睛紧紧锁定着正在跑步的朱迪和她的舍友，随时准备伺机而动，但万万没想到的是，叶枫竟然也在这个时候出现了。

原来为了彪哥的事，叶枫今天一早便去找卫迟理论，谁知道卫迟硬是死守着自己的原则不肯道歉，本来极易解决的事再次搁浅，气愤不过的叶枫只好来搬朱迪这个救兵了。但自从凌小马的告白事件后，他有点不敢面对朱迪，更确切地说，是他不敢面对这个心生波澜的自己。当他在操场上远远望着朱迪时，他不得不承认朱迪是漂亮的、灿烂的，她的魅力足以吸引更多男性的目光，绝不仅仅是凌小马一个人。可是为什么他从没拿一个女人的标准去看她呢，他不知道，或许是因为太熟悉了，或许是因为他太自信了，自信到早已认定她的眼中只有自己。

朱迪看着对面走来的叶枫有点诧异，这个时间他应该在训练才对，怎么会来操场呢？

"你怎么没去训练？"

"唉，一言难尽，别提了，烦，咱们去放松一下吧！"

"啊？"

说完，朱迪便被叶枫拉走了，留下一脸懵逼的胖铃和阿萌。

"男神也有这么热情的一面？"胖铃不可思议地看了看阿萌。

猫在看台上的凌小马可就不淡定了，看两人拉拉扯扯的样子，他只觉得怒火中烧。

"我早看出他俩有猫腻啦，人家两人郎情妾意的，你就别掺和啦！"杨子还想赶紧回去看他那热情"澎湃"的沙滩女排呢！

"别废话，跟上！"凌小马要密切监视叶枫这家伙，谁知道他会不会做什么出格的事呢！

滨城的游乐场即使不是周末，照样熙熙攘攘，照样汇聚了欢声笑语。叶枫去买票的空当，朱迪一个人望着四周发呆。其实这个游乐场在她很小的时候就存在了，以前外面可比里面热闹多了，各种各样的小零食、小玩意，甚至小动物都有得卖。爸爸生意忙的时候，经常是妈妈一个人带着她过来，而如今物是人非，还是这个地方，可惜再也见不到当时的那个人。不争气的眼泪夺眶而出，怕叶枫看到多心，朱迪赶紧擦干了泪痕。

"没想到今天人还这么多，走吧！"叶枫一边说着，一边将票递给朱迪。

就在两人进去没一会儿，杨子也拈着两张票走向凌小马："这票钱从你打工费里出！跟个男人来游乐场，我也真是闲得蛋疼。"

侦察兵二人组跟踪朱迪、叶枫来到了高耸的蹦极飞车前，朱迪很喜欢这样的刺激，拉着叶枫指明要玩这个。

凌小马望着蹦极车，深深地咽下了一口口水："杨子，咱俩认识多少年了？"

"别来这套！说什么我都不会去的。再说了，是你泡妞还是我？谁的妞谁上！"

"咱俩什么时候分过你我，我的不就是你的！"说着便拉杨子往前冲。当杨子被工作人员扣上安全带时，凌小马突然躲闪，以尿急的理由下了车，只见启动的蹦极飞车缓缓地将杨子带了上去。

"凌小马，你个孙子！"估计杨子现在肠子都快悔青了，这种损友早该跟他一刀两断了。

"记得观察他们两个的一举一动。"临行前凌小马还不忘叮嘱道。

"凌小马，你奶奶的！"伴随高速翻滚的飞车，杨子的声音飘到了远方。

"凌小马"，难道是自己幻听了，但她确实听到了这个名字，还没来得及细想，朱迪便被飞车带上了高空。

这种高空刺激类游戏，果然不是一般人享受得了的。当飞车缓缓停下时，好几个人都冲到旁边作呕，其中也包括了杨子和叶枫。朱迪其实知道叶枫并不喜欢这种刺激，一开始她只是想试探他一下，可是没想到他还真陪自己上去了。一想到他在车上战战兢兢，一声都不敢喊的样子，她便不由得笑出声来。

"你这医生真没同情心。"叶枫抱怨她在这个时候还笑得出来。

"其实你可以不用上去的。不过，这下我们扯平了！"朱迪主动伸手郑重地握了握他的手，叶枫不禁疑惑地看着她。

"谁让你那天在医院见死不救！"那天回来的路上，朱迪也一直在生叶枫的气。面对叶枫，她现在的心情很矛盾，既想维持如今稳定的友谊，又希望自己在叶枫眼中并不仅仅只是个朋友。她甚至想，要是凌小马那天的话能让他吃一点点醋也是好的，可是，叶枫的表现让她的所有幻想都成了泡影。几天的忧郁让她刚刚恢复了平常心，但叶枫的主动邀约又搅乱了这一池春水。

叶枫听到这话恍然大悟，他何尝不对那天的事耿耿于怀呢？

"这样就惩罚够了，那你对我可真够仁慈的，要不，再来一次？"将功补过的心情让他心甘情愿陪朱迪再疯一次。

"算了，我现在不想玩这个了，我们去那边打枪吧！"说完，朱迪拉着刚刚恢复体力的叶枫径直走向了射击场。

凌小马一边漫不经心为呕吐不止的杨子拍着背，一边密切注意朱迪和叶枫的动向。"你好了没？他俩可走远了！"

杨子稍稍挺起腰，怒视凌小马道："凌小马，我可是为你泡妞两肋插刀，你竟然背后插我两刀。行！你小子不仁别怪我不义，老子不干了，走了！"杨子甩手say goodbye。

凌小马赶紧拉住杨子的胳膊，劝他一定要好人做到底，送佛送到西。其实他之所以敢这么坑杨子，还不是仗着两人多年来穿一条裤子的情谊嘛。在凌小马的恶心"表白"和柔情攻击下，杨子只好就范，继续耷拉着脑袋跟着凌小马。

一阵阵枪响传来，杨子才意识到自己进了射击场。"我去！你喜欢的妞，怎么爱好都这么重口味。一会儿蹦极，一会儿打枪的。我看还是别追了，兄弟是为你好，怕你小子命软无福消受！"

凌小马不屑地看了他一眼后，又将目光转向不远处正抱着大奖的朱迪，自豪地说道："我的女人就必须这么有能耐！"

"还你的女人呢！丢不丢人哪，这叫什么，见证爱的约会吗？死心吧，你看看人家，爱好相同，性格互补，一个是运动员，一个是队医，天造地设的一对啊！多看一眼，都是撒狗粮。何必呢！"一眼就能看明白的事，凌小马怎么就不死心呢，难道非要跟到两人去宾馆开了房为止？

一路紧随，侦察兵两人组跟着来到了马戏表演厅。凌小马正苦于无法接近朱迪，叶枫恰在此时离开了，大好机会！杨子对他做了一个包在自己身上的姿势尾随叶枫出去，兄弟间的默契不言而喻。

马戏还没开始，朱迪一个人静静地等叶枫，没想到他还记得小时候自己喜欢吃棉花糖，说不出来的甜一点一点渗入了她的回忆。那时候的她7岁，妈妈刚刚过世，爸爸出去谈生意不得不带着自己，也就是那一次，她第一次走进叶家，第一次见到叶枫。而那时的他还不是闪耀的明星，只不过是一个被妈妈训哭了的蹲在泳池边抹泪的小男孩，若不是当年自己分了他一块棉花糖，指不定他还会哭很久呢！现在想想还是小时候的叶枫比较可爱，比较食人间烟火。

就在朱迪遐想之时，活跃气氛的熊本熊上场了。在孩子们的热情欢呼声下，熊本熊将自己手中的气球发给小朋友，但还没发几只便停了下来。它走到朱迪面前摇头晃脑，把剩下的一把气球全送给她。朱迪摇摇手表示不要，但它直接拉着她的手将气球全塞给了她，还对她一个劲儿地表演卖萌撒娇，比画着"撒浪嘿"的姿势。对于这一举动，朱迪好生奇怪，她敏锐地意识到这只熊本熊有蹊跷，此时她唯一的想法就是离开去找叶枫。

而叶枫还在排队，他等得很着急，因为前面那个人一直挑来挑去，选不定口味，好不容易选了芒果口味，又觉得不甜，非让老板重做。可是，叶枫万万想不到，这个"麻烦精"就是凌小马的帮手——杨子。

熊本熊见朱迪转身离开，便也跟了上去。身后跟了只熊本熊，想不引起关注是不可能的。朱迪停下了，猛地调头朝它走去，吓得熊本熊也止住了脚步，后退了几步。

"凌小马，你给我适可而止！"边说边用手拔掉了熊本熊的头。

朱迪没有猜错，果然是他。她刚想对他发火，便被凌小马一把搂住腰，回旋了一圈。就在旋转对视的几秒内，朱迪真切地看清了这张脸。10月的天气让蒙在布偶下的脸布满了汗水，汗水途经的眉眼，是那样的清晰分明，让人很难将它的主人跟"轻佻"两字联系在一起。原本这张讨厌的脸，竟然让朱迪的心颤动了起来，以至于她完全忽略了耳边嘈杂的人声，身边拥挤的人群，甚至对面看到这一幕的叶枫。

"这里比较安全。"他还紧紧地将她锁在自己的怀抱里。

如梦初醒，朱迪一把推开凌小马，她竟然可耻地忘记了这是他的恶作剧。

"你的眼睛告诉我，你对我是有感觉的。"

朱迪脸一红，故意掩饰道："感觉个屁，是个女的，你都说有感觉！"要赶紧离开，今天她一定是出门没带脑子，竟然被他搅昏，失去了理智。

就在凌小马抱住朱迪的瞬间，叶枫扔下手中的棉花糖，恨不得马上冲向对面，但巡回的表演车队却构成了他们之间的一道屏障，他只能远远望着而无能无力，此时的他才意识到朱迪对他而言是那么的重要，他甚至有些忌惮凌小马会抢走朱迪。

"我觉得你应该正视自己的心，给我一个机会，也给自己一个机会，是吧？"凌小马继续跟在朱迪身后喋喋不休。

"长这么大，就从没见过像你这样自恋的家伙！"无赖就是个无赖，果然不能光看脸。

恰在他们争执之时，巡回车队中负责表演骑车的棕熊，因为被黑猩猩扯下了车而异常愤怒，它挣脱了管理员的控制逃向人群。游人被吓得四处奔跑，各处躲避，游乐场顿时乱成了一团。

凌小马见状赶紧拉起朱迪的手，带她远离棕熊，那双结实、温暖的手让慌乱之中的朱迪莫名感到一阵心安。就快要冲出人群了，然而后面孩子的哭声让他们停止了脚步，一个3岁左右的孩子独自坐在地上大哭，嘴里喊着"妈妈"，而棕熊正在朝这边跑来，距离不足50米。

"你快走，我来抱孩子，听到没！"说完便推了一把朱迪，自己跑回去救孩子。

然而朱迪并没有走开，她看到棕熊马上就要接近凌小马和孩子了，她不再犹豫，拼尽全力挡在凌小马前面，面对着棕熊，她展开了双臂，嘴里大声念着"萨克呜吁娜拉奴，萨克呜吁娜拉奴"，棕熊还是向这边扑来，就在凌小马抓住朱迪肩膀的瞬间，棕熊毫不犹豫地冲向朱迪，张开雄壮的上肢。

当棕熊冲过来时，朱迪微笑着，迎接棕熊的拥抱，最后它竟然搂住了朱迪！

凌小马被吓急了眼，他以为棕熊要伤害朱迪，还没弄清楚状况，便抬脚想要踢它，但这脚没有踢到棕熊，反而激怒了它，它瞪着眼睛怒视凌小马，冲他示威龇牙。凌小马的心几乎提到了嗓子眼，但他知道动物间的对峙，绝不能输了眼神和气势，于是他也恶狠狠地瞪着棕熊，扮出跟它一样的嘴脸。就在凌小马毫无防备之时，棕熊一下扑了上来，将凌小马压倒在地。周围的空气都凝滞了，所有人都将手挡在眼睛上，预计下一幕的惨状，然而现实却让人大跌眼镜。这只棕熊没有咬向凌小马，反而骑在他的屁股上，上下摩挲，还发出阵阵奇怪的呻吟声。

凌小马挣扎着想起身，奈何200多斤的棕熊压身，根本动弹不得。旁观的朱迪突然意识到什么，忍不住大笑起来！

"别动！千万别动！给它点时间，一会儿就好了！"朱迪制止凌小马想起身的举动。

凌小马不明所以，但屁股被它磨得好痛，他忍不住想扭动抽身。"它到底什么时候下来？"

"你千万别动！我怕它交欢不成，一气之下咬断你脖子！"为了他的人身安全，朱迪只能如实告诉他，虽然这样的情况让人有些难以接受，但种种现象表明，这只棕熊真的把他当作交欢对象了。

"交欢，什么情况？"凌小马叫苦不迭。

园区保安和驯兽人员赶来，但他们也不敢在动物交欢时贸然行事。所幸凌小马身上还穿着熊本熊的道具服装，只能暂时委屈他一下了。半小时后，在驯兽人员的引导下，棕熊慢慢从凌小马的身上下来，回到笼子里。它被带走时，还一个劲地冲着凌小马叫嚷，仿佛很是舍不得他。而此时的凌小马已经累得腰酸背痛，瘫软在地上爬不起来了，杨子和朱迪赶紧上前搀起他。

"小马，你真是个传奇人物，以前知道你泡妞能耐，没想到你竟然能跨越种族泡到熊！"杨子的话一出，朱迪也"扑哧"笑了起来。

凌小马屁股生疼还被调侃，他此时此刻真想封住杨子的臭嘴。然而更让他难堪的是，之前在朱迪面前所塑造的一切美好形象都毁了，以后朱迪关于他的回忆，肯定不是他英勇帅气的脸，而是一场莫名其妙的人兽交欢！想到这里，他一脸落寞地看了看朱迪。

朱迪以为他伤得很重，提议帮他检查一下后面，毕竟她也觉得被200多斤的熊蹭了半个小时，就算穿得再厚，恐怕也磨掉了半层皮。但凌小马一想到让女孩子检查自己的屁股便尴尬得支支吾吾的。此时叶枫穿过人群找到了朱迪，他抓住朱迪的胳膊，紧张地问东问西。原来慌乱之时，他跟许多人被安排到安全区域，不能随意走动，直到棕熊被控制后，才赶紧出来找朱迪。

凌小马可见不得叶枫和朱迪亲密的样子，于是他决定牺牲色相："哎哟，我的屁股好痛，你还是赶紧帮我查查吧！"

叶枫认为不妥，朱迪看病是本分，帮别人可以，但就是凌小马不行。"伤得这么严重应该先送医院！"

"要不要去医院也得先检查检查吧，万一没有必要呢？"凌小马反驳道，顺带拉了拉杨子。

"就是，就是，现在医院看病多贵啊，我们小马上次被你们那彪哥打伤刚出院，医药费还没赔呢，现在又进去？这哪儿付得起啊！"杨子帮腔道。

一提到彪哥这件事，叶枫无言以对。

"那先去保健室，我帮你看看再说！"朱迪将凌小马的胳膊搭在自己肩上，扶着他走进了游乐园的保健室。

朱迪在床边好不容易等到凌小马把裤子退到了臀部，他竟然又想拉回去，怎么可能！朱迪一下子摁住了他的手，开始检查起来。

整个检查过程，凌小马一直把脑袋埋进枕头里，像只遇到危险的鸵鸟一样一言不发。

"确实擦伤得有些严重，但不至于住院。我先帮你简单处理一下，再买些药回去擦就好。"朱迪一边说，一边认真地拿着棉签帮他处理伤口。

能被自己喜欢的女孩子这么温柔相待，就算再来一次"人兽大战"，他凌小马也乐意。

叶枫在旁边看着，心里很不是滋味，他伤的地方不是脸，也不是手或者腿，偏偏是屁股，朱迪还亲自帮他检查、上药。叶枫说不上来地介意，他发觉自从朱迪身边多了这个凌小马，他的情绪越来越无法控制了。

朱迪摘下手套，嘱咐他平时要注意伤口的清洁卫生，换药前用碘伏清洗，再口服一些抗炎药物……

看着她关心自己的样子，凌小马心里乐开了花，陶醉在朱迪看自己的眼神中，完全忘记了屁股的疼痛。

"你会对我负责的吧！"凌小马故作娇羞的一句话中断了朱迪的叮嘱，同时也让在场的叶枫和杨子瞪大了眼。

"当然！"朱迪十分肯定地点了点头，这让在场的所有人都不敢相信地看向她。

"要是你的屁股有发炎、感染的现象，可以随时找我，我会对你的屁股负责到底的，看在你牺牲色相救了大家的份儿上。"朱迪轻描淡写地说道。

原来是误解了他的意思，怪不得答应得这么爽快，凌小马有些失落，但他又马上解释道："不是对屁股负责，是对我负责。"

"我对你的屁股负责不就是对你负责嘛！"

"这个负责不是那个负责！"凌小马发现越解释越混乱，干脆直接挑明，"我把整个身心都交给你负责，怎么样？"

叶枫再也听不下去了，直接拉着朱迪要离开，这种无赖简直得寸进尺！

怕她走掉又不知何时才能见面的心情，让凌小马忍着剧痛爬了起来，他抓住朱迪的另一只胳膊，严肃而认真地说道："我是认真的，我喜欢你，本来今天就是要跟你表白的！"

夹在叶枫和凌小马中间的朱迪被两只有力的手握得有些痛，在他们对峙的眼神中，她看到了各自的愤怒，于是她挣开了两人的控制，转身对叶枫说："我想跟他讲清楚再走！"

"凌小马，我不接受你的表白，也不想跟你再有任何的纠缠。"

"为什么？"他不可能因为这么一句话就死心。

"因为你的喜欢让我感受不到一丝丝的诚意。"

凌小马霎时间陷入了沉思，朱迪拉着叶枫准备转身离开。

"那怎么样才能表现我的诚意？"

"如果你想追我，先考上滨大再说吧！"朱迪没有回头。

"这可是你说的，我一定会考上滨城大学的，到时候你可不能抵赖！"

"当然！"

高考，你奈我何

对于朱迪答应凌小马追求的事，叶枫想问又开不了口，他猜不透朱迪怎么想的，既然嘴上说不想跟他有纠葛，又何必给他机会呢，难道她对凌小马还是有好感的？

"你是不是在想，我为什么最后考虑跟他交往？"叶枫一有心事就不说话的习惯，朱迪再了解不过了。

叶枫的心思一下子便被朱迪戳穿了，但他不想让朱迪知道他非常介意她跟凌小马的关系，更不想承认自己的气量变得如此之小，竟然在吃凌小马的醋。于是他继续沉默，装作不在乎的样子。

"唉，你既然不感兴趣，那就算了！"看他没反应，朱迪也失去了告诉他真相的欲望。其实全世界的人都看得出她内心期待着谁，只有他，这个千年老冰块才这么不开窍。要是她真的喜欢凌小马，早就答应了，今天不过是个缓兵之计，一个不学无术，送外卖的无赖能考上滨大？恐怕他还没考就已经放弃了吧。

然而凌小马并没有她想象的那么意志薄弱，既然向女生夸下了海口，现在反悔也来不及了，关键是怎样才能实现这个目标呢，他在回来的路上一直思考着。

"你知道滨城大学的分数线是多少吗？最低也要过一本重点

线，这里可是985、211的重点大学，不是我上的那种野鸡大学。哎呀！你倒是说句话啊！要不别折腾了，天涯何处无芳草，哥们再给你物色个好的，保准比那个朱迪强。"杨子一个劲儿地开导，以他对凌小马的了解，凌小马根本不是读书的料，那么排斥读书，怎么考滨大这种学校啊，这不是自取其辱嘛！

杨子认定他凌小马百分之一百的考不上滨大。有时凌小马也不明白，他们一家高级知识分子，姥爷是大学教授，姥姥是中学退休教师，小姨和过世的母亲都是研究生毕业，这样的一家怎么会出现自己这么个另类？难道是遗传了那个未曾谋面的父亲？那他父亲智商得有多差才能带跑一家子！再想这些也没有用，他凌小马坚决不能在女孩子面前跌份儿啊！于是他暗暗跟自己较劲，无论如何都要考上滨大！

当凌小马告诉凌洛自己要复读考滨大的想法后，凌洛第一感觉就是难道这孩子被雷击了？比起这个宏伟目标，她对棕熊何如霸王硬上弓的更感兴趣些。但凌小马严肃的表情告诉她，这次他真的不只是说着玩玩而已。

难得他也有这么奋进的时候，但凌洛也不得不用现实打击他道："你有目标是好的，但咱们也要定一个切实可行的目标，否则竹篮打水一场空。滨城大学的水平排我们省第一，即使在全国也数得上前十。我对你要求不高，上个普通的本科院校就好！"

"不，要考就考滨大，其他的不上！"凌小马斩钉截铁地答道。

凌洛知道凌小马是属倔驴的，他认定的事谁劝也白搭，由他去吧！反正她也想让凌小马收收心，可没想到竟然是泡妞给了他动力，她反倒要好好谢谢朱迪了。一想到朱迪，她突然意识到最近在健身馆忙得不可开交，倒把胡彪、卫迟这一档子事忘记了。其实凌小马也有错，不该总为难那个孩子，何况朱迪在医院时说得那么诚恳。想到这儿，凌洛打通律师的电话要求和解，自己不再追究，她突然觉得跟那么个轴教练抬杠简直无聊透了！

打击归打击，但凌洛还是帮他四处打听，报了重本率最高的补习班。当凌小马坐在补习教室，重新面对高中那些厌恶至极的教材时，他恨不得给自己一个大嘴巴子，"瞧你这张嘴，答应得挺痛快的，也不看看自己有几两重，滨城大学！傻眼了吧，唉……"颇有一种追悔莫及的感觉。

就在他深切质疑自己的能力时，教室的门突然打开了。一个身穿黑色套装，脸上架着大框眼镜，嘴里箍着牙套的女老师，慢慢走了进来，看她的模样与其说像个老师，不如说稚嫩得跟学生一样。凌小马内心开始打鼓，补习老师不应该都是40多岁的欧巴桑吗？

"看你的表情很是怀疑我的能力啊！"说话利落、干练，丝毫不像她的外表那么繁琐。"听你小姨说你的目标是滨大，你可以质疑，但要想考上滨大，就得懂两个字：服从，四个字：坚决服从！"

"我为什么要听你的！看你的样子，年纪也跟我也差不了多少！"凌小马生平最讨厌被控制，要想让他这只孙猴子听话，那也得请如来佛才行。

"学问与年纪无关，事实上你还比我大一岁，可是你的高考成绩连个专科都上不了，而我，高二就跳级考到了滨大。所以我劝你不要把时间都浪费在一些无聊的问题上，因为我是算时薪的。"

这个气势强劲的补习老师确实震慑到了凌小马，既然她把自己吹得这么牛逼的，暂且看看她有什么能耐！

看凌小马不说话，女老师转身将一张图表粘在黑板上，"这是你报名时候的摸底考试分析，很不幸，凡是跟语文、历史有关的题目都是0分，但你的数学还不错！"终于听到老师一句赞赏的话，凌小马瞬间信心爆棚起来。"函数题0分，几何题0分，加减乘除20分，这是你所有科目中的最高分了。"

虽然凌小马知道自己的水平也就这样，但被她这样直接道破，除了尴尬，他更加对自己考滨大的想法产生了怀疑，仿佛一个膨胀的气球一下子瘪了下去。

"如果你没有坚持下去的勇气，我劝你还是别在这儿浪费时间和金钱了。"对于一个没有韧劲和学习主动性的学生，她宁可不教。

"那老师你给句痛快话，都听你的就能考上滨大吗？"开弓没有回头箭，他没得选。

"能！"

异常肯定的语气、锐利有神的眼睛，凌小马不得不佩服她的魄力。不管了，只要能考上，叫她姑奶奶都行。

"如果没有别的异议，那在接下来的每一天，你都必须按照我规定的时间和课程进行复习和测验，还要准备国家二级运动员考试！"

"什么，运动员考试？"凌小马完全弄不懂她在说什么。

"滨城大学去年一本最低分数是580分，但体育生的分数线才465分，所以以你现在的实力走体育线是最好的选择，如果你能在一个月内拿下国家二级运动员的证书，就能在高考成绩中加20分。"

经过老师的分析，他突然意识到原来还可以走这条路，果然文化人就是不一样。"那我考什么项目？"

　　"游泳！你不是在个人简介中写自己最擅长的是游泳吗？"

　　一听考游泳，凌小马的眼睛一下亮了起来："别的不敢说，游泳我还从没输过谁！"

　　"你有信心就行！"老师说着，又拿出两张时间表，"一张学习，一张运动！"

　　看到密密麻麻的课程，凌小马的下巴快掉在了桌子上，这简直是"魔鬼训练"，竟然精确到了分秒。本以为摆脱了高中终于可以轻松自在了，没想到自己又重新跳了进来，这不是自己打自己的脸嘛！事已至此，抱怨无用，他终于深刻体会到了那句名言：出来混，迟早都是要还的！

　　在接受新任务的几个月中，虽然每天重复着学习、锻炼两件事，但凌小马过得跟打了鸡血一样，做体能训练的时候，嘴里还不忘背着古诗词；文化课学累了，便赶到附近的游泳馆跟着教练练习专业泳姿。连凌洛都不得不对他近来的变化感到吃惊，这还是她带大的凌小马吗？整个跟换了一个人似的！还是这个方芳老师有办法，一小时200块钱，值了！

　　方芳从来不建议将凌小马困在课堂上，她鼓励他灵活掌握，学习靠的是自觉，她每天只指导四小时，其他时间由他凌小马自己把握。一个月的时间里，她见证了他的努力与成果，本以为凌小马会受不了复读的苦而中途退缩，没想到他竟然真的挺到了国家运动员二级考试。

　　"你别紧张啊，再喝口水！"杨子一边揉腿，一边递水。看他兄弟最近这么努力准备考试，他得全力配合，服务到位。

　　"钢牙妹呢？她没来？""钢牙妹"是凌小马背地里给方芳取的绰号，他给她取绰号并不代表他不尊重她，其实他非常佩服她，听小姨讲，方芳不但以专业第一的成绩进入了滨大数学系，而且年年都是国奖的获得者。他凌小马天生最佩服的人之一就是数学学得好的，何况方芳还是个名副其实的"学霸"加"考霸"。

　　"哦，她说游泳这么专业的项目她不在行，这种考试没有悬念，线内就过。不过的话，她再换个备考思路。"杨子原想帮凌小马多拉个人过来加油的，可惜除了他，谁都没空！

　　"考试马上开始，请除了考生以外的人迅速离场。"广播发出最后通知，比赛就要开始了。

　　"凌小马，拿下这场考试，你距离滨大就差445分了。"凌小马一边扣泳镜，一边暗自鼓劲。

　　一声哨声，八个泳道的考生齐齐入水，水花打得骤响。凌小马潜泳出水，位居第一。几乎齐头并进的，还有一个戴着绿色泳帽的大高个。在到达50米处，两个人几乎同时转身，蹬踏，潜泳，出水。直到最后10米，凌小马才以微弱的优势超过了第二名，触壁成功。

　　凌小马成功了，还得了第一。杨子赶紧给凌洛和方芳发信息报喜。方芳今天虽然没到场，但在教室听课的她十分忐忑不安，终于等来了好消息，悬着的一颗心落定了！

　　"钢牙妹，啊，不，"凌小马打电话向方芳报喜时，一激动便说漏了嘴，他连忙改嘴道，"老师！我就说我游泳没输过谁吧！您看，第一名，您老人家一向赏罚分明，是不是该奖励我一下？"

　　原来是来讨赏的！方芳想了想，好像确实没什么可给的，不过前几天学生会倒是给每个主席都发了话剧票，就是不知道他想不想要。"我这有两张学校话剧社的票，就当给你放松放松，你要不要来看？"

"来，当然来了，白给的我能不要？开玩笑嘛！顺便提前感受一下我的大学生活。"拿下了国家二级运动员的考试，凌小马对考滨大的信心大增。

当晚，方芳带着凌小马来到学校礼堂。这是凌小马第一次参观滨大的礼堂，乳白的墙壁，古典的雕花，一派欧式风格，在树木的掩映下显得格外典雅大方。而此时等待入场的人已经排起了长龙，凌小马没想到看个话剧，竟然还有这么多人。其实他对话剧本身并不感兴趣，甚至觉得无聊透顶，这次来不过是想碰碰运气，看看能不能跟朱迪来一次意外的邂逅，毕竟他已经一个多月没见她了，生怕她忘了自己。

"你在看什么呢？"看凌小马一个劲儿地望来望去，方芳很是好奇。

"没，没什么。唉！就想看看能考上滨大的学生都长什么样，现在看来其实跟我也差不多。"

"那你之前以为他们应该长成什么样？"

"应该都跟你一样啊，一脸的聪明相！"

听到这样的回答，方芳一下子被逗乐了。

凌小马跟她相处这么久，这还是第一次看到她笑，他上前一下子将她的黑框眼镜摘了下来。

"钢牙妹，你干吗把自己伪装成个小老太太呀，不戴眼镜，笑起来多好看啊！"他没想到钢牙妹近看还是个美人胚子呢。

"还给我！"方芳夺过凌小马手中的眼镜，"以后不准你没大没小地叫我钢牙妹，听到没？"

"不上课，咱们就是同龄人，今天你就别拿老师的身份压我了，好吧！"凌小马略带恳求地说道。

就在他们谈话间，礼堂的大门打开了，同学们纷纷持票入场。偌大的舞台、满地的红毯、光滑的大理石墙面再次让凌小马感慨道："不愧是滨大，连个礼堂都这么霸气！"方芳和凌小马的票是VIP座，直接坐在了前三排，视野很好，台上的一切可以一览无余。但凌小马的心思并不在舞台上，他回头望着上下两层满满的人群，不知道这里面有没有朱迪。几番观望后并未发现她的身影，难道朱迪跟自己一样对话剧没兴趣？那自己岂不是白跑一趟，凌小马的心里犯起了嘀咕。

没过多久，舞台上灯光全开，主持人上场报幕，原来今天演的是《罗密欧与朱丽叶》，这么老套的剧竟然还有人看！他凌小马虽然没看过话剧版的，但情节还不是那样，至于这么多人挤着来看嘛！

看话剧这么文艺的活动果然不适合他，听着演员文绉绉的对白，他心里一直在呐喊："能不能说句人话！"

"叶枫出来了，叶枫出来了！"后面几个女生叽叽喳喳地欢呼起来。

叶枫？上面演罗密欧的竟然是叶枫！凌小马眼睛一下子瞪大了。

"没想到还是文娱部部长的面子大，真把叶枫请来了，怪不得这么多观众！"方芳自言自语道。

凌小马一看果然是叶枫，没好气地说道："罗密欧这么丑，那朱丽叶也好看不到哪儿去！"

"瞧，我们的朱丽叶来了！"方芳指着舞台，一幕白炽光出现在正中央，那穿着一身白衣，头戴花环，矗立在舞台中央的不是别人，正是朱迪。

凌小马看呆了，化妆之后的朱迪简直惊为天人，眼波流转着灵动，嘴角洋溢着甜美，比起"朱丽叶"，她更像山间跳跃的精灵。

方芳看着凌小马痴呆的样子，笑着问道："你还觉得我们文娱部的部长丑吗？"凌小马连忙摇了摇头，眼睛一动不动地盯着朱迪。

"朱丽叶，你是我前生的明月，命中的鲜花，你比最璀璨的宝石还耀眼，比最明亮的珍珠还迷人，钻石代表我忠贞不渝的心，请答应做我的新娘吧！"罗密欧跪下向朱丽叶求婚。

朱迪和叶枫在台上演着恋人，凌小马在台下醋意翻滚，这算是间接表白吗？此时，他恨不得自己就是提伯尔特，拿起剑与罗密欧大战三百回合。剧情刚演到两人结为夫妻，他便再也看不下去了，起身离开了座位。

夜晚的滨大，没有了白天喧喧嚷嚷的声音，湖中泛起的湿气夹杂在11月微凉的晚风中，凌小马的头脑也冷静了下来。原来真正喜欢一个人的感觉是甜中带酸，甚至是苦大于甜。以前他也追求过别的女生，可是他们之间的感情来得快去得也快，他没挽留过谁，谁也没挽留过他，大概好聚好散就是他之前对爱情的定位。然而他为什么就是对朱迪难以释怀呢？是她曾在泳池边伸手捞起过自己？是她在被自己调戏时发呆的可爱表情？还是她在女汉子的外表下实则掩藏着一颗柔软而善良的心？往事一幕幕在脑中翻过，最终定格在朱迪拒绝他时所说的话："因为你的喜欢让我感受不到一丝丝的诚意。"如果朱迪认为考上滨大就是他凌小马的诚意，那他一定不会认输，他要证明自己的喜欢绝不只是说说而已。

"话剧太无聊，我还不如回去啃数学！接下来请你再接再厉，千万别手下留情！钢牙妹！"方芳打开凌小马发来的微信，这家伙竟然不告而别！

接下来的几个月中，凌小马充分见识了方芳的"再接再厉"，做不完的五年高考三年模拟，看不完的视频解析，碳素笔芯已用到第五盒，一本本五颜六色的笔记划满了重点、非重点。

"你那时高考考了多少分？"凌小马对方芳的成绩有些好奇。

"好像是647。"

"啊！这么高！那你可真是学霸中的战斗机！"

听到凌小马的夸奖，方芳并不觉得有什么可骄傲的："当你用轻飘飘的一句'学霸'表示感慨时，了解这后面藏着多少的'拼'和'忍'吗？世界上没有免费的午餐，也没有天生的'学霸'。'学霸'都是人前光鲜，人后苦逼的主儿！如果你没有试过半夜二点背书背到哭，做题连坐六小时后腿麻，我只能说，你跟高考无缘。"

凌小马被她这一番话震惊了，他一直以为她是天生IQ超高的人，不懂得人间疾苦，总是没有底线地逼他做这做那，可万万没想到学霸也是这么拼过来的！

"所以说，想要达成一个目标就得付出相应的代价，在这一过程中，努力比天分更重要！看到现在的你就像看到了曾经的我，有时候我还很挺怀念那段时光的，可以心无旁骛地只为了一件事而拼命。"

方芳言语中略带夸奖的意思让凌小马心虚不已，钢牙妹一定觉得自己跟她一样，是为了考上好大学才这么努力，如果让她知道自己是为了泡妞，还不被她鄙视死！所以这个秘密坚决不能让她知道。

日子不知不觉地飞闪而过，日历上的倒计时也从200天转换成了0天，高考如期而至。这一次参加高考的心情与去年完全不一样，去年在小姨的棍棒之下，凌小马不得不去点个卯，而这次他是带着考取滨大的任务来的。左右两个口袋分别装着杨子和凌洛求来的福袋，他知道这样挺傻的，但他现在也希望各路神仙，不管是佛祖还是耶稣，有空的都来帮帮忙。

两天的考试，紧张的不只是凌小马一个人，凌洛和杨子场场在外面守着，方芳也是没课就过来等，然而他们统一口径，绝不好奇问他考得怎么样，直到最后一场结束，才从凌小马嘴中撬出一句话："反正会做的都做了，尽人事听天命呗！"

天命有时候是件很神奇的事，当方芳打电话告诉凌小马可以查成绩时，他正抱着二毛睡大觉呢，考完的日子简直醉生梦死，不知魏晋。一听成绩，他一个鲤鱼打挺从床上站了起来，满脸的睡意消失殆尽。翘首以盼的成绩终于出来了，在输入准考证号时，手仿佛不听使唤，总是输入错误。

点击"查询"按键后，凌小马起先闭着眼不敢看，他既激动又害怕，最终好奇克服了恐惧，他清晰地看到屏幕上的分数："总分441分。语文89分，数学116分，英语62分，文综174分。"

"我去，我竟然可以考这么高！"凌小马不敢相信地抓着自己的头发。就在他满心欢喜的同时，突然想到要考上滨大，起码也要

445分，喜悦一下子变为了忧愁。

接下来的填报志愿，凌小马不顾凌洛的反对，毅然将整个志愿表从上到下填的都是滨城大学。凌洛被他气得抓狂，他这哪是高考，简直就是儿戏！从头到尾只是为了泡妞，不管别人为他花了多少心血！

凌小马也知道自己这么做挺对不起小姨的，但他选择复读的动机就是为了在朱迪面前兑现自己的承诺，即使现在机会渺茫，他也必须搏一把。可他有了赌博的精神，却没有面对的勇气，在录取结果公布之时，凌小马还是喊来了杨子帮他查询。

杨子看着坐在床边的凌小马，说道："我按回车了？"

"按吧！"手心出汗的凌小马抓了抓床单。

杨子准备要按下电脑回车键时，手悬在空中，他也紧张得不敢按下去。"要不你自己来？"

凌小马不说话，纠结得要死。

"万一真的没考上怎么办？"杨子反倒替他担心起来，"其实，上个大专也不错。你看我，对吧！"

凌小马心想我找你来可不是给我泄气的，他一把推开杨子，坐在了电脑前，慢慢举起手来，把食指放在了回车键上，屏住呼吸按了下去。

凌小马和杨子两人死死盯着屏幕，一秒、二秒、三秒……窗外的雨敲着玻璃一滴、两滴、三滴……

屏幕终于显示了出来："您输入的时间已超时，请重新输入。"

"切！"两人同时发出不满的声音。只好再重新输一次，这次凌小马果断地按下了回车键。

Loading……

此刻，凌小马的心已经提到了嗓子眼，他心脏跳动的频率如同外面的疾风骤雨，焦急而迅速。

页面终于刷新出结果。

凌小马盯着屏幕看了很久，又看了看杨子："这是什么意思？"他今天怎么看不懂汉字了呢！

杨子看着凌小马一脸痛苦的表情，说不出话来。

"你说话啊？"

杨子突然抱住凌小马，大叫道："考上啦！考上啦！你小子竟然考上啦！"

凌小马愣神，他不敢相信杨子的话，又转身去看电脑，瞅了好久，终于相信他真的、真的被滨大录取了。

"你马上告诉我小姨和钢牙妹，我出去一下！"说完，凌小马便出了门。

"你干吗去？外面下着大雨呢！"杨子的话还没说完，凌小马已经溜没影了。

要告诉朱迪，而且要当面告诉她！这个场景在他的梦中出现了不下百遍，甚至在去滨大的路上，他还在怀疑这会不会又是梦。如果是梦，那这次一定不要醒得那么快。

硕大的雨滴重重地敲击着宿舍的玻璃，整个滨城淹没在7月的暴雨天中。

"唉，我的减肥计划又被这场大雨淋泡汤了。"胖铃瘫在床上，嘴里还不停地嚼着薯片，"接下来的一个多星期全都是雨天，看来老天爷都不想让我减肥！"

"得了吧，你不跑步的理由多着呢，下雨天不去，大姨妈来不去，出去聚餐不去，一个月根本跑不了几回，像你这样迈不开腿管不住嘴的，还是别瞎折腾了！"玩着"王者农药"的阿萌也觉得胖铃减肥无望。

"我怎么管不住嘴啦！"胖铃起身辩驳，"前两天我还试过苹果酸奶减肥法呢，你忘了？"想到这个自己就超委屈的，这法子太坑人了，第一天只能吃三个苹果，水都不让喝，说是要排空多余水分后才能达到减脂肪的效果，第二天倒是不吃苹果了，改喝无脂酸奶，还不能超过1000ML。那两天嘴里简直能淡出个鸟来，看到盐都想舔两口，就这种魄力还被阿萌说管不住嘴，她可不服气！

"对，你当时是管住了，可一到第三天不就破功啦，两天减下去的半天就被你吃回来了。"说到这儿，阿萌和朱迪都笑了起来。

确实，胖铃无言以对，生无可恋地瘫倒在了床上。

"胖铃，其实这样没啥不好的，你没听过减肥先减胸啊，胸和减肥水火不容，要是你瘦下来发现胸却没有了，到时候后悔就来不及了。"朱迪坐在床边安慰她。

"那你这么瘦，怎么胸还这么大、这么挺呢！哼，吃我一记抓奶龙爪手！"说着，胖铃便将魔爪伸向了朱迪的胸，猝不及防的朱迪赶紧护胸，又趁她不备抓了回去。

"阿萌，上天不公啊！朱迪的胸摸起来好舒服啊，怪不得那么多男生都追她，就连叶大男神都快被她收服了，我不想活啦……"

"哪有！你别胡说，叶枫跟我是发小，是一个team的，况且他们经院的课程又多，游泳队的任务又重，哪有心思谈恋爱啊！"这些年来，她跟叶枫的关系一直不咸不淡的，谁也没有再迈出一步。

何况她怎么能奢望叶枫对她有所表示呢，他那么优秀、那么闪耀，现在又成了学校的重点栽培对象，即使努力跟他做了校友，做了实习队医，可还是存在着一道无法跨越的鸿沟——家庭。

"我怎么听着言外之意好像是抱怨叶枫怎么还不表白呢！"阿萌望着朱迪，露出了一丝坏笑。

就正她们互开玩笑时，宿管阿姨将内线电话打到647宿舍，询问朱迪同学是否在宿舍，说是楼下有人找。朱迪刚想问是谁，那边已经挂了电话。一脸疑惑的朱迪只好下楼看看，谁会在大雨天找到宿舍呢？

一个全身湿哒哒的背影，手上竟然连把伞都没有。

"请问是你找我？"

没想到转过身来的人竟然是凌小马！还没等她弄清楚原因，凌小马便一个健步立定在了朱迪的面前。

"去年你说的话还算不算数？"他为这句话拼了一年，他希望她信守承诺。

"什么话？"许久未见，这人怎么还是这么无厘头。

"你说我考上滨大就答应让我追你！"她竟然忘记了，凌小马些许失落。

居然是这件事，她记得。其实这一年来她多多少少会想起这个人，想起他几番戏弄自己，当然不会忘记他的屁股被棕熊磨到脱皮的糗样，但是当时她认定他一定考不上才提出了这个建议，难道他真的考上了？不可能吧！

"我记得，我确实说过。"他怎么可能考上，朱迪暗忖。

"既然你记得，那我就放心了，现在可以兑现承诺吗？"凌小马兴奋地看着朱迪，但朱迪还是一脸的疑惑，"仔细听好，我凌小马考上滨大了！所以你要答应我的追求！"

朱迪觉得自己是幻听了，怎么可能？怎么办？她一点思想准备都没有。逃！赶紧逃！这一想法几乎立即涌进了大脑，不管他了，她没有留下一句话便跑上楼。

凌小马想追，但宿管阿姨怎么可能让他进去："站住！女生宿舍男生止步！"无奈，凌小马只能眼巴巴地看着朱迪在自己面前跑掉了。

虽然没得到答案，凌小马心里依旧美滋滋的，他冒着大雨站在宿舍楼下，冲着整栋楼大喊："朱迪，朱迪，没关系，我们以后有的是时间！"许多女生纷纷探出头看这个痴情的傻瓜在雨中告白，朱迪当然也听见了，她堵住耳朵，站在楼道里，懊恼万分："朱迪啊，朱迪，你怎么在他面前变成胆小鬼了呢，你以往处理事情的风格可不是这样子的呀！当时直接说不算数不就好了，干吗要逃呢？唉！"她开始意识到自己以后将要惹上个大麻烦。

水中行走零度爱

9月的天气渐渐退去了暑热，凉爽的清晨唤醒了凌小马凉爽的心情。

一大早凌洛便载着凌小马和杨子赶去滨大报到，凌洛今天说不上来的畅快，她家的混世魔王终于上大学了。对一个家庭而言，孩子上大学简直是一个里程碑，凌洛没想到自己也会有这么一天，她终于可以向老姐有个交代了。

来到滨大，凌洛想帮他办完报到再走，但被凌小马拒绝了。

"我自己的大学生活要自己开始！"凌小马拍着胸脯对凌洛说道，一副冠冕堂皇的样子，实际上还不是怕凌洛耽误他泡妞的大计。

开学报到的日子，满眼都是一个个拖着行李，行色匆匆的新生。

"师兄，谢谢、谢谢！太麻烦你了，还是我自己来吧！"一个女生试图从一个男生的背上将床垫拿下来。

"师妹，别客气，你师兄就是用来麻烦的。"男生并没放手，照样背着往前走。

此情此景，凌小马不禁感慨道："嗯，走到今天我才弄明白，为什么这么多人挤破头地考进大学。"

"为什么？"杨子以为他参悟了什么。

"你没有闻到吗？"

"什么啊？"

"一股爱情的味道……"凌小马陶醉地说道。

"滚！"杨子岂止有闻到，看都看饱了，滨大妹子的质量比他那专科学校里的好太多了，他好想转学啊！

兜兜转转，问了好几个人，凌小马和杨子才找到报到处。在众多院系的帐篷中，凌小马终于看到了自己所属的学院——体育学院。

"唉，又是个师弟，咋就没个师妹呢？"陈旭坐在一旁，一边扇着扇子，一边对查对凌小马资料的方永健说道。

"师妹？你有空在咱们这儿等师妹，还不如去外语和中文那边看看呢！"要不是自己任务在身，他早跑去别的学院了。"好了，师弟，可以了，这是你的校园卡，欢迎你成为滨大体育系的一员。"

凌小马郑重地接过校园卡，从这一刻起，他才真正感觉自己成了滨大的一员，这个曾经是别人家的校园成为自己家的了！

入学的第二天，滨城大学迎来了一年一度的迎新大会。旭日体育场上，密密麻麻的学生站在操场上聆听校长的讲话，其中有新生，也有校学生会的骨干成员。台上胡校长正庄严地讲着学校的历史和辉煌成绩，台下的学生却哈欠连天，其实这也不能怪他们，为了赶6点的升旗仪式，所有人都打破了暑假培养起来的生物钟。

朱迪也在心里默念着校长赶紧讲完，她的眼睛真的已经挺不住了，恨不得用两根小棍支住眼皮。看着一旁将要昏睡过去的朱迪，叶枫往她身边靠近了一点，生怕她一个不留神就要摔倒。

一阵掌声惊醒了朱迪，原来校长已经演讲完毕，但是这并不意味着结束了，因为接下来还有新生代表发言。

"听说这次的新生代表是管理学院的，貌似还是我们学校党委书记的儿子！"

朱迪听到方芳和旁边的人在议论着这个来头很大的新生代表，忍不住朝发言台看去，然而看到的不是别人，竟然是西装革履的凌小马。她没想到他会是新生代表，可是他根本不可能是傅书记的儿子呀！叶枫一眼认出了凌小马，他怎么会在滨大，而且成了新生代表？感到诧异的不只这两人，还有方芳。

凌小马站在话筒前，看到下面黑压压的人群，清了清嗓子，说道："各位，早上好！首先请原谅我的紧张，本人是第一次在这么多人面前发言，小腿现在还在抽筋，所以一会儿有说得不妥的地方，还请各位抬爱，鼓掌可以，禁止起哄。"

凌小马一段幽默的开场白，顿时引起了台下同学的一片哄笑，全场的睡意不见了，纷纷抬起头看着这个与众不同的新生代表。

"我很高兴可以成为滨大的一名学生。在来到这里之前，我不知道上大学到底是干什么，印象中感觉跟上高中也没什么区别。学习，考试，没有自由，不能打游戏，更不能泡妞。所以，从来到这里的前一天，我还偏执地认为上大学没啥意思。我看台下有同学在笑，估计也是跟我一个感觉吧。但是，这位同学，今天在这里我想跟你多说一句，我喜欢这个学校，喜欢学校里的花花草草，还有空气中弥漫的一股爱情的味道。"这一段肺腑之言更是引发了一阵热烈的掌声。

　　刚刚上洗手间回来的傅书记一听不是自己儿子的声音，连忙拉着工作人员在一旁盘问这个冒牌货是谁。可工作人员也弄不清这是怎么回事。为了顾全大局，他没有上去揭露这个冒牌货，但傅有益去哪儿了？必须马上弄明白，谁坏了他的好事。

　　"能考上滨大，在这里我要感谢一个人。是她给了我动力，是她让我的人生有了第二种选择，也是她在我最落寞失败的时候，鼓励了我，扶起了我。这个人就是……"

　　朱迪听到这里，低下头她不敢再继续听下去，她怕凌小马会说出她的名字，或者做出一些意想不到的事情。叶枫看到朱迪的样子，他知道她在担心什么，于是主动拉起朱迪的胳膊往后走。此时方芳的脸也红了起来，她觉得这个人应该说的就是自己吧。

　　"这个人就是……我的母亲。老妈，你儿子成功了！"

　　"怎么是你妈啊？"有同学起哄，他们以为会听到一个振奋人心的名字呢！

　　"不是妈是谁啊？同学，你想多了吧！"凌小马故弄玄虚地说道。

　　听到凌小马说自己感谢的人是妈，方芳激动的心情顿时有些失落，而朱迪却一下子放心了，他怎么敢在这么严肃的场合胡闹呢？本来加快的脚步渐渐停了下来。

　　其实就在叶枫、朱迪穿过人流往操场门走去的时候，凌小马便在台上看见了，他本来还没在人群中找到她，但这次是她自己先暴露的。朱迪，我要给你一个最轰轰烈烈的surprise。

　　"当然，除了我妈，我还想感谢另一个人。她是我人生的指明灯，有了她，我才能看得更远。谢谢你，朱迪！"他望着她的背影，害怕来不及送上自己的大礼。

"按照约定我已经考上了滨大，你现在不用着急答应我什么，也不用紧张。借今天这么难得的机会，我作了一首曲子送给你。也请各位老师同学，做个见证。谢谢大家！"台下，口哨声、掌声、起哄声已经混为一体，许多认识朱迪的人纷纷在找她。方芳这才明白原来凌小马非要考滨大的理由，竟然是为了朱迪！

凌小马拿出口琴，深情投入地吹了起来，乐曲悠然连绵，犹如夏天的百合，甜而不腻。胡校长没想到新生代表竟然会当众表白，他不是一个保守的人，甚至觉得这孩子挺用心，其他几位领导却觉得有些出格，建议校长赶紧让他停止，但胡校长却没有任何行动。

就在众人陶醉之时，傅书记带着傅有益来到发言台，赶紧让人把台上这个冒牌货拉了下来，原来傅有益莫名其妙被反锁在了洗手间，这事肯定与凌小马脱不了干系。

在几个工作人员的拉扯下，凌小马被拖下了台，但他嘴上的口琴一直没停，直到被拉着经过朱迪面前时，他才停下来，挣脱了工作人员的束缚，站在朱迪和叶枫面前，郑重说道："朱迪，我做到了！"围观的学生一片欢呼，起哄着喊道："在一起，在一起……"

被凌小马这样一搞，全体学生的焦点都不在发言台上的领导了，都纷纷跑过去起哄，瞬间将三个人围得水泄不通。朱迪被众人欢呼的气势惊呆了，她之前听到曲子还有那么一点感动，然而现在她的感受只有恐惧和害怕。她第一次经历这种场面，她以前期盼过、羡慕过那些当众表白的桥段，但对方应该是自己喜欢的人呀，更确切地说，应该是叶枫才对，绝不应该是他凌小马呀，她此时恨透了他，恨透了他让她在众人面前尴尬得下不来台。

　　叶枫愤愤地看着凌小马，他恨不得上去给他一拳。这场闹剧是由他凌小马开场的，就让他一个人承受吧，他和朱迪谁都不想掺和进去，于是他拉着朱迪的手拨开起哄的人群，走出了操场。

　　顶包事件再加上当众表白，凌小马还没开启大学生活就已经荣登滨大的名人榜，虽然校方对他进行了严厉的批评与惩罚，但凌小马在学生之间的人气却竹节攀升，尤其是学校新闻部在校报上刊登了凌小马军训的照片后，越来越多的女生对他产生了兴趣，成群结队地跑到操场上看他军训。然而这些爱慕者的观摩却惹得教练十分心烦，再加上凌小马平时在队伍中不听指挥，经常嬉皮笑脸，毫无军训的样子，更加深了教练对他的坏印象，于是一逮到机会便罚他在太阳底下站军姿。

　　午后太阳残余的高温晒得凌小马满头大汗，他的脚底也开始重心不稳地左右微晃。如果不是军鞋里垫着两层姨妈巾，他早就挺不住了！没想到平时净出馊主意的杨子在关键时候竟然给了一条明路。不过要是凌洛知道了她的姨妈巾都被他拿来垫鞋底了，肯定免不了一顿痛扁。可此时管不了那么多了，他现在基本天天被罚，今天又被罚站了一个多小时，别的同学已经在原地休息，他却还要继续罚站，他不服！他不过就是对那些来看他的女生抛了个媚眼嘛，人家顶着太阳来看他，他怎么也得表示表示吧，不能伤女孩子的心嘛，这有错吗？而且眼看着就要到5点解散的时候了，教练却没有一点召他回去的迹象，他现在又饿又渴，脚站也站不稳了，整个上半身都在晃。

　　"凌小马！"

　　"到！"教练的一声呼喊，他以为终于可以结束了，可谁想……

"站个军姿很难吗？我教的手是这么放吗？你脚并拢了吗？按照我教的，重新罚站一小时！"教练一边说一边用力纠正他的动作。

"可是教练，马上就要解散了呀！"

"要是我回来没看到你或者看到你没站好，后果自负！"说完，教练便走回队伍，宣布了解散。其他系的同学也陆陆续续解散走出了操场，空旷的草坪上只留下凌小马一人还在站着军姿。

他凌小马可以不走出操场，不吃饭，但是绝不能继续虐待自己的脚丫子，虽然他也害怕教练中途回来，但现在他的脚一刻也站不住了，于是看着人走得差不多了，他便一屁股坐在了草坪上，扒下鞋，果然又磨了三个水泡！

5点之后，学校才允许非军训生进入操场，于是接连来了一批又一批锻炼的人，凌小马看到人越来越多，迅速地穿上鞋子站了起来。

朱迪、阿萌、胖铃每天都是这个时间段来操场跑步，本来像朱迪和阿萌这么瘦的人其实没必要天天过来，但为了培养胖铃减肥的毅力，她们不得不当起了陪练。

"快点，胖铃，这才半圈，你就喘成这样，这学期末还有800米测试呢！"阿萌跑在前面，朱迪陪着胖铃在后面艰难前行，鼓励她加油！

"800米！我现在80米都不想跑了，能不能先停一下再跑？"胖铃150斤的体重压在她160厘米的骨架上实在是太沉重了，她之前总是走走停停，突然要连续这样跑，她真的吃不消。

"胖铃，你看前面！"朱迪指着一个穿着军装的背影，她知道胖铃最喜欢高挑的人，尤其是军人，见到他们简直分分钟想成为军嫂。"虽然只是背影，但是我敢肯定能有这么迷人背影的人一定是个帅哥！"

胖铃一听是个帅哥，还穿着军装，心一下子活泛起来了，连脚步也加快了一个频率，想上前看个究竟。看来对胖铃来说，不用阿萌和朱迪轮流拖拽的，恐怕也只有美食和帅哥了！

目标越来越近，越来越近，就要看到帅锅的脸了，要怎么不经意地看他一眼呢，胖铃内心浮现了许许多多经典的邂逅场景，到底要用哪一种呢？好纠结啊，干脆就假装蹲下来系鞋带吧。

终于跑到帅锅旁边了，就在胖铃蹲下来侧目的时候却呆住了，朱迪和阿萌看到她不动也好奇地看着那边，没想到这个人竟然是凌小马！

怕什么来什么，自从上次当众表白后，朱迪真的再也不想见到凌小马了，她现在看到他除了厌恶还是厌恶。她再也不想跟他有任何纠葛，什么承诺都通通见鬼去吧！

凌小马第一眼看到的便是朱迪，她粉红色的运动背心加白色的短裤在操场上显得十分靓丽。看到她要走掉，他忘记自己还被罚站，立刻飞奔了过去。但朱迪看到他在后面追着自己，急切想甩掉他，于是加快脚步跑了起来。

"你跑慢点，我又怎么得罪您老人家了？"凌小马觉得她没理由不理自己啊！

"哦，我明白了，女孩子被表白后多少有点害羞，可以理解！"凌小马见朱迪还是没停下来，以为她是见到自己害羞。

"害羞你个大头鬼！"虽然不想搭理他，但她更不想让他误会自己。朱迪停下来，狠狠瞪着他，眼中冒着怒火大声说道："别再跟着我了！"这一嗓子简直震惊了半个操场，凌小马也愣在了原地。看着朱迪跑远了，凌小马心中充满了疑虑，他哪里做错了，女孩子不都喜欢这种浪漫刺激的告白吗，为什么朱迪对他的态度这么冷淡，甚至是厌恶？

"学弟，胜败乃兵家常事，胜不骄败不馁，加油！"自从阿萌知道凌小马为了朱迪考来滨大，她对凌小马是真心佩服，比起叶枫，凌小马更接地气。

"是啊，是啊，如果朱迪不答应，你也可以考虑一下别人嘛！"胖铃瞄了一眼凌小马，心里OS道："老娘也不错的，咋都不看看我呢！"

"凌小马！我就知道你小子不老实，还不给我过来！"教练竟然在这时候回来了。接下来的事情可想而知，凌小马在教练的陪同下又硬生生地站了半个小时才回去！

暗无天日的军训终于在一周之后结束，凌小马虽然一天到晚被教练罚站，但也因为他，这位严苛的教练竟然跟他们一年级的辅导员有了共同话题，军训之后两人宣布在一起了！凌小马听到这个消息又好气又好笑，虽然无形之中促成了一桩好事，但谁知道他是不是被教练故意利用了呢！

"别人都成双成对的了，老子怎么还单着呢！"凌小马郁闷得不想出门，周末宁可窝在家里孵豆芽。

"我怎么觉得你上个大学变傻了呢！"杨子放下眼睛上的VR，接着说，"你以前360度无死角追女孩子的战术不会用啦？"

杨子的话倒是启发了凌小马，朱迪现在越不想见他，他越要多为两人创造见面的机会，转变她对他的看法，可是在哪儿能经常见到她呢，宿舍他进不去，医学院他也不是没守过，还有哪儿？凌小马闭着眼睛在脑海回忆朱迪出现的一幕幕场景，突然他睁开了双眼，没错，还有泳队！只要加入了泳队，天天都可以见到她。想到这儿，凌小马高兴地从沙发上跃起，振奋地说道："朱迪，等我加入了泳队，我看你还怎么躲！"

流体力学困兽局

进入滨大游泳队可不是一件简单的事，一直以来游泳都是学校重点扶植的体育项目，这里也曾走出许多国家冠军，甚至是奥运选手，譬如叶枫的母亲汪海海便曾是花样游泳项目的奥运冠军，因此进泳队可没凌小马想的那么容易，不经过教练的亲自选拔谁都没法进入泳队。

凌小马唯一还算得上优秀的特长就是游泳，可是在高手云集的滨大，以他的实力真的能进泳队吗？当他看到一个个虎视眈眈的对手时，心里也没了底气，然而更让他尴尬的是选拔他们的教练竟然是卫迟，难道滨大的教练就一个吗？完了，完了，冤家路窄，他不会记私仇吧？卫迟当然不会忘记这个跟胡彪结怨的凌小马和他那个不讲理的小姨。

"没想到，你小子也在这儿！上次的账还没算呢！"傅有益拦在凌小马的前面，迎新大会上竟敢顶自己的包。

"我不认识你，识相的走开！"凌小马觉得这人莫名其妙，但他也不是软柿子谁都能捏。

"你不认识我？我们今年可是第三次见面，就算你不记得二级运动员考试那次，那也应该记得今年迎新大会你顶替的是谁吧！"

没道歉就想混过去，没门！

凌小马这才记起来，原来就是这哥们被自己锁在男厕所了呀！"哎呀！上次的事确实是我的不对，您大人不记小人过，何况我们这么有缘，上次的事就算了吧！"他凌小马虽然不是软柿子，却是个能屈能伸的主。

没想到凌小马会这么痛快认错，傅有益本打算教训这小子一下，现在却又挑不起事来了。但他怎么可能就这么放过他，从来没有人能从他身上抢走什么，尤其是荣誉，新仇加旧恨，这次要一起算清楚，这个泳队有我没他！

然而现实却并没如傅有益的意，凌小马和他，连同其他的五位同学都被选拔进了泳队，一想到以后要跟凌小马一起训练，傅有益便恨得牙根痒痒。

凌小马在看到学校发布的公告后，心情大好，他感觉他现在的人生简直跟开了挂一样，顺风顺水。踏着独轮平衡车在校园中呼啸而过，这种拉风酷炫的感觉让他如痴如醉，他正幻想着自己进入泳队以后，夺得大小比赛金牌无数，那时候朱迪会是何等地为他痴迷发狂，主动投怀送抱。想着想着凌小马忘乎所以，自己傻乐起来，就在此时，从旁边的小路上跑出一个人，凌小马没来得及刹车，便和她撞在了一起，凌小马倒在了她身上，四目对视，原来这个人不是别人，正是方芳。

自从在迎新大会上得知凌小马喜欢的人是朱迪后，方芳对凌小马心里憋着一股说不上来的怨言，可她以前只当他是自己的学生啊，他的一切跟自己无关，可为什么自己像是吃醋一样地避着凌小马和朱迪，甚至当别人谈论他们时，她都觉得刺耳呢？一直以来的疑问直到现在心跳的频率和肾上腺激素的分泌告诉了她答案，没错，她对他着了迷。

"你没事吧？钢牙妹，好久没见你了。"凌小马一脸无辜地将她扶起来，帮她拾起飞落的传单，"你这么急急忙忙的，干吗去？"

"发传单。学生会在活动中心那儿纳新，我刚从文印室拿来的宣传材料，没想到就被你撞飞了！"方芳语气淡淡的，低着头整理着自己的材料，她想抑制住自己激动的心情，尽量以以往的神态面对他。

"如果来不及，那我帮你送去吧！我现在可是踩着风火轮的哪吒，比你快多了，都给我吧！"说着便把方芳手里的材料夺了过来，方芳根本来不及拒绝，就看着凌小马朝活动中心方向驶去了。

"部长，外联部的部长快演讲完了，下一个就是咱们文娱部了，可材料还没到，怎么办？"一个女生急忙忙赶到门口向朱迪报告情况。

"别着急，再等等！"她相信方芳马上就会回来，不知道怎么了，方芳最近做事总是心不在焉的，她负责的几个部门的宣传材料竟然忘记发给文印室。

正在朱迪焦急等待的时候，凌小马踏着平衡车驶入了她们的视线。

这家伙为什么总是阴魂不散的，装作没看见，不去理他，朱迪继续看着远方。

"你是不是在等这个？"凌小马将平衡车在地上划出一个优美的弧线后，潇洒地停在了朱迪面前。没想到这材料竟然是给朱迪的，天助我也！

朱迪一看，凌小马手里拿的确实是她要等的材料，现在不是问他前因后果的时候，朱迪毫不客气地将材料拿到自己手中，往活动场地奔去。

即使这么不被朱迪待见，但凌小马还是感觉美滋滋的，这就是他们之间的缘分，挡都挡不住，必须跟上去看看！当他安置好平衡车再去找朱迪时，朱迪正声情并茂地在台上做着演讲，台上的她是镇静自如的，同时也是活泼爱笑的，和之前总是冲他发脾气的朱迪完全不一样。在那短短的10分钟内，他一动不动地盯着朱迪，好像眼睛长在了她的身上，他对她多了解一分便多喜欢她一分，她在哪儿他就必须跟到哪儿！

方芳其实早就站在了凌小马的后面，她本打算上前谢谢他，可看到他目不转睛的样子，她就知道他现在的心思全在朱迪身上。确定了自己的心意，却发现对方喜欢的另有其人，这种挫败、心酸的感觉，她还是第一次体会……

"幸好有你及时送过来，否则……"方芳还想说些什么，可还没开口便被凌小马打断了。

"学生会纳新，我可以报名吗？"凌小马一脸期待地看着方芳。

"嗯，当然可以，只要你有意愿。"方芳很清楚他要做什么，她虽不情愿，但无可奈何。

凌小马冲到前排从工作人员那儿拿了表，在"志愿部门"一栏中填写了"文娱部"。朱迪，我凌小马就是黏上你了！

按照凌小马原来的想法，待自己进入游泳队之后一定会大展拳脚，然而现实却并非如此，从第一天进入泳队到现在已经两周了，他连泳池里的水都没沾过，每天都是围着泳池慢跑，做拉伸训练，打扫卫生，他怀疑卫迟把他招进来纯属为了报复。其实除了卫迟，他跟泳队的人多多少少都结下了梁子，胡彪不用说了，整天看到他都没好脸色；傅有益那边虽然道了歉，但也被对方视作死敌，叶枫倒是没怎么搭理他，但他凌小马看见叶枫心里也不舒服呀，所以他感觉自己现在的处境简直就是水深火热，唯一的慰藉就是能见到朱迪，偶尔还可以调戏她一下。

在凌小马死乞白赖的恳求下，卫迟终于允许他下水，但却只能练习起跳和触壁转身这两个基础动作，其他一概不可以。这种枯燥而乏味的练习足足折腾了凌小马两小时，只要凌小马一偷懒，卫迟就在旁边鞭策，最后凌小马全身筋疲力尽，腿脚也开始抽筋、瘫软。卫迟知道凌小马的基本功不扎实，怎么可能让他一上来就下水训练，只有让他自己清楚自己几斤几两才不会这么浮躁。

被卫迟捞上来的凌小马趴在地上不停地干呕，作为队医的朱迪赶紧过来为他做肌肉拉伸，她板着他的脚尖往前压，逐渐增加力道，然后又帮他揉搓、拍打小腿、大腿。朱迪的按摩刚刚缓和了凌小马的酸痛，他又开始犯贱，趴了过来享受朱迪的服务。

"往上一点！再往上一点！用点力！嗯、啊！"凌小马故意发出暧昧的呻吟声，这令朱迪十分难堪。

朱迪红着脸，责怪道："你能不能正经一点？"

"朱医生，你拉伸我的筋骨，呻吟一下是很正常也是很合理的，从医学的角度叫作……对，叫作条件反射，怎么在你眼里就不正经了？"

朱迪恨他嘴贫，狠按了一下。这次凌小马叫得更销魂了：

"阿！噢！爽！"

"你故意的吧？"看在他是伤员的份儿上，自己已经一忍再忍，可他太过分了。既然已经没有大碍，她何必再看他耍流氓呢，她放下凌小马的大腿，自己一言不发地走了。

"哎，哎，朱医生，你别走啊，我腿还没好呢！"凌小马在背后呼唤，朱迪当作一个字都没听到。

下午，学生会召开会议上报自己部门的人员名单，朱迪在自己部门的人员中竟然看到了凌小马的名字！他竟然报了文娱部！他一定又是故意的，本来每次在泳队遇见他就够烦心了，他要是进了自己的部门她不得撞墙啊！所以坚决不能让他进来。

"主席，我们部现在的人太多了，所以这次能不能缩减名额，去掉一些人！"朱迪询问方芳。

"可以，但这些都是衡量再三最终确认下来的，不能去太多，一两个倒是无所谓，你想去掉谁？"方芳其实也想知道朱迪对凌小马的态度。

"凌小马！我想去掉凌小马！"朱迪毫不犹豫地回答。

"凌小马？难道就是那个在迎新大会上，当众向你表白的凌小马？"其中一个部长突然八卦起来。这句话成功引起了其他人的注意，大会当天他们基本都是在场的，对这个痴情的凌小马印象极其深刻。

"没想到这个凌小马追得可够紧的，都追到学生会来了。朱迪啊，你应该给人家一个机会，我看这个凌小马就不错，有韧劲！"

"是啊，是啊，迎新那天着实让我们这些女生吃了一大把狗粮，朱迪你可不能这么狠心啊！"

"你们文娱部最缺的就是男生了，为了这个部门，你也得留下他呀！"

……

都是一些不明真理、不嫌事大的家伙，他们才见了他一面，怎么可能知道他的可恶嘴脸？一想到他早上发出的呻吟声，她就觉得恶心，这种人她见一次躲一次。

听到大家鼓励朱迪和凌小马在一起的话，方芳表面装作无所谓，面带笑意听着他们开玩笑，其实内心早已翻云覆雨，醋意翻滚。

"通过了筛选，我们没有权利不让他进来，但关键是如果你不想让他进你这个部门，或者不想让他追你，都必须自己去向他讲清楚，你说对吗？"只有朱迪直接拒绝才能断了凌小马的念头，好在凌小马现在只是单恋，方芳又些许庆幸。

自己去说清楚？朱迪觉得自己早就说清楚了，可是装糊涂的是他凌小马，一个装睡的人她要怎么叫醒他！

整整一天，朱迪都被困在如何摆脱凌小马的难题中，郁闷得难以自拔，直到宿舍晚上熄了灯她还翻来覆去，睡不着觉。

"阿萌、胖铃，你们说怎么样才能摆脱一个无赖呢？"朱迪求教两位八卦大神。

"凌小马吧，我掐指一算除了他肯定没别人！"号称半仙的阿萌自信地说道。

被猜中心事，朱迪也是个直肠子，只好从实招来，把凌小马进泳队和文娱部的事告诉了她们。

"朱迪，你就知足吧，有人追还烦恼，像我这样卖得了萌，耍得了二，扮得了少女，演得了女王的传奇女子竟然没有人追，这才算烦恼呢，真是天妒红颜啊！"说到这里，胖铃很是气愤，她拍床坐起，将刚敷在脸上的面膜撕了下来。

听完胖铃的一番话，朱迪和阿萌都钻进被子里笑了起来。

"你们就笑吧，一个个手上都有好资源也不给我介绍，哼！以后还能不能愉快地玩耍了！"听到她们细细碎碎的笑声，胖铃有点生气了。

"胖铃，有桃花是好事，但是惹上烂桃花就是祸事了，你的桃花还没来，但我敢保证一来就是好桃花，是不是，阿萌？"

"我掐指一算，嗯，你的姻缘得等到30岁以后了，施主，你要耐得住寂寞才行！"阿萌说得一本正经的。

"去你的！乌鸦嘴！"胖铃将抱枕丢向阿萌，竟然这么咒她。

"哎呀，你们俩别闹了，赶紧给我想想办法啊，我可不想天天被他这么纠缠！"被她俩闹得差点忘记了正事。

"解铃还须系铃人，关键还在你，要不是你一直名花无主，他也不会一门心思在你身上！"阿萌觉得要断了凌小马的心思，最好的办法就是朱迪赶紧找一个男朋友，难道凌小马还想当第三者不成！

"你的意思是让我现找一个？哪有现成的？何况假的瞒得了一时，可以后要是被拆穿了怎么办？"朱迪觉得这个建议有待商榷。

"怎么没有！叶枫啊，叶大男神不就很合适嘛！我就不信他压不住凌小马！"胖铃认为叶枫最合适不过。

说到叶枫，朱迪便沉默了，虽然她找不到比他更近的男生，但怎么开口啊！像他这种对游泳之外的事都漠不关心的人，怎么可能愿意配合？要是他拒绝，自己不得尴尬死啊！

"朱迪，其实你喜欢他，干吗非等着他来表白呢，像你这样的女汉子，完全可以向他表白啊！"阿萌觉得这两人太磨磨叽叽了，要是不推一把，谁都不动。

"我去表白！不行，不行，这事我做不来，睡觉，睡觉！"朱迪从没想过要去找叶枫表白，待在他身边久了，她有时候觉得两人维持这样就很好，也很舒服，谁往前迈出一步对彼此都是一种惊吓。

"唉！敌不动我不动，你们就这么耗着，浪费大好青春吧！可惜咯！可惜咯！"阿萌说完，宿舍归于一片寂静。

新一天的训练，卫迟像往常一样在队员跑圈之前开始训话。

"还有三个月全国大学生运动会就开始，过去的不管是辉煌还是耻辱一切归零，从今天起给我打起一万分的精神，如果我发现有哪些人不是为了当一名好的游泳运动员，纯属怀着玩票的想法，我劝他早点离开游泳队，因为接下来的训练我会让他生不如死！大家都听明白了吗？"说完这句话，卫迟眼睛直盯着凌小马，他确实看中他是个好苗子，但凌小马的所作所为他也看在眼里。"开始跑圈吧！"

卫迟的眼神让凌小马不寒而栗，他立即收起嬉皮笑脸。然而对他而言，什么全国大学生运动会，都不是他关心的，他来泳队的唯一目的就是追到朱迪，其他的都是扯淡！

跑完10圈后，所有队员都已经大汗淋漓。朱迪将毛巾分给各个队员，当她走到叶枫面前时，昨晚的夜谈内容瞬间浮现脑海，阿萌和胖铃的建议让她在面对叶枫时更加不好意思，在片刻愣神后，她低着头将毛巾递给了他。叶枫没有发觉什么，但凌小马却在朱迪看叶枫的眼神中看到了满满的爱意，那是他想无视却无视不了的存在。

趁着卫迟在指导叶枫、胡彪等人，凌小马想偷偷靠近朱迪跟她说会儿话。此时朱迪正在整理队员的衣物，当她看到叶枫脱下的上衣时，她不由自主地将衣服送到鼻子闻了闻，脸上顿时升起一片红云，叶枫的味道，透着一股冷冽的清凉，不知道在他怀里是什么感觉，光是闭着眼想想，朱迪都激动得心脏直扑通，脸上浮现出止不住的笑意。

朱迪的这一举动被凌小马看得一清二楚，这分明是一个女生暗恋一个男生才会有的动作，站在朱迪背后的凌小马心里哇凉哇凉的，他凑到朱迪旁边咳嗽了一声。

朱迪被他吓了一跳，按住心口，立刻从幻想中回到了现实。

"吓死人，你干吗啊？"

"怎么，做亏心事了吧？"

"我做什么亏心事了？"

凌小马把鼻子凑到衣服上闻了闻，装作被呛到的样子，阴阳怪气地说："哎哟，好大股狐臭味！"

心事居然被凌小马发现了，朱迪尴尬不已，她想辩解什么，然而凌小马却没有给她机会，直接跳进了泳池，大概只有沉在水里，才能淡化此时心中的疼痛。

周五，例行回家的日子，朱迪临时接到老朱的电话，让她带叶枫回家吃饭，说是今天要小露一手，做一顿海鲜大餐。老朱现在怎么也开始掺和起她的事了！不过这倒也是个机会，可以探探叶枫的口风，看看他愿不愿意帮自己。

朱迪老爸朱建强只有一个闺女，虽然朱迪不明说，但他知道女儿的那点小心思。记得四年前搬家时，因为忘记拿叶枫送她的盆栽，她对自己发了好大的火，已经很晚了还坚持要回去拿。从那时起，他明白了叶枫在他女儿心目中的地位，这么多年来，这傻丫头就一直默默地跟在他后面，他看着也心疼，作为家长他帮不了女儿什么，只能暗中推一把了。

为了这顿晚饭，老朱特意去了菜市场，亲自去挑好的、贵的海货，毕竟要款待的对象是叶家公子，不能显得太寒碜了。从菜市场出来时，天已经落起了细细密密的雨滴，朱建强也加快了回家的脚步，可两袋子满满当当的海货让他不得不延缓了他行走的速度。再过一个天桥就到家了，胜利在即他活动了一下筋骨，抬头看了看前方的阶梯，正打算提起东西往上走时，却发现前方一个鬼鬼祟祟、戴着黑色鸭舌帽的男人正贴近一个女学生，朱建强本能地反应这个男人估计是个贼，但因为距离有些远，他无法看得真切，于是他快步走上前。那男人没有注意到有人已经盯上他了，他此时要做的就是趁着人少将女孩子放在右边口袋的iPhone手机偷到手。他尾随了这女孩一路，她并没有发现他，天桥是他最好的作战地点，四通八达他可以跑得无影无踪，他将自己的作案工具一柄长镊子插入女生的口袋，很顺利地拿到了，只见他迅速将手机塞入自己的口袋，然后掉头往回走。

朱建强看得一清二楚，他上前拦住小偷，大声呼喊前面的女生，但那女生仿佛没有听见一样继续往前走，朱建强人单力薄，两袋子海鲜也在拉扯中散了一地，但他仍然狠狠地拽住小偷的衣服，小偷也是不是吃素的，他一脚踹在了朱建强的肚子上，将他一把推倒在地，赶紧往前逃。

"小偷，抓小偷！"朱建强捂着肚子还不忘呼喊。

骑着平衡车的凌小马恰在此时经过，看到了这一幕，他立刻调转方向去追小偷，小偷的脚力怎么可能比得上凌小马的平衡车，凌小马眼看伸手就要抓住小偷了，他大叫一声"抓小偷"，并将他扑倒在地，两人在地上进行激烈的厮打，围观的人群不敢上前，见机只好拨打了110，请求援助。小偷见人越来越多，不得不拿出刀子，打算吓退凌小马和围观群众，但凌小马可不是个胆小怕事的人，他死死盯着小偷，在小偷要刺向他的时候，他一把抓住小偷的胳膊，打算夺过他手中的利器。就在双方来回争执中，刀划破了凌小马的胳膊，被割裂的伤痕瞬间渗出一道血迹，然而凌小马依旧没有放开他，情况变得愈加紧急，小偷为了早点脱身，向凌小马刺出了第二刀，幸而警察及时赶到，控制住了小偷，否则后果不堪设想。

为了弄清事情的前因后果，凌小马和朱建强作为重要证人一同前去派出所录口供。当两人从派出所走出来时，天色已经渐晚，凌小马帮朱建强提着袋子，一直把他送到朱家楼下。一路上两人相谈甚欢，在闲聊中朱建强得知这个富有正义感的小伙子竟然跟自己女儿同校，也是滨大的学生，于是他格外热情地邀请凌小马跟他回家吃饭。

回旋阻力爱未完

"进来，快进来，小马！"朱建强将凌小马引进屋。

干净整洁的屋子，略带复古的装修，客厅墙上一幅大大的装裱字画，定眼一看，原来是毛泽东的《沁园春》。凌小马觉得这屋子的主人一定是毛泽东的粉丝，不但墙上挂的是毛泽东的作品，连柜子上都摆着各式各样的毛泽东像，可以想象屋子的主人是个别具情怀的人。

"平时您一个人住？"偌大的屋子却冷冷清清的，没有其他人。

"对，女儿每周只回来两天，她课程紧，周一到周五都在学校住。今天说好带同学回来的，也没见到人影，你随便坐我打个电话！"朱建强说完，就拨打女儿的电话。

凌小马对这一切都感到好奇，他站起身来到柜子前看着主人的收藏，大大小小仿古的杯子、盘子，凌小马对此一窍不通。他突然在其中看到一个相框，里面是一家三口的照片，一位年轻的母亲抱着一个四五岁的孩子，依偎在孩子父亲的怀里，一家人幸福的模样让凌小马羡慕不已。他从来没有一张这样的照片，唯一有的就是一张母亲学生时代的独照，那是他小时候从姥姥家的相框中偷拿出来的，一直压在他的床底。

　　"我女儿是不是很像个小男孩？"朱建强看他望着照片发呆，"那时候我一抱她出去，别人都以为是个小子呢！"说到这儿，朱建强开心地笑了起来。

　　确实，利落的短发，中性的衣服，看不出是个女孩子。

　　"那阿姨呢？她不在家？"凌小马从进屋到现在一直没有看到他的妻子。

　　"12年前得病去了。"朱建强盯着照片中的妻子，脸上的笑渐渐消失了。

　　"对不起啊，叔叔，我不该问的，我……"凌小马察觉到自己唐突了，赶紧道歉。

　　"唉！没事，都过去了，就是心疼女儿，那么小就没了妈！"他最对不起的就是闺女。

　　凌小马害怕勾起别人的伤心往事，赶紧转移话题："您女儿今天不回来了吗？"

　　"我也纳闷呢，这孩子怎么不接电话！你坐着看会儿电视，我把东西先放厨房。"朱建强打开了电视，转身去了厨房。

　　凌小马正想拿遥控器，突然看到一个裹着浴巾，敷着面膜的女孩子从一个门中走了出来。那女孩子看到他也吓傻了眼，一手指着他，一手捂着身体，嘴里大叫了起来，脸上的面膜也随即落了下来，那张面膜底下的脸不是别人，竟然是朱迪的！

　　听到女儿的叫声，手里还提着壶的朱建强赶紧跑了出来，以为发生了什么事。

　　"他怎么在这儿？"朱迪指着凌小马问老朱。

　　"你先进屋把衣服穿好再说！"老朱赶紧将朱迪推进了卧室。

天下居然会有这么巧的事，这个萍水相逢的和蔼大叔竟然是朱迪的父亲，凌小马不由得笑了起来。

"这孩子怎么在家一声不吭呢？我还以为她没回来呢！小马没吓到你吧？这孩子老是这么咋咋呼呼的。"朱建强还觉得有些对不住凌小马。

"没事，没事，叔叔，您别把我当客人，有事直接吩咐就行！要不我帮您做饭吧？"虽然朱迪不待见自己，但看得出她老爸还是挺喜欢自己的，搞不定媳妇，先讨好老丈人也不错。

朱建强一开始还不同意，但耐不住凌小马的请求，只好同意他到厨房帮忙了。换好衣服的朱迪走到厨房兴师问罪，这个凌小马简直无耻，竟然跟到家里来了！

"爸，你知道他是谁吗，就往家里领！"朱迪一点都不给凌小马面子，当着他的面问老朱。

"小迪，怎么说话呢！"小迪一直以来是个有礼貌、懂事的孩子，怎么今天这么反常？老朱将她拉到客厅，将他跟凌小马的英雄事迹原原本本地告诉了朱迪，听完事情的经过，朱迪吓得出了一身冷汗，连忙问老朱伤得严不严重，要不要去医院。

"我没什么事，你帮小马上上药，他胳膊被刀刺伤了还一直说自己没事！"老朱看着凌小马自己在厨房忙个不停，很担心他的伤。

凌小马竟然也有这么一面！一直以来她都把他当成无赖、流氓，避之唯恐不及的对象，没想到在危急时刻他能挺身而出。不过回头想想，凌小马确实本质不坏，他以前不也在游乐场救过小孩子吗，想到这，她之前对凌小马的怨气突然消退了一大半。

"好，我去拿药箱！"看在他见义勇为的分上，她就不计前嫌帮他上药吧。

"对了，小迪，叶枫怎么没来？"朱建强只看到小迪一人，并没见到叶枫呢。

听到叶枫的名字，刚打算走出厨房的凌小马立刻止了步，今天朱迪要带回家的同学是叶枫！难道他们已经走到见家长的地步了？搞不清状况的凌小马靠在门口偷听他们的谈话。

"他说家族有聚会，来不了了。"朱迪也很丧气，这是她第一次请他来家里吃饭，得到的回答却是这样的。朱建强看到朱迪失落的表情也不知道该说什么。

凌小马一听叶枫不来，反倒欣喜起来，听到朱迪走进厨房的脚步声，他立马拿起刷子刷起了螃蟹。朱迪提着药箱走进厨房，一改以往剑拔弩张的气势，小声而温柔地问他伤在哪里。凌小马一看朱迪要给他上药，乖乖地将受伤的胳膊举起给她看。

"不严重，就是割伤了一道！"凌小马这个时候还能傻笑起来，"当时流血我都没觉得什么，倒是把那小贼给吓到了，胆儿这么小，还做啥贼啊！"

朱迪一边给他上药，一边听他眉飞色舞地讲着自己如何制服小偷，其中当然少不了凌小马刻意夸大的成分，但朱迪也不拆穿他，就暂且容许他吹牛一次吧！

夜晚的凉风透过窗户吹得人格外惬意，凌小马看着朱迪帮他上药，看得发了呆，她怎么那么好看呢？稍稍扯起的笑容，微微滴水的头发，还有风吹来她的体香，她的一切他都喜欢，都令他着迷。

"啊……疼，疼，疼！"凌小马突然打破这一静谧。

"我弄疼你了？"朱迪赶紧缩回手中的棉签。

"不，不是伤，是它！"凌小马抬起左手，一个大大的螃蟹正夹着他的指头，凌小马赶紧甩掉。"小子，你厉害是吧？哼，第一个就炖了你！"凌小马拿起螃蟹对它说道。

凌小马太搞笑了，朱迪不由得大笑起来。第一次，她觉得可以跟凌小马相处得很轻松。

"你会做饭？"为他上完药的朱迪，怀疑地问道。

"别的不会，海鲜那可是我的拿手绝活！"没想到跟杨子烤虾店厨师学的几手，今天还派上了用场。

"谁知道你是不是吹牛啊，到时候别浪费了我们家这一堆海鲜！"

"你不信，那我们就比比！"

"比就比！Who怕Who！我可是操刀10多年的人，到时候可别好吃到你落泪！"朱迪从来没跟他这样俏皮活泼地讲过话，对凌小马来说这是一个很好的开始。然而在欣喜之余，凌小马也感受到了她的心酸，他虽然也没有妈妈，但小姨和姥姥一直待他很好，可朱迪呢，朱迪那么小就要自己做饭，他心疼她。

朱建强看着这两个孩子说说笑笑，一起做饭的场景，仿佛看到了朱迪结婚后的样子，他只有朱迪一个孩子，唯一所愿就是希望她能得到自己的幸福。叶枫固然好，但他妈妈那一关并不好过，他不希望自己的女儿在叶家受冷落，被欺负。生活即使平凡点也没事，只要她过得幸福！

"清蒸鲈鱼！"朱迪的第一道菜上桌，紧接着凌小马的油焖大虾和麻辣砂锅螃蟹也端了上来，最后是朱迪的可乐鸡翅和海带排骨汤。一大桌丰盛的大餐勾起了三个人的食欲，终于可以吃晚饭了，每个人都有着满满的成就感和自豪感。朱父作为评委，认认真真地品尝每一道菜，最后他郑重宣布大奖花落凌小马，朱迪表示不服，说老朱偏袒凌小马，一顿热热闹闹的晚饭一直吃到了10点。

周三例会，朱迪正在查对新进文娱部人员的名单，关于凌小马进不进的问题，许多人都好奇朱迪的决定。基于上次开会朱迪的态度，大家都认为凌小马无缘文娱部，然而出人意料的是朱迪竟然提都没提，直接默许通过了。方芳也不便再说什么，她虽然不知道为什么朱迪转变了心意，但对她而言这绝对不是个好现象，因为她很清楚接下来凌小马一定还会继续纠缠朱迪。

按照每年的惯例，学生会在新成员正式开展工作之前，都要举行一次校外活动，增加彼此的认识和了解，而这次要去的就是云苍山的军事训练营。

由于活动允许自带家属，胖铃和阿萌便颠颠儿地跟着朱迪一同前去，阿萌主要想感受一下活动氛围，但胖铃纯属奔着脱单去的，什么拓展一下交际圈啦，增进以后的学习机会啦，都是借口，一大早就打扮得花枝招展的，生怕别人看不出她是来相亲的。

山路颠簸，如同催眠的摇篮，校车上的学生都有些昏昏欲睡。胖铃的头靠在朱迪的肩膀上，呼噜大得震天，哈喇子都快流出来了，朱迪好不容易把她的头扶直，不一会儿胖铃的头又垂到了朱迪的肩上。凌小马也没有睡意，他一直看着坐在前面的朱迪，自从上次在她家吃饭之后，凌小马没有再见到朱迪，而这次活动无疑是个打铁趁热的好机会。他看到朱迪正在揉自己的肩膀，估计是被胖铃的大头枕麻了，于是他一把将杨子脖子上的靠枕拽了下来，熟睡的杨子被他的大动作惊醒了，还没搞清楚状况，就看见这小子把他的靠枕递给了朱迪，示意她给胖铃带上。

"好你个凌小马，我算是看清你了，以后有事别找我，就知道坑队友！"杨子感觉自己被凌小马骗了，来找他的时候说是什么有福利第一时间就想到了他，这分明是来跟他遭罪的。

"你个男生别那么娇贵，借给女生用用怎么了，我要是你就主动让出来！"凌小马正义凛然地说道。

借花献佛还有理了，杨子不想跟他再争辩了，反馈给他的只有一个大大的白眼。

校车终于到达目的地。训练营的裁判带领着已经换上迷彩服的同学们来到野战场，并发给了每人一把枪。

方芳召集所有人，向大家讲述游戏规则："丛林狙击战就是模拟战场的两军对抗，所以我们分两个阵营，每人有50发子弹，只要被彩弹击中就over。为了保证大家游戏中的安全，队员们在野战的全过程都不允许脱下头盔。如果遇到特殊情况可以向现场裁判示意。大家听明白了吗？"看到众人点头后，方芳接着说，"现在我们开始分队，我和朱迪各为一队的队长，现在请队员站队，尽量保证男女比例协调。"

方芳和朱迪站在前面，方芳看着自己这边的人越来越多，然而这队伍中却没有凌小马，她早就知道他会走向朱迪，心里还期待什么呢？

杨子为了报复凌小马的虐待，毅然站在了方芳的队伍中，只要一找到机会他绝对不会放过凌小马这个见色忘义的损友。

队伍分配完成后，裁判一声令下，大战正式开启。只见整个野战场地，彩弹飞扬，场地内敌我双方的对抗越来越激烈。两队队员先后有人阵亡，凌小马在朱迪身后开枪掩护，但自己却自顾不暇。杨子猛烈的枪火专门对着凌小马打，凌小马刚抬起头，杨子"砰"的一枪在他头旁边爆开，他差点中弹。凌小马算是看出来了，杨子成心不想让自己"活"，于是他也趁杨子不备将枪瞄准了他。

"杨子，小心！"胖铃看见凌小马将枪口瞄准了他，立刻跑上前用后背为他挡了一枪。

杨子见中枪的胖铃缓缓倒在他面前，他一把抓住胖铃的胳膊，胖铃用最后一口气深情地望着杨子，她感觉自己已经是电视剧中为爱牺牲的女主角，在向男主角做最后诀别："别伤心，就当我报答你送枕的恩情了，否则再也没有机会了……"话一说完，胖铃便"咽了气"。

胖铃的挡枪之举实在出乎杨子的意料，胖铃竟然为自己而"死"，杨子第一次被女生所打动，在枪林弹雨中，他竟然抱着胖铃情绪失控地大叫："别走！"

凌小马看着这一对活宝把琼瑶剧演得活色生香，真想给个赞，不过赞是给不了了，但枪子倒是可以给，于是他不费吹灰之力一枪击中了杨子的心脏。还沉浸在悲痛中无法自拔的杨子，没想到凌小马竟然会暗算他，他一手捂着心脏，一手指着凌小马发出自己最后一声悲鸣："老子做鬼也不会放过你的！"说完顷刻倒地。

一看胖铃已经over了，还是为敌军死的，朱迪很是无奈，她现在只有尽力护好阿萌了。阿萌从没打过枪，看见敌人就闭着眼一阵乱打，子弹早就用完了，于是保护阿萌的重任就落在了她的肩上。只见朱迪身手矫捷，枪法快、准、狠，枪枪致命，凌小马根本无用武之地，他本来还想着跟朱迪组成"雌雄双煞""狙击侠侣"呢，现在可好，人家根本用不到自己！

"砰！"朱迪在伏击时，没有顾好阿萌，阿萌中枪牺牲了，可敌人呢？朱迪慌张地往四处张望，都没看到。

"快走，这里很危险！"凌小马上前拽着朱迪起身离开，刚才他只顾自怨自艾，忘记了自己的掩护职责，在听到枪声后，他也没发现敌人，看来已经有个潜伏的枪手瞄准了他们。

朱迪依依不舍地放下阿萌，跟着凌小马往树林方向前进。

"砰！砰！"两人移动迅速，两枪都没被打中，他们朝枪射来的方向望去，也没发现有人。

"有人要玩阴的！你先走，我来掩护！"凌小马放慢了脚步，密切关注着周边一切动静。

朱迪跑在前面，枪子接连打向她，朱迪一个急转身准备还击时，谁知一脚踩空扭到了脚，摔倒在地。凌小马赶紧上前护住朱迪，刚刚敌人放枪的时候，凌小马已经发现了他的踪迹，他就在树林的坡上，凌小马朝他连放几枪，可惜没打中。

"你怎么样？"凌小马看朱迪捂住脚，貌似受伤了。

"没事，就脚崴了一下，没大碍的！"

"我们不玩了，我送你回去休息吧！"

"不行，游戏还没结束，我作为队长不能先撤！"朱迪斩钉截铁地说，自己硬撑着要站起来。

凌小马赶紧上前扶住，他不明白，这只是个游戏而已，何必这么认真呢！但看她毅然决然的样子，他只好顺了她的意。他上前一步，一把将她抱了起来，朱迪吓得花容失色，这个凌小马简直太放肆了，刚刚给他点颜料就想开染坊啊！

"放我下来，你又趁机吃我豆腐，放我下来，听见没？"朱迪挣扎着要下来，奈何凌小马抱得更紧。

"你这个队长要是完了，我们这个队就完蛋了，我这么抱着你还能替你挡两枪！"凌小马抱着朱迪赶紧小跑起来，就这么抱着她，就算死了他也愿意。

朱迪觉得自己接二连三地误会他，心中有些惭愧，虽然凌小马这人平时吊儿郎当的，没个正经样，但关键时刻他还是算得上靠谱，出于对他的一点点信任，朱迪抱住他脖子的手又紧实了一些。

暗藏的敌人还在伺机而动，他想射击的对象被凌小马包围得很严实，他无从下手。只剩最后一颗子弹了，他必须做出选择，如果他赢不了，朱迪也不可能赢得漂亮！

眼看就要到达终点了，凌小马用尽全力往前奔去，谁知背后有人已经将枪瞄准了他，朱迪看到那人在他们后方准备射向凌小马，她还没出手，凌小马已经背后中枪，在凌小马中弹的同时，朱迪也向敌人放出一枪，将他击中。凌小马将朱迪放下，催她赶紧往前走，朱迪感激凌小马所做的一切，现在只有她了，她一瘸一拐地踏上了最后一段路程。

裁判的哨声响起，最后的红旗被朱迪摘下。在接受训练营的"最佳狙击手"奖章时，朱迪的目光停留在了凌小马身上，她给他一个甜美的笑容，仿佛也在感谢他的付出。回到学校后，朱迪把靠枕递给凌小马便被阿萌、胖铃搀扶离开了，看着朱迪离开的背影，凌小马还沉浸在她给他的那个笑容。

"还我，你个小人！"杨子一把拽过自己的靠枕，一个铁制的东西瞬间掉在了地上。

"是奖章，朱迪竟然把她的奖章给我了！"凌小马赶紧俯身拾起奖章，"这是我们俩的定情信物，我一定要好好收藏！"凌小马把它当个宝贝一样吻了一下。

"还定情信物呢！我看人家根本就是不稀罕这玩意儿才送给你，还以为收获了爱情呢，你个傻缺！"杨子不屑道。

"唉！我收没收获暂且不论，但你小子今天可是收获不小啊，你没看人家胖铃最后还含情脉脉地看了你一眼吗，艳福不浅啊，哈哈哈……"凌小马调侃道。

"滚蛋！老子还没找你算账呢！"今天的账足够让凌小马请一顿的了。

一呼一吸之间

自从上次的丛林狙击回来，叶枫明显感觉到朱迪不再像原来那样排斥凌小马了，虽然在训练中凌小马还是会不正经地开她玩笑，但朱迪的反应不是漠视，而是大大咧咧地怼回去，甚至互开对方玩笑。这点微妙的变化再次激起了叶枫心中的波澜，他以为朱迪会一直讨厌凌小马，自己根本不用担心两人，然而他忘记了所有的事情都会发生变化，人和人之间的关系又怎么会一直停留在原地呢！

训练结束后，胡彪建了个泳队群聊，里面唯独没有凌小马，他还是看不惯凌小马。在群里，他提议大家一起去"泳吧"喝酒。"泳吧"是个坐落在海边的游泳主题酒吧，老板夏一扬从游泳队退役后便办起了这个酒吧。一到7点多钟，"泳吧"便坐满了人，场面也热闹起来。胡彪、叶枫一干人坐定后，陈旭去点酒水。

"你们猜，我碰见谁了？"陈旭提着一扎啤酒回来神秘兮兮地说。

"看到谁了？Angelababy还是范冰冰？"朱迪此言一出，众人都大笑起来，让陈旭别卖关子了，有话快说，有屁快放！

"省体的'水怪'司马南！他们一群人也过来了！"陈旭看了看叶枫。

司马南,从高中起就视叶枫为死对头,两人不但在泳技上一直难分高下,在家世背景上也是不分伯仲。但自从司马南赢了全国大运会自由泳100米的冠军后,气势就更加嚣张,屡次在背后说叶枫的坏话,然而叶枫只当他是小人得志。

叶枫刚说完不去理他,一众运动员便簇拥着高大黑壮的司马南进来了,旁边还跟着几个花枝招展的女孩。在他们看向司马南的同时,司马南也看向了他们。

只见司马南跟旁边队友说了什么,众人都笑了起来。

叶枫装作看不见的样子,由他去,然而司马南却不会放过任何嘲笑他的机会。

"叶枫啊,不是我说,你们滨大实在是太争气了,上届省运动会我们都没参加,你们还拿了倒数第一,两个月后的全国大运会你们就别去丢人了,哈哈哈……"

胡彪刚要站起来跟他理论,叶枫却拦住了他。

"游泳不是靠嘴的,真有本领的话等全国大运会赢了我们再说吧!"叶枫瞥了司马南一眼,镇静地说道。

司马南跟队友们笑的声音更大了:"这事难道还会有悬念吗?你100米最好的比赛成绩也就是50秒46,怎么跟我比!不自量力!"说完便嘲笑着离开了。

胡彪跟一众队友听到他的话都恨得牙痒痒,然而却不得不承认他们的整体实力比自己强,好好的聚会因为这个不速之客的到来,气氛顿时凝重起来。

看着队友们一个个喝着闷酒,叶枫振作道:"我们还有两个月的时间,只要大家愿意付出努力,最终胜利一定是我们的。今天这酒就当提前庆功了！"说完叶枫一口闷了一杯，众人也打起了精神，跟着闷了一杯。

"别郁闷了，外面音乐响起来了，大家一起去跳舞吧！"朱迪一手拉起胡彪，一手拽着叶枫朝外面走去。

室外的沙滩上架了灯和音响，这里俨然成了"泳吧"的户外舞池。成堆的年轻人在音乐的催化下激情热舞。朱迪直接脱了鞋子走进了人群，随着音乐摆动起来。叶枫向来不喜欢人多的地方，他在一旁拿着啤酒，看着在人群中舞动的朱迪。她跟自己不一样，什么时候都是那么热力四射、活力十足。有时候他甚至很羡慕她，可以自由自在地选择自己想要的生活，而他不行，他身上背负的东西太多，尤其是家族荣誉对他来说简直就是一个巨大的魔咒。

喝多了的司马南也在沙滩上跳舞，身边的几个美女在他身边妖娆地摆弄身姿。司马南左拥右抱还觉得不知足，他的眼睛一直盯着朱迪，对他来说，荤菜吃太多，偶尔也想换个青菜调剂一下胃口。于是他径直走向朱迪，一只手从后面搂住她的腰。朱迪吓一跳，回过头一股酒气直喷在脸上，朱迪厌恶地捂住鼻子，定眼一看原来是司马南。

"美女，咱们来跳个舞吧！"司马南停留在她腰间的手不安分地揉搓着。

朱迪厌恶把他推开："走开！谁要跟你跳舞！"

司马南鼻子哼出一声，不屑道："装什么纯情，我刚才一路在看你，你们这种女孩我见多了！"

"我们是哪种女孩子？"

司马南凑到朱迪耳边说道："又骚又浪！哈哈哈！"

　　第一次被人这样说，朱迪可不是一头任人宰割的羊，就算她的理智答应，她的拳头也不答应。在司马南洋洋得意之时，朱迪狠狠地给了他一拳："你最好嘴巴给我放干净点！"

　　"骚货，你敢打老子？"居然被女人当众羞辱。司马南长这么大还没谁敢对他这样，于是他扬手就往朱迪脸上甩去，但甩出去的手在半空中被另一只手捉住了，他回头一看，是叶枫！

　　"水怪"甩开叶枫的手："英雄救美啊，你他妈的想多管闲事是吧！今天我不把这娘们办了，我司马南三个字倒着写！叶枫，我告诉你，识趣的让开点！"

　　"司马南，你可看清楚了，她是我叶枫的女朋友！别他妈的是不是都伸你那咸猪手！今天我就当你喝多了，不跟你计较。如果你想挑事，想打架，我叶枫奉陪到底！"叶枫说完，便伸手搂住了朱迪的纤腰，朱迪一脸不可思议地看着叶枫，她没被司马南的调戏吓到，反倒被叶枫的话吓傻了。

　　"南哥，别跟他妈的跟小白脸废话，揍他狗日的！"体大的人早就想挑事了，巴不得趁着人多教训一下滨大的。

　　胡彪、陈旭等人也冲了上来，双方人马手里拿着酒瓶，形势一触即发！

　　酒吧老板夏一扬赶了过来："谁他妈敢在我酒吧闹事，都给我停手！"

　　被老板这么一吼，两边的人都纷纷后退了一小步："司马南，别在我店里闹事，我可认识你们教练！"

　　司马南一听，只好悻悻作罢："我们走！你们等着瞧，我会在赛场上让你们输到内裤都不剩！"

"风太大，小心闪了你的舌头！"胡彪顶了他一句，要不是老板拦着，他还真想揍他这狗日的，看他能嘚瑟多久。

"咔嚓！"拍照的声音从陈旭那传来，镜头对准叶枫和朱迪。此时朱迪才发现自己还被叶枫搂住，她抬头看向叶枫，叶枫竟然没有放开的意思，在对视的几秒钟里，她仿佛在叶枫的眼中看到了深情，她是不是误解了他的意思？她觉得他的眼神像太阳一样让自己发烧、晕眩，甚至无力。

"取个证，以后朱迪你就是我们的大嫂了。"陈旭还不忘把照片发到了群里。

"你别胡闹，赶紧删了……"朱迪从叶枫的手臂中挣脱，追着陈旭在沙滩上索要照片，其他人在看热闹之余，早已经把照片保存在手机里了，滨大的男神叶枫和女神朱迪在一起了，这么劲爆的消息不吐不快啊！

第二天校园的BBS上便赫然出现了关于叶枫恋情曝光的新闻，上面贴的正是陈旭拍摄的两人亲密照，什么"叶枫为爱挑衅司马南""叶枫与朱迪不得不说的两三事""男神的癖好"等各式各样的标题，当然也有妒忌、诬陷朱迪的一堆黑粉，上面直指朱迪为"绿茶婊""脚踏三条船"。

沸沸扬扬的舆论当然也传入了凌小马的耳朵中，他不敢相信一夜之间朱迪变成了别人口中叶枫的女朋友，难道叶枫真的表白了？他不相信，当下只有向朱迪求证，他才安心。

朱迪从昨晚回来就一直兴奋得睡不着觉，翻来覆去地思量叶枫的话，他到底是真喜欢我呢，还是只是为了应付司马南呢？哎哟，终于等到自己喜欢的人来表白，应该高兴啊，怎么心里还这么忐忑呢？会不会一觉醒来发现这是自己的梦呢？叶枫啊叶枫，你到底是不是真心的呀？果然早上起床两个幸福的大黑眼圈围在了自己的眼周。一想到自己今天还要去泳馆，突然觉得好别扭，怎么面对他们，面对叶枫啊！

当朱迪来到泳馆门口的时候，她偷偷看了看里面的情况，好像叶枫不在啊，朱迪轻松地舒了一口气。

恰在此时陈旭发现朱迪在偷窥，于是他作弄心起，大叫道："各位兄弟，大家看看是谁偷窥情郎来了！"

所有的人朝着陈旭指的方向，齐刷刷地看到了朱迪。

"嫂子好！"众人向朱迪鞠躬。

朱迪见状慌了手脚，知道他们存心开她玩笑，于是想要逃走。然而计划没有成功，陈旭伸手一张上去拦住了她，并将她拖到了馆内："嫂子，既然来了，怎么这么着急就走了呢，怎么也得看到你的情郎再走吧！"

"谁是你们嫂子啊！你们可不能乱叫啊！"朱迪算是记住陈旭了。

"老大都已经承认了你是他女朋友，你还扭扭捏捏干什么。这可不是号称女汉子的朱迪的作风哦！老实交代，是不是在偷窥情郎？"胡彪也一脸坏笑地看着她。

"偷窥情郎！偷窥情郎！……"众人起哄，拍手叫道。

"我就是偷窥情郎了怎么样？怎么样？"一帮臭小子，朱迪偏不让他们看笑话。

一下子安静了，朱迪以为她震慑住了他们，但看到他们强忍笑意的表情，眼睛都盯着她的后面时，她意识到了什么，慢慢地转过身，不敢睁开眼睛。

没错，是叶枫，叶枫就站在她的后面，似笑非笑地看着她。

朱迪感到头皮一阵发麻，耳根瞬间红了起来，她想跟叶枫解释什么，但又不知道说些什么，支吾了半天一句话也说不出来，于是逃也似的离开了。刚走到门口便和迎面而来的凌小马撞了个满怀，凌小马要找的就是朱迪，可他的话还没出口，朱迪便一脸娇羞地逃走了。

凌小马看了看里面在开叶枫玩笑的人群，又看了看离去的朱迪，他意识到发生了什么，心凉了一大截。可是朱迪前几天还送了他"定情信物"，朱迪对自己还是有好感的，怎么可能这么快转投他人，他不相信，除非朱迪亲口承认。

阶梯课室里，朱迪正在上课，凌小马躲在她后两排，正打算下课找朱迪问个清楚。

讲台上的老教授正在讲授一些生物学知识："动物在繁殖季节，会发生吸引及追求异性的行为。求偶之前往往还有一些准备活动，包括占据领域。领域不仅仅是栖身和取食的场所，也是为了吸引异性与之交配及繁育子代而选择的地方。"

朱迪正在做着笔记，突然感觉有人坐到了她的旁边，抬头一看，来人不是别人，竟然是叶枫。

"你……你怎么跑来听这课？"朱迪低头小声问道。

叶枫也不看朱迪，两眼直视前方，目不斜视。突然他从书本里拿出一个信封递给了朱迪："给你的！"

凌小马看到叶枫坐在朱迪旁边，眼睛里直冒火，他怎么也过来了？休想从我身边抢走朱迪！

朱迪看着信封好奇地问他里面装着什么东西，但叶枫故弄玄虚就是不告诉她，要她自己看，还提醒她晚上等他来接。

叶枫准备起身离去时，座椅反起"嘭"的一声打在椅背。教授转身，就看到他一个人站着，于是说道："这位同学，你来说一下，动物求偶之前往往做一些什么准备活动？"

叶枫哪里是来听课的，他尴尬地站了一会儿，然后凭自己的直觉答道："……吸引异性……交配……"

教授听到这个答案，有些气愤："这位同学别的都没记住，净记得交配了。这都是以后考试的内容，上课要留心啊！坐下！"

说到交配，底下的学生们一阵哄笑。叶枫也无地自容，趁着教授转身写板书的时候，赶紧从后门逃跑了。

朱迪看着他窘迫的样子忍俊不禁，目送他离开后，她拿着信封脸红扑扑的，心跳也开始加速。这会是什么呢？她慢慢抽出了信封，只见里面是两张大剧院歌剧的票，另附了一张字条：今晚8点，不见不散！朱迪不敢相信，难道这是所谓的要约会的节奏，可幸福会不会来得太突然了，她还没准备好就这样在一起了？

凌小马没有看到叶枫送的什么，但看朱迪兴奋的表情就知道里面有蹊跷，是支票？在他脑海中立刻想象到一幅画面，财大气粗的叶枫向朱迪甩出一沓沓钞票，他挑着朱迪的下巴说道："小宝贝，只要跟着我，钱随便花，卡随便刷！"但他一想朱迪也不是见钱眼开的人啊！难道会是情书？画面再次浮现，穿着中山装的叶枫偷偷将情书塞给朱迪，将自己的思念化作一首情诗，诗的名字就叫《思恋你》，想想他都觉得肉麻，叶枫肯定不会这样做。那会是什么呢？

"动物交配过程中，因为不跟人类一样存在明显的避孕措施，一个雌性往往可以与多个雄性进行交配，所以它们的繁殖率会很高……"教授正在以倭黑猩猩为例。

莫非里面是……避孕套？凌小马的脑海中再次闪过一个画面，穿着黑色紧身皮衣的朱迪，手里拿着皮鞭，舔着烈火红唇，诱惑着叶枫，当她走到床前时拿起叶枫给的避孕套，轻轻用嘴一撕……这画面太香艳了，他自己都觉得下面有了反应，他立刻打了个激灵，不会，不会，朱迪一定不是这样的，但难保证叶枫不会兽性大发啊！不行，他得跟着朱迪，不能让叶枫的奸计得逞！

为了准备这次约会，朱迪可是穷尽了宿舍的人力、物力。虽然男神被朱迪霸占了，胖铃和阿萌心里多多少少有些怨气，但肥水没流外人田，是朱迪总比那个嗲嗲的、总追着叶枫跑的中文系系花强！

"胖铃，你化好了吗？坐得好累啊！"被胖铃捯饬一个多小时了，从不化妆的朱迪感觉自己的眼睫毛快不是自己的啦，是不是涂得太厚了点？

"等等，再打一层腮红就大功告成了！"胖铃打扮起朱迪来比自己还上心。

"朱迪，你看你柜子里这都什么衣服嘛，穿上去一点都不淑女！我找我小老乡给你借一身裙子和高跟鞋去！"阿萌也加入了date作战队。

朱迪刚想说不用，阿萌就已经串门去了。

终于穿戴整齐了，看着镜子里的朱迪，阿萌和胖铃都心满意足地笑了，这才像是去约会嘛！朱迪也愣住了，镜子里的这个人好像不是自己，她从没穿过这样的长裙，也没化过这样的妆容，她觉得浑身很不自然，但胖铃说男生都会喜欢这样的女生，叶枫也会喜欢吗?

"朱迪,赶紧下去吧,还差一分钟就到8点咯!"阿萌提醒她,看她紧张的表情,为她打气道,"加油!我们看好你哟!"

朱迪也微笑着握住拳头,点着头说道:"加油!"随即收拾好手包,出了门。

就在朱迪下楼前半小时,叶枫就已经到朱迪的宿舍楼下了,他坐在一部白色的保时捷跑车里等朱迪,朱迪刚一下楼,他便下车迎了上去。今天的朱迪很不一样,他从来不知道她穿长裙的样子是这样妩媚动人,站在逆光中,光线勾勒出她的轮廓,理发浅笑间,她的眼波流转、嘴角轻扬,叶枫觉得朱迪身上像是有个巨大的磁铁将自己吸了过去。

朱迪见叶枫目不转睛地看着自己,她也不知道自己这样打扮合不合适。"是不是太夸张了?其实我本来没打算这么弄的,要是不合适我上去换一下!"

"不,不,很好看,真的很好看!"叶枫的赞赏是发自内心深处的,过去的这些年他错过了她太多的美好,现在再也不会了。"上车吧!"叶枫为她打开车门,两人上了车。

不远处,躲在一旁墙角的凌小马看着朱迪和叶枫欢快的表情,心就像被捅了一刀似的在滴血。但理智告诉他,绝不能让朱迪羊入虎口,于是他骑着绵羊车,歪歪斜斜地追了出去。虽然被保时捷甩得有些远,但他还是一刻不停地跟着他们到了大剧院。

因为平时没有穿裙子和高跟鞋的习惯,朱迪在上台阶时突然一个崴脚,整个身子开始往后仰,眼看就要跌倒了,叶枫有力地扶住了她的腰,阻止了意外的发生。

　　不知道是尴尬还是害羞，朱迪整个脸又红成了一片。叶枫知道朱迪有些紧张，他很自然地松开朱迪的腰，但又轻轻牵住她的手："人多，这样不会走散。"

　　本来还紧张的朱迪被叶枫紧实的大手握住，顿时紧张感消散了大半。而在一旁远远望着的凌小马看着叶枫和朱迪又是抱又是拉手，气得捶胸顿足，大骂叶枫是流氓、是披着羊皮的狼。

　　当叶枫和朱迪已经凭票进场后，凌小马着急地来到售票处，里面已经空无一人，窗口的牌子上写着"20点30分《费加罗的婚礼》票已售罄"。凌小马失落地来到音乐厅的路边，一屁股坐在了歌剧院的台阶上，环顾四周，不知如何是好。

　　此时一个年轻女孩打着电话从凌小马身边走过，只听她说："我等你等了半小时，演出都开始了，你跟我说你一直在门口等我？……你一直在西门？你个傻子，你知不知道歌剧院有多少个门？东南西北总共四个门，你蹲西门那我哪里看得到你！快滚过来，老娘要进去了！"说完女孩便走开了。

　　蹲在地上的凌小马听她这么说，眼睛霍地亮了起来，他起身跑去了东门检票口。验票员看他迟迟不拿票，便开口要票。

　　凌小马可怜兮兮地说："大哥，我没票，我想进去找下我媳妇儿拿一下家里的钥匙，麻烦你帮帮忙。"

　　验票员表示不可以，凌小马执着地恳求道："大哥，你就让我进去拿个钥匙吧，我保证五分钟就出来，大哥你若还不信，我把手机押这儿了，iPhone的，怎么也值几千，如果我五分钟不出来，这手机我不要了，可以了吧？"

　　听到凌小马这样打包票，验票员也就放他进去了，凌小马进了音乐厅后，没有找位置坐下反而匆匆往北门门口跑去。

"这位同志，演出已经开始了，不要再出去了。"北门门口的验票员对他说。

"大姐，我媳妇在外面等我送钥匙，我马上回来，不耽误。"

"那你快点，我这儿要关门了！"

凌小马连忙谢道："好的，好的，麻烦了，两分钟就行，喏，你记得我啊，大姐！"

说完，凌小马便跑了出去，气喘吁吁地回到了最初的那个检票口。"大哥，我拿到钥匙了，谢谢你！"谢完伸手要回自己的手机后，他堂而皇之地从北门进入了歌剧院。

"一堵墙能挡得住我凌小马，笑话！"凌小马为自己的小聪明沾沾自喜。进入了演播厅，凌小马开始一排一排搜罗朱迪和叶枫的身影，功夫不负有心人，终于找到了他们，恰好在他们同排右边边厢处有个空位，凌小马便蹭过人群坐了过去。

歌剧进行了还没半小时，朱迪已看得有些瞌睡了，不住地点头。她意识时刻提醒着自己不能睡，不能睡，于是她狠狠地掐了自己的手后，终于清醒一点。朱迪挣扎地睁开眼时，看见叶枫一张俊脸正凑近看自己，满是关心的表情。

"不喜欢？"叶枫看她很困的样子。

"不是，我是觉得，闭着眼听更有感觉。"被叶枫猜中，朱迪觉得很羞愧，自己怎么能辜负叶枫的一片美意呢！

"是吗？"叶枫也缓缓地闭上了眼，长长的睫毛在空中颤抖，朱迪看得心跳加速，赶紧看向舞台。

凌小马也没闲着，他拿过座位上的宣传册，卷成圆筒状当望远镜对准叶枫和朱迪的位置，整个身子也下意识地往中间倾，几乎靠在他左手边的一个女观众身上，女观众不悦地看向他，但他却没有察觉。女观众的左边是个彪形大汉，正张着嘴睡觉，打着呼噜。

朱迪看着看着又开始犯困了，她偷瞄了一眼叶枫，发现他也闭着眼，于是朱迪放松了紧绷的心情蒙眬睡去，头也渐渐歪倒在了叶枫肩上。

看到两人亲密依偎的模样，凌小马激动得想冲过去，他的骚动引起了左边女观众的不满，在遭了白眼之后，凌小马只好不断地小声念道："离开他，离开他，离开他。"意念似乎起了作用，朱迪竟然真的醒了过来，坐正身体。

"Yeah——"凌小马还未来得及欣喜，突然圆筒就变成了全黑的，他抬头一看，只见胖女生旁边的大个男人正用手堵着圆筒的宣传单，怒气冲冲地看着自己。

"老公，他一直偷窥我！"那位女观众指着凌小马。

"误会，误会，我真的不是看你老婆。"凌小马赶紧向大汉解释，"我连她是男是女的，都没看出来，怎么会——"话还没说完，一记拳头已经打在了他的左眼上。

"啊——"凌小马的惨叫声正好淹没在舞台的歌唱中，没有人注意到。

当舞台上饰演男仆凯鲁比诺的演员唱起那首著名的《你们可知道什么是爱情》时，凌小马也被催眠，进入了梦境。在梦境中，他和朱迪，还有叶枫三人也在演绎着一段法式浪漫故事：凌小马和朱迪是一对情投意合的恋人，他们坐在秋千上一脸幸福地谈情说爱，突然叶枫这个恶魔大boss冲了过来，要从他身边强行带走朱迪，朱迪宁死不从,凌小马遭到叶枫手下家丁的殴打。朱迪见到爱人被痛打肝肠欲断,为了爱人凌小马跟他们拼了。凌小马一人撂倒数个家丁,最后将仇恨的目光锁定在叶枫身上,叶枫见此惊恐地落荒而逃。朱迪回到凌小马身边,她心疼地抚摸着他受伤的脸和被打得青肿的眼睛,凌小马也伸出手回握住了朱迪……

当凌小马还沉浸在美梦之中时,歌剧已经散场了。在一阵啪啪的脆响声中,凌小马睁开了眼,眼前一个清洁阿姨正瞪眼看向自己,阿姨一看这个怎么叫都不醒的小子终于醒了,她连忙将自己的手从凌小马手中拽了出来,嫌弃地说道:"都是口水。起来了起来了,当这儿是酒店呢!"

凌小马这才站起来环视四周,此时剧场已空无一人。"人呢?他们都去哪儿了?"

"当然是回家了。都结束半小时了,再不走车都没了!"

凌小马连忙慌张张地往外冲,嘴里还叫着:"朱迪,朱迪!"可是外面的人已经稀稀散散,朱迪和叶枫早就没影了。凌小马懊恼不已,自己怎么会睡着呢,叶枫会带朱迪去哪儿呢?不会真去宾馆了吧!凌小马不敢再想下去,只好明天一早去泳馆问清楚了。

"饿不饿?要不要再吃点宵夜?"叶枫开车带着朱迪兜风。

"好啊,去哪?"每次睡醒之后都会觉得肚子特别饿。

"你定!"他原以为朱迪会跟他一样喜欢歌剧,但看起来并不是这样的,还是让朱迪选一个自己喜欢的地方吧。

"我想起了一个地方,那儿的东西特别好吃,我们宿舍的人基本每天都去!"朱迪已经跃跃欲试了。

叶枫看她兴奋的样子,便听从她的指挥来到了学校附近的天桥下。

"老板娘，还是老规矩，多辣哦！"朱迪看着别人在吃，自己的唾液已经止不住往舌尖渗去。

"好嘞，小姑娘你又来了。我最近研制了一种新汤料，要不要试试，绝对爽爆。主料名字就叫辣成狗，吃过的人都说好。"

一听这名字，朱迪当即决定要试："好啊，好啊！再加两罐王老吉！"

叶枫从来没吃过路边摊，对他来说在天桥底下坐着小板凳吃麻辣烫简直刷新了他的底限，看着朱迪熟练涮串的动作和表情，他觉得自己整个人都无所适从。旁边的人也纷纷往他们这边看，这两个穿着讲究、精致的漂亮人儿竟然选择在天桥下吃麻辣烫！

"吃啊，你怎么不吃？"朱迪递给叶枫一串麻辣烫，自己也往嘴里送了一串。

叶枫呆呆地接过，看着那串食物，却始终没有勇气送进嘴里，这种汤涮过的东西真能吃吗？这些肉和菜老板消过毒吗？他咽了一口唾沫，对这东西的安全质量产生了怀疑。

"你不喜欢？"朱迪看叶枫迟迟没有吃，突然觉得自己的决定有些仓促和自私，她怎么能带叶枫吃麻辣烫呢！像他这样养尊处优的人肯定吃不惯这种路边摊。"要不我们换地儿吧，我一时高兴没多想，忘了你吃不惯！"说完，朱迪放下手中的签子打算带叶枫离开。

"没事，不用换。"怕朱迪失望，叶枫立刻往嘴里塞了两片辣板筋，果然辣得不行，他强忍着嚼了两口便直接咽了下去。"好吃，我很喜欢，真的！"说完，叶枫又拼命把剩下的几串往嘴里塞，辣得眼泪都要飙出来。为了不让朱迪看到，他又指着一串串的麻辣烫，说道："好吃，好吃，我要这个，这个，还有这个，都给我来一份！"

朱迪一看叶枫确实吃得很开心，便高兴地坐下来帮他涮起了海带、鱼丸、牛百叶。其实叶枫真的吃不了辣，他忍着眼泪拼命喝饮料，想要缓解麻辣对他嘴唇的冲击。但朱迪以为他吃得开心，于是她也放心地吃了起来，她边吃边抹眼泪，辣得不停地喘气，脸上的妆容因为流泪全都花了，粉底、腮红、眼线、睫毛膏全糊在了脸上。

饭饱之后，叶枫送朱迪回宿舍，两人在宿舍楼下，朱迪不知道是要再说些什么还是直接道别。跟叶枫做了这么多年的好朋友，她从来没这么别扭过，今天她怎么了，史无前例地没话说，难道他们就不适合发展成男女朋友？

叶枫看朱迪一脸欲言又止的样子，立刻明白了她的尴尬，她总是这样，什么心情都写在了脸上。"以后的约会，地点你来定吧！"

"约会？那我们这次约会是朋友间的还是情侣间的？"在说"情侣"时，朱迪说得特别小声，她连头都没敢抬起来。虽然这很像男女朋友之间的约会，但叶枫从没亲口跟她确认过关系，她很想知道叶枫到底怎么定义他们之间关系的。

"应该是后者吧！"叶枫做不到像凌小马一样大胆承认对朱迪的感情，肉麻的表白他真的说不出口。

朱迪听到他的答案后，轻咬着自己的下嘴唇，害羞地笑了。

"那晚安。"叶枫道别。

"嗯，晚安！"朱迪向他挥手，看他走远了，朱迪才像小鸟一样欢快地蹦着上了楼。

　　第二天一大早，凌小马便急匆匆地赶往游泳馆，朱迪没在，但叶枫却已经和胡彪在水中训练了起来。凌小马盯着水中的两人，感觉情况有些不对，胡彪竟然领先叶枫半个身子，叶枫的身体不但僵硬，动作也有点走形，看他的腰一点力气也没有，打腿也失节奏，精神更不在状态，难道是昨晚……不不不，一定不会的，朱迪决不是这样的女人，叶枫也不是杨子那样的男人。一定是我多想了，可朱迪为什么没来呢？她可从来没请过假的！

　　"凌小马，你在那愣着干吗！"卫迟的一句呼喝打断了凌小马脑中的小电影，他立刻灰溜溜地到一边做准备运动。

　　"兄弟，你没事吧，今天状态有点差啊！"上岸之后，胡彪拍着叶枫的肩膀问道。

　　"没事，有点累而已，休息两天就好。"

　　"大家都是过来人，我明白，你们刚恋爱别太累了，年轻人要节制，懂不懂？"胡彪以为他昨天做多了一些不可描述之事才把身体累垮的。

　　叶枫当然明白他说的什么意思，刚想解释，卫迟便朝他走了过来，看样子教练是有话跟叶枫讲，于是胡彪便知趣地离开了。

　　"1500米17分23秒，你这是给我全速训练呢，还是热身呢？"卫迟对叶枫游出这样的成绩非常不满。

　　"今天状态不是很好，我反省。"不用教练说，他也知道自己的成绩很差。

　　"比赛不会等你状态好的时候再举办。一个专业的运动员不会拿自己的状态做借口。何况，你已经连续三天不在状态。并且是一天比一天差，还连翘了两次体能训练课，你到底知不知道现在是什么时期？"

"我知道，接下来我会好好调节自己的！"面对教练，他不能说出自己的苦衷，确切地说，他不会告诉任何人，但不能再拖了，当务之急他必须去医院，否则训练状况会越来越糟。

就在叶枫去医院诊断的当天，杨子和父亲也在同一家医院的门诊科室外等候。

"儿子陪老爹在医院看病，老婆陪闺蜜去看猛男，这什么世道。"杨子觉得这个时候，应该老妈过来陪而不是他，他一个年纪轻轻的人坐在泌尿外科诊室外面多不合适，让人以为他也有病呢！

"我把你养大让你过着混吃混喝不学无术的神仙日子，现在让你陪老爸看个病你就不耐烦了？我跟你说，再过20年，你的前列腺一样也会遇到问题。早了解早预防，对你好！"此事关乎男人的尊严，杨父一直没有告诉老婆。"哎呀！又想去了，总是尿不尽，我去趟洗手间啊，你仔细听号，别玩手机啊！"说完，便剩下杨子一人去了厕所。

杨子看着爸爸远去的背影，收回目光拿出手机正打算玩会儿王者荣耀，突然觉得不对劲，又猛地抬起头看向前方，他的眼睛瞪得溜圆，在视线所及之处，那个看着片子低头走过来的人好像是叶枫。

"叶枫？他也来看病？"杨子看叶枫往这个方向走过来，便用病例本遮住了自己的脸。出于八卦心理，杨子一路偷偷跟着叶枫，看看他究竟得了什么病。

此时杨父正好从厕所出来，一抬眼就看到儿子鬼鬼祟祟地朝另一个科室走去，赶紧一把拉住儿子："你去哪儿？"

"没去哪儿，就随便走走嘛！"

"随便走？你知道里面是什么科吗？你老实告诉我，你是不是得了见不得人的病？"杨父一脸的担心，他也知道自己的儿子在外面有时闹得有些荒唐。

"什么叫见不得人？有你这样损儿子的吗？我就是随便看看这是什么科。"

"还能是什么科，里面是性病专科。听好了儿子，谈恋爱可以，但千万要注意安全，不能害了自己，也害了人家女孩，到最后只能来这里。知不知道？"看来不明说是不行了，这小子要是真的得了性病，他可咋跟老婆说啊！"来都来了，我干脆也带你去验个血吧！跟我走！"

"我不去，我没病，真没病，老爸，你放过我好不好？"杨子被父亲揪着耳朵平白无故挨了一针。

游泳训练结束后，全馆的人都散了，清洁阿姨也打扫完去休息了，空荡荡的游泳馆中只剩凌小马一人。他将自己沉浸在水中，闭眼放任自己的身体慢慢下沉，脑中一直闪现着朱迪的音容笑貌，她为他上药时的小心翼翼，她和他一起做饭的情景，她在领奖章时看他的眼神……朱迪明明对自己是有感觉的，可是为什么她会答应做叶枫的女朋友呢？他想不通，可是昨天他亲眼看到朱迪精心打扮跟叶枫出去约会，也看到了她神情中难以遮掩的幸福表情，那种表情是她看他时从来没有过的，难道一切都是他自作多情？朱迪从来没喜欢过他吗？想到这里，他痛苦地摇摇头，一屁股坐在了池底。

"小马，小马！"杨子冲进了游泳馆，今天他可是有大料要爆给凌小马。

正在水中沉思的凌小马听到有人叫他，便浮上了水面："你怎么来了？"

"快！快上来！我有个重大八卦跟你讲！"杨子快抑制不住想说的欲望了。

凌小马游到杨子脚下，并不怎么好奇："有屁快放！"

"凌小马，这事本来要你求我我才告诉你的，就你这态度，我还不想说呢！"杨子耍起了大牌。

"爱说不说！"说完，凌小马正准备转身游走。

"哎—哎，这可是有关叶枫的惊天大秘密，你就不想知道？"

叶枫能有多大秘密？何况这又关自己什么事？凌小马摆摆手，没入了水中。

杨子一看，皇帝不急太监急，他立即脱了衣服"嘭"跳下了水，一把将凌小马从水中拽了起来。"你怎么连最起码的好奇心都没有啊，真是的！咳！我直接问你吧，你跟那个叶枫朝夕相处，你就没发现他最近哪里不对劲？"

"谁跟他朝夕相处了，你会不会用成语？"

"别纠结细节，说正题。"

凌小马想了想，回忆道："这几天他训练好像不在状态，没以前那样拼了，也不愿和他那帮哥们在一起，以前他们一起训练一起洗澡一起吃饭一起上厕所，现在都他一个人行动。"

杨子高兴地一拍水面，说道："这就对了！"

"对什么对，他肯定和朱迪在一起啊！"说到这个，他就一肚子的火。

"错了，真相是他有病，我在医院见到他了。"

"什么病？"

杨子凑到凌小马耳边，小声地说："跟你说吧，他得了性病！"

凌小马吓一跳："什么？当真？"

"我什么时候说过假话！今天我陪我爸去医院看病，一眼就看到了叶枫从一个科室出来，我特地跑过去看，好家伙，大大的性病专科啊！"

凌小马不可思议地望着杨子，怎么可能，像他这样禁欲的人会得性病？

杨子看他一脸怀疑的表情，接着说："这人啊不能光看表面的，你看他人前装得多清高，谁知道他背后干了些啥龌龊事！我再提醒你一下啊，他得了这个病，你要小心点，你们天天在一个池子里，别被传染上了。"刚说完，他才意识到自己也在这个池子里，叫了一声，赶紧想跳出去！

凌小马一把拽住他："你是大学生，有点常识好不好，池水要是能传染，去泳池游泳的人都该得性病了。"

杨子一想也是，这才放了心："只要不跟他发生关系就不用担心。"

杨子停住，好像意识到什么，他和凌小马对视一眼，同时说出了一个名字："朱迪！"

不行，当务之急要找到朱迪，告诉她，千万不能让她做傻事。这个时间，朱迪应该下课，凌小马和杨子立即赶去了教学楼。两人在门口等了又等，终于在人群中看到朱迪和胖铃、阿萌走了出来。

"朱迪！"凌小马上前一步，拦住了朱迪，"我有事想和你单独说！"

胖玲和阿萌很知趣地向朱迪打了个拜拜的手势："要不，我们先去食堂了，你和他谈谈，我会跟叶枫说你晚点到！"

凌小马一听叶枫，急了："你要去见叶枫？不行，你不能见他！"

听到这句话，朱迪觉得他这话有莫名其妙："凌小马，我去见谁还轮不到你来干涉！"

"我是为了你好，叶枫那个人他瞒着你的事多着呢，你得防着点，和他做表面上的朋友可以，吃个饭逛个街看看电影我也认了，但绝对不能进行到最后一步，知道吗？"

朱迪听到他的话，气得浑身发抖："够了，凌小马！别用你那龌龊的思想揣测别人。我真正要防的是你！"朱迪说完，转身要走。

凌小马急了，在后面大叫："叶枫他有性病，你知不知道？"不说清楚她不会明白事情的严重性。

朱迪的脚步果然停住了，她回过头看着凌小马，露出震惊而愤怒的神情："我原以为你只是个泼皮无赖，现在我才知道你的人品简直恶劣到了极点！叶枫是你的队友啊，你怎么能这么污蔑他！"

"我没有污蔑他，他是为了泡你才隐瞒真相的！"

"你以为所有人都跟你一样，脑子里只有泡妞吗？凌小马，你自问活到现在，除了像狗皮膏药一样纠缠女生你还有没有做过别的事？除了泡妞你还有没有别的梦想？现在所有人都在为两个月以后的全国大学生运动会努力，如果你的心里想的是其他事情，我劝你离开泳队，别在背后中伤别人，给泳队带来负面影响，好吗？"朱迪觉得自己真是看错了人，亏她还想跟他交个朋友，真是脑子烧坏了才会这么想，这种人就应该孤独一生，再也不想跟他多说一句，朱迪愤愤地离开了。

朱迪的话像一把利剑刺穿了凌小马的心，他呆立原地，久久地看着朱迪离去的背影。在朱迪心里他凌小马就这么不堪，这么丑陋，一点优点都没有吗？他可以无视所有人对他的否定，哪怕是误解，是奚落，都没关系，他都可以一笑而过，但被自己喜欢的人这么说，他再坚强的内心也瞬间崩塌了……

杨子看凌小马被骂傻了，上前拍肩安慰他道："这妞怎么不识好人心哪！那叶枫给她下了多大的迷魂药才这么维护他啊？我们应该在朱迪面前戳穿叶枫的假面目，这样朱迪才会信你的，你说是不是？"

凌小马现在唯一想的就是不能让朱迪误会他是个小人，他觉得杨子的话说得对，他现在必须找叶枫当面对质。刚才胖铃说她们去食堂，那叶枫一定也去了食堂，凌小马没多想就跑去了食堂，在熙熙攘攘的众多学生中，终于找到了叶枫、朱迪和胖铃她们。

阿萌远远望见凌小马朝他们走了过来："朱迪，你看，那位又跟过来了，你们刚才没说清楚？"

叶枫回头看了看，原来是凌小马："你们刚才说什么了？"

朱迪刚打算开口，凌小马已经走上前来，对着叶枫理直气壮地问道："你就没什么事要跟朱迪说的吗？"

叶枫想这凌小马凭什么这种口气跟他说话："我有什么好说的，就算说，也轮不到你来提醒我！"

"别装了，不累吗？都要去医院挨刀了，还装什么高岭之花啊！"凌小马给他留着面子，他自己承认最好。

看叶枫继续吃他的饭，根本不理他，凌小马继续不怕死地说道："我跟你说那种病是治不好的，很容易复发，你这辈子都要为自己的行为付出代价。"

"你还知道什么？"叶枫心里也有些打鼓，这小子怎么知道自己生病要去医院开刀？

"若要人不知，除非己莫为。自己干了什么事自己清楚，本来你的破事我也不想管的，但你得了性病，还隐瞒起来祸害朱迪，你做人还有没有底线！"

凌小马的声音那么大，引起周边同学的一阵骚动："什么，他刚才说叶枫得了性病！""没看出来，叶枫竟然是这样的人！"……

叶枫看到周围人都对他指指点点，凌小马竟然当众这么说他，他实在忍无可忍，于是他将手边的一大碗南瓜粥扣在凌小马的脸上，仿佛一屎盆倒下来了一样。

叶枫不承认，还敢恼羞成怒，凌小马把脸上的南瓜粥抹干净，霍地抓住叶枫的衣领："姓叶的你想打架是不是？"

"我确实想揍你很久了！"叶枫也拽住了凌小马的衣领。

凌小马一股怒气直冲脑门，他一把将叶枫摁在餐桌上，叶枫一个反身又把凌小马按在桌上，两人扭打起来，桌上的饭菜让两人滚了一身。朱迪在一旁劝架，使劲想将两人分开，奈何她的力气终究抵不过两个男生。

周围人纷纷拿手机拍，两大校园名人竟然为了一个女生公然打架，劲爆！

众人好不容易将两人分开，朱迪很担心地检查叶枫有没有受伤，这让凌小马既伤心又不服气，他指着叶枫说："叶枫，阴谋诡计我玩不过你，你敢不敢和我来一次光明正大的对决？"

叶枫冷哼一声："说得好像玩光明磊落就玩得过我一样！你想怎么比？"

"我们唯一的共同点就是游泳，明天上午10点，北区游泳馆，比一场400米自由泳，输的一方要答应对方一个条件，怎么样？"虽然400米一直是叶枫的强项，但他凌小马就是想赢他最强的那个！

"好，我跟你比，明天上午，不见不散！"

荒芜了近一学年的BBS，因为凌小马与叶枫的世纪约战重获"人气"。以往专注于王者荣耀排位赛，着迷于视频网站追剧，热衷于淘宝"逛街"的男男女女，这会儿都在BBS上热火朝天地刷帖，回复，回复，刷帖……

"有人直播吗？坐等今日实况。"

"我就在现场。两男都是校泳队的，那女的真他妈的有福了。"

"谁能告诉我那个挑战叶枫的小子什么来头？说不准就屌丝逆袭了呢！"

夜已深，大伙八卦的心却仍在活跃地跳动……

前往教学楼的校道上，不似往日行色匆匆的晨景，很多同学一步三回头，目光望向一个方向，更有甚者倒跑回来看几眼"正主"，又捂嘴离去。朱迪感觉莫名其妙，算了下日子，离"潮涌"期还有一周啊，莫非……

"你们谁的大姨妈现裤上了？"朱迪看向胖铃和阿萌。

"滚！他们明明看的是你！你现在可是比'大姨妈'更来事的主！昨晚整个校园论坛都在讨论凌小马和叶枫的世纪约战！"胖铃将手掩住嘴低声与朱迪解释。

阿萌也侧身向朱迪，一脸八卦地询问："朱迪，整个网上都在猜你的态度，要不你先跟我们透露下你站哪边呗，我们好下个注啊！"

朱迪脸憋涨得通红，嘴里只蹦出了三个字：凌……小……马！胖铃一见情况不对，立马眼神暗示阿萌，两人顾不上一路刀子般的目光，夹着怒火的朱迪加快脚步朝教室走去。

游泳馆里，叶枫在泳池里扑腾，他划动手臂的速度非常快，带着整个身体像一颗发射出去的鱼雷，快速地带着破开的白色浪花呼啸而去。然而尽管保持了速度，但叶枫明显感觉自己的气息不平稳，抛开那羞于启口的原因，为何自己和凌小马约赛后竟出现了心烦意乱之感，这一点他始终想不明白。

另一边，凌小马虽也有赛前的紧张，但不同于叶枫的暗流涌动，凌小马坦坦荡荡为赢得美人芳心而战，没有其他杂念的羁绊，反而能更专注，况且他身后还有个尽职尽责的后勤大总管。

"凌小马，我们创造了一个奇迹，你的支持率在BBS上已达到了55％，要知道你的对手可是叶枫啊，雄霸滨大男神榜的NO.1，你小子现在红了，是我一手捧红的。"杨子兴奋得"呼"地站了起来。

凌小马正在仰卧起坐即将起身，扑了个空，差点摔下床。刚想嚷着骂杨子，但还没开口这小子又一个马蹲坐回凌小马腿上。他边盯着iPad边评论道："但你的支持率90％是男生投的。"

"难道我是男生喜欢的款？"

杨子犹豫了一下："也不是，评论里说他们讨厌叶枫那装逼犯，所以要投你一票，要你替广大屌丝报仇。"

"敢情把我当成屌丝代言人啦？"

"你本来就是。"杨子话音刚落，就受到了凌小马一顿暴击。他抢过杨子的iPad，唰唰地滑动屏幕，但并未停驻于任何一条评论，直到看到朱迪的ID，他兴致勃勃点击进她的校园主页，个人状态处是一行醒目的字：加油，你永远是我心目中的NO.1@fenyang。凌小马看罢，默默地把iPad还给杨子，自己倒在床上闭上了眼睛。

"别这样啊，你不会是受伤了吧？"

凌小马清楚那几个字意味着什么，但他还是不愿就此放弃，他缓缓睁开眼睛，坚定地看向杨子："明天比赛我一定会赢！"

杨子很少看到凌小马认真的表情，这让他一下子没反应过来，只是本能地发出了疑问声。没料想凌小马又补充了一句："我要让所有人知道，我赢叶枫是最自然不过的事。"杨子知道这小子是动了真心了。

比赛当天，游泳馆外排起了长队，大家翘首以盼这场世纪对决，毕竟滨大近半年来没有什么新鲜事，沉寂了一阵的校园一触即发。游泳馆里，热闹非凡，观众席上分成了两派，一边是叶枫的粉丝，一眼望去全是胸和腿，她们举着叶枫的手牌和横幅，喊着统一的口号："叶枫叶枫，玉树临风，叶枫叶枫，谁与争锋！"而支持凌小马的却是清一色的男生，尤以眼镜男为主，他们打出的标语是：凌小马，干死他，凌小马，你最牛！人群涌动中，有一人全身上下包裹严实，戴着墨镜和帽子，一路小心翼翼四处张望，唯恐被人发现。

"朱迪，这里！"胖铃在看台上方位置招手。

朱迪吓得赶紧用食指挡嘴做出嘘声的动作，并快速走到胖铃和阿萌身旁的位置坐下，她诧异于这两个闺蜜的眼力，"你们怎么一下就注意到我了"。

胖铃一句话道出了实质："你穿得如此异类，几百号人中第一个就得注意你。"朱迪低头看了看自己的装备，还在纠结是否要取下伪装时，身旁女生们的加油声一浪盖过一浪，对面的男生也不甘落后，高喊着凌小马的名字，比赛即将开始了。

看台上杨子还在指挥着粉丝们喊口号，但毕竟人少力寡，这时他看到离他不远的入场口进来了两个高大的青年，一个气定神闲，一个阴沉冷淡，他俩左瞧右看，似乎在寻找位置。如此的好苗子怎能放过，杨子不一会儿就把他俩带到了凌小马的粉丝团里，并顺手把印有凌小马名字的应援手幅发给了他们，交代口号之后，又忙着招兵买马去了。

"凌小马？这回有趣了！"气定神闲的青年翻了翻手中的手牌，随后与另一个青年相视点头，似乎是在证实什么。

不一会儿，游泳馆中便掀起了山呼海啸般的掌声和口号，主角们出场了，其中一个像是热血"樱木"，又是新奇又是激动，四下打量着周围的一切；另一个则是冰块"流川枫"，完全不为所动，径直走向泳道，开始脱衣做准备动作。

比赛预备哨声响起，凌小马享受着万众瞩目之感，他扬起了下巴，跳上跳台，高高举起右臂，向四处挥手。但看台上不时发出嘘声，大部分是女生们为叶枫助威打气的举动，而少部分则来自泳队的男队员们。

"跳梁小丑，跟打了鸡血似的，一看就是没有经历过正式比赛。"胡彪不屑道。

"但不得不承认他确实有种，短短一天就请来了裁判和计时员，你们看还有现场直播。这可是大庭广众叫板叶枫啊。"一旁的队员发出感慨。

"哼，看着吧，等会儿输得更难看！"

就在泳队队员们谈话间，两人已入水，叶枫一开始就发力，领先一个身位，胡彪一看高兴得蹦了起来。但不一会儿，凌小马便赶了上来，两人重新并驾齐驱，凌小马甚至还有超越的趋势。全场的气氛随着叶枫和凌小马之间不分伯仲的博弈变得越来越紧张，而一旁的两个直播评论员讲解比赛的情绪也跟随之起起伏伏。

女评论员："叶枫再次领先了，400米自由泳就是他的地盘，谁都不能撼动啊！"

"啊，凌小马追上来了，在最后阶段他要向我们展示奇迹了。看！凌小马反超了！"男评论员嘶吼。

"不，叶枫加速了，叶枫加油！"女评论员顾不上直播形象，突然吼了一声，"叶枫超了！"

一听到叶枫超了，紧张得闭着眼的朱迪唰地睁开眼，但映入她眼帘却是一道醒目的红色，这道红追着叶枫的身躯像箭一样往前逐浪而去。朱迪忍不住尖叫："叶枫！"

这时人群开始出现骚动，特别是对面凌小马粉丝阵营中，杨子一句"好一个杀出一条姨妈血路"引得男粉丝们阵阵哄笑。再看向泳池，叶枫在最后冲刺时明显慢了下来，似乎是放弃了比赛。

"凌小马赢了，50秒43，他刷新了叶枫今年1月创造的50秒45的成绩。可惜了这不是一场正式比赛。"男评论员为凌小马惋惜。

"叶枫也可惜啊，本有希望破自己的纪录，但这突然的事故让一切成为泡影了。看，叶枫已上岸走进后台……"

触屏电脑上的直播屏幕被一只白皙纤长的手所关闭，这人的另一手垂立在身侧，慢慢握紧了拳头，手背上青筋暴起。

都是痔疮惹的祸

　　游泳馆现场在叶枫离场后乱成了一片，大家一头雾水，但不知真相又都不愿离开。直到馆内喇叭响起了片刻嘈杂声，之后便传来了厉声责问："你们在这干什么，这是非法集会，赶快离开！还有馆内所有同学，五分钟内立即离场！"

　　是傅书记！他的怒火隔着喇叭都能震到同学们，大家吓得赶紧离场。逆着同学们离开的方向，只见一高大身影正喘着粗气朝广播室的方向跑去，他一进门就低下头道歉。但傅书记此时脸色铁青，他一看是卫迟，更大发雷霆，无论卫迟如何辩解维护，傅书记都一口咬定凌小马就是唯一的始作俑者，虽不至于开除，但责罚是少不了了。

　　卫迟恭恭敬敬送走书记后又马不停蹄赶到了更衣室，然而叶枫没见着，倒是看到朱迪在洗浴间门前不停地拍打，其他队员和校医则在一旁焦急等待。卫迟找了个队员询问了大体情况，正欲上前责问躲在里头的叶枫，却被远在门外的杨子一声大喊给搅和了。

　　"医生，医生，快给凌小马看看，我怀疑他被感染了。"

　　朱迪皱着眉头看向紧跟在杨子身后生龙活虎的凌小马，没好气地说道："他那一身铁板筋能有什么事，你们胡闹的话给我滚出去！"

"怎么是胡闹呢，小马现在很危险！有些人啊，为了掩盖自己的病把全体队友置于危险的境地，真是太自私了。"众人听了杨子的话更蒙了，你看看我，我看看你。

卫迟实在看不惯杨子在故弄玄虚，要求他将事情讲清楚，而朱迪这时才突然想起前一天凌小马找她说叶枫有性病的事。杨子撇撇嘴，指着洗浴室的门，话才说到一半，立即被朱迪和凌小马同时喝止，他俩说完眼神恰好对上，朱迪不忍凌小马那炙热的目光，转头避开。洗浴室的门此时也打开了，叶枫冷冷地瞪了杨子一眼，撇下众人慢慢走了出去，但走路的姿势异常别扭，双腿都弯成了"O"字形。

叶枫想赶紧离开这是非之地，却不料半路杀出个程咬金，傅有益以泳队全体队员健康为由，要求叶枫当场接受医生检查。卫迟作为教练不好推迟，只好叫住未走远的叶枫，叶枫皱着眉，暗暗握紧了拳头。

校医给叶枫做了检查，他从泳馆医务室中出来，跟卫迟说明叶枫的病情。在一边偷听的杨子，从他们的对话中听到"安排手术""割除"等字眼，不自觉地倒吸了几口凉气，这么严重了，那凌小马……医生和卫迟还在谈论，杨子已耐不住性子上前。

"医生，你也帮我们家小马看看吧，我怀疑他也染上了。他是不是也要手术，这个病还有得治吗……"杨子两手扳过医生的肩膀，冲他机关枪一般发问。

医生诧异："又不是绝症，不过是长了个大痔疮，有你说的那么严重吗？"

众人惊奇，不约而同重复了医生的话："大痔疮？"

"是啊，这大小一看应该有段时间了，他是怎么忍过来的，这段时间你们都没感觉出异常吗？"

大家你看看我，我看看你，终于忍不住大笑。朱迪一开始愣住，脸庞上还挂着泪珠，"痔疮"帮助她卸下心里的担忧之后，她随即也忍不住笑了起来。

"世纪约战"让凌小马一"游"成名，但也让他受到了接二连三的惩罚。凌小马在叶枫"痔疮"事件真相大白之后被卫迟留下，杨子则提前回到凌小马的宿舍撸片。他两眼专注于视频上"生动"的画面，凌小马何时回到寝室也未发觉。随着"剧情"进入高潮，杨子本能地跟着哼唧，突然身后"啪嗒"一声响，吓得杨子赶紧将裤裆中央"坚挺"的小弟压下。回头一望，原来是凌小马，这小子正趴在桌上不知在摆弄着什么，杨子长舒一口气，边笑着大骂边凑到凌小马面前要讨回刚才的债，结果小马转身不理会，并用手势朝身后做出了恭送杨子的动作。杨子一看，估摸着凌小马在卫迟那儿挨了骂，赶紧想法转移他的注意力，就给他解释了判断叶枫患"性病"的始末。

原来杨子当时确实是看到叶枫从性病专科那走出来的，却没注意到肛肠科与性病科在同一个方向。本以为凌小马会与他一起吐槽叶枫的怪癖，但小马却继续埋头写写画画。杨子实在忍受不了八卦无法与人分享的痛苦，拍拍胸脯就要承包凌小马的重担。

凌小马狐疑看着他："你行吗？"

"啥？"

"检讨书啊！要不然你以为我在干吗。"凌小马坏笑。

杨子汗颜，早知就别招惹这货，但男子汉大丈夫，一言既出，驷马难追。不就是检讨书嘛，不一会儿他心中便顿生一计，抽掉了凌小马手中的纸和笔，他拿过笔记本电脑啪啪打起字来：致滨大全体师生的一封信。

"对于我私自约战叶枫，实为我凌小马一人之过，我愿独自一人接受所有惩罚。为了教育我，叶师兄在身患隐疾疼痛难忍的情况下仍然带着痔疮与我比试，给叶师兄的身体和精神造成了难以弥补的损失，对此我郑重道歉。我凌小马定当从这次'血的教训'中学习成长……"杨子对着电脑一字一句地读着凌小马的检讨书。

"别念了！"朱迪一声喝令。

阿萌停下来无辜地看着朱迪，她鼠标光标停留处以下，全是有关叶枫痔疮的回复帖。

"我没有输，我只是输给了痔疮。"

"我和你最远的距离，只是隔了一粒痔疮。"

"别哭，我亲爱的人，割了这粒痔疮，你仍然是完美的男人。"

"满屏都是痔疮，这是什么梗，说出来大家笑一笑。"

……

胖铃一边剪着脚趾甲，一边叹气："这小子太会营销了，成功博取了眼球不说，还令全校舆论一边倒地支持他。大家都认为叶枫输不起，利用自家权势欺压……"

胖铃话未说完，朱迪已起身冲出门外直奔游泳馆。

此时，卸了检讨书重担的凌小马正趴在游泳馆地面上，边擦地板边捶腿，今日的比赛可把他的体力给透支了。就在他左抹抹右擦擦时，突然眼前出现了一双白皙的大长腿，他抬头一看，露出惊喜的表情，正欲调侃，却迎面接过了一巴掌。凌小马捂着脸，愣了，不可置信地看着眼前这个自己梦寐以求的女人，她还是那么美，牙齿不自觉地咬着微微泛白的嘴唇，再向上看，眼神中全是恨意，对他凌小马的恨意。他很想让她放松一些，但看来似乎做不到了。

"凌小马，你现在很得意是吗？你要出名要耍帅你自己玩去，但不要拉上我和叶枫，我们不想和你这样的人有任何关系……"

朱迪的声音飘荡在游泳馆上空，越来越远，越来越远……凌小马只觉脸上火辣辣地疼，回过神来时，偌大的游泳馆就只剩下了他一人。眼前未弄干的水块因落下的水滴泛起了点点涟漪，他伸手摸了一下自己的脸，原来源头来自他这儿。

朱迪骂完凌小马，终于解了一口气，不知叶枫是否好转了，他这脾气生了这种隐疾，心里一定不好受，她决定明天去看看他。第二天，朱迪带着叶枫喜欢吃的糕点还有一大束鲜花走进了病房，躺在病床上的叶枫看到从门外走进来的朱迪，立即将头转向了窗外。一旁的护士絮絮叨叨："你是他同学吧，好好劝劝他。生个痔疮和生个绝症一样，不就屁股缝上个药的事嘛，现在的年轻人啊，承受能力太差了。"

"是是是，给您添麻烦了。"朱迪看着叶枫，忍住笑连连点头。

护士走后，朱迪走到叶枫身边，看到桌上摔坏的iPad，便知刚刚对护士来说定是一场苦战。叶枫是个自尊心很强的人，只能先令其放下心防，才能进一步劝慰他上药。

"其实有痔疮很正常啊，十男九痔，痔疮只不过是静脉丛扩张，屈曲所形成的静脉团。我爸也曾受它的困扰，他那痔疮在治疗时，还被医生作为'典型案例'在众多实习生面前讲解分析呢……"朱迪决定以父亲作为先例解开叶枫心结，她也不去在乎叶枫是否在听，只是绘声绘色地讲着，没想到叶枫最后竟被朱父的囧事给逗乐了，脸上终于有了笑意。朱迪受到了鼓励，继续讲述自己父亲后续治疗过程。但说着说着，她觉察到叶枫的笑容突然僵了，朱迪转头，原来是叶母来了。

"朱迪，我们家小枫是个单纯的孩子，你爸那些尿屎的东西就不要拿出来说了吧。你看小枫还要休息，你就先回去吧。"叶母温柔地对着朱迪笑道，但字字却直戳人心。

朱迪怔了一下，随即挤出一个笑容回应，她没想叶母一来就下逐客令，她刚刚才让叶枫卸下防备，她还要劝他上药，不想就这么离开。看到朱迪没有起身的意思，叶母继续有意无意提到昨天的事。

"我昨天在网上看到直播了，我说朱迪啊，因为你和那个凌小马，叶枫担上了第三者、恶霸、输不起、痔疮君的名号。我的孩子从来没有受过这种委屈，麻烦你先回去处理好你自己的事，好吗？"

朱迪在叶母的"客气"下一下涨红了脸，她低下头，鼻子一阵酸楚。叶枫碍着母亲的颜面不好开口，他拍了拍朱迪的肩膀，示意她先回去处理队里的事。朱迪走后，叶母看着她的背影，仍不停地指责抱怨。

"妈，这事和朱迪没关系，您适可而止啊！"叶枫试图让母亲停止絮叨。

叶母坐到叶枫面前，温柔地看着她这个曾经震慑泳池赛场的儿子，此时却因痔疮备受身心的折磨，她心疼不已却仍不忘嘱咐："你啊，听妈的话，少和他们这些人来往，围在你身边多的是图我们家势力的，不可不防啊！"

叶枫不想母亲太多干涉他的事，他选择沉默来作为回应。叶母一看儿子不言语，只好转移话题。谈着谈着，她的手机响起，挂了电话的叶母跟叶枫商量起了国家队集训和赴澳洲训练的事。

"小枫，余叔叔通过妈妈了解了一下你的情况，赴澳洲训练要先到国家队集训获取国家队员资格，你的时间确定了吗？"

"妈，你容我再考虑考虑，暑假时候再说吧。"

"但是……"

"我累了，先睡会儿。"叶枫知道现在只有睡眠能让母亲安静下来。

叶母看着叶枫入睡之后起身离开，而病房外另一头的座椅上，朱迪红着眼努力平复心情，她说服自己不要在意一个母亲生气时的言语，但衣服前襟已被泪水印出一大一小的水渍。叶母"嗒嗒"的高跟鞋声在朱迪的耳边越来越微弱，她一只手握住另一只手紧紧地朝里蜷缩，看似在做出决定。

朱迪又偷偷溜进了病房，病房里静得只听见平缓的呼吸声，叶枫躺在床上看似睡着了。朱迪轻轻翻动叶枫的身体，让他侧趴着，然后缓缓拉下叶枫身后的裤子。叶枫感觉身后一凉，有柔软的手触碰到了腰间的皮肤，他本能腾的一下坐了起来。他一看朱迪，她手里拿着痔疮药，再看看自己，松垮的裤子下露出了半边亮白的屁股，尴尬得连忙伸手提裤头，起身就要离开病房。

"你就这么不愿意看到我吗？"

叶枫看到朱迪眼眶泛红，竟不知所措，他很想安慰她，但他双手提拉着裤头，腾不出手。

朱迪慢慢走近，拉着叶枫的衣角，喃喃道："别走，我很担心你。"

叶枫内心一阵暖流，他看着朱迪肿红的双眼，刚刚一定少不了哭泣，但她仍倔强地等着，只是因为担心他的病情。叶枫转向朱迪，拉过她的手围在自己的腰间，他温柔地望向朱迪，在她耳边轻声道："抱紧了。"

朱迪感觉脸颊微微发烫，她依着叶枫的指示，紧紧抱住他，叶枫腾出的双手捧起朱迪的脸，他的唇微微张开，似要亲吻朱迪。朱迪慌了，双手慢慢离开叶枫腰间往后退，眼看着自己的裤子就要松垮下，叶枫用力箍回朱迪，两人因这一力道重新撞在了一起，叶枫趁机俯下身亲吻朱迪。阳光此时从窗户外直射进来，打在他们身上勾勒出一圈金色，午后的病房里，都是恋爱的气息。

但病房外，却宛如下了一场倾盆大雨。正要探病的凌小马透过门上的玻璃窗看到了屋里的春光，整个人发怔、愣神，他将花束放在了门口的座椅上，转身离开，不料和他身后的人撞了个满怀。

原来方芳作为主席代表学生会来看望叶枫，但看到凌小马停在门口，不觉好奇，便默默跟在他身后。方芳顺着他目光的方向，朝屋里一看，顿时明白了，她既好奇凌小马下一步的举动，又暗自窃喜这样一种结局。正当她想入非非时，凌小马转身的力道将她撞倒。她一抬头就看到凌小马阴着脸，道了歉便疾步离开了，似乎不想与她过多言语。看着凌小马离开的身影，方芳内心一阵刺痛，为什么他对朱迪永远是一副赴汤蹈火的样子，而对自己总是冷冷淡淡。她要扭转这个趋势，她在心里暗暗埋下了一个愿望。

泳池里水花飞溅，队员们如鱼儿一般在水中游动穿梭。卫迟在岸边看着他们，不时进行指导。

突然空气弥漫着一股香气，卫迟抬头一看，原来是凌小马的小姨——凌洛。她一身清爽的洋装，看似随意实则心机，衣服贴身的剪裁勾勒出了熟女婀娜的线条。但这似乎引不起卫迟的兴趣，他不自觉地皱起了眉头，凌洛可不吃臭脸这一套，她笑盈盈地朝卫迟走了过来，但刚迈出腿走了几步，就被卫迟喝止："穿高跟鞋不准靠近泳池。"

却不料想凌洛非但不听，还加快脚步走了过去。卫迟见状三两箭步走到凌洛身边试图将她向外拉，凌洛一个转身躲闪，但没躲过反而撞到了卫迟身上，她踩着高跟鞋重心不稳，池边又湿滑，两人摇摇晃晃，一下就跌入了池中。水中的凌洛像是一根藤蔓缠住了卫迟的腰和双腿，卫迟稳稳站立，一脸无奈，他不止一次叫凌洛放手，然而凌洛死死扣住他，就是不松手。此时岸边传来了凌小马的叫声。

"小姨，小姨，你在干吗，跳钢管舞呢？"

凌洛睁开紧闭的双眼，看看池里围在教练身边站定的队员，再看看自己竟缩起身缠在了卫迟的身上，他紧实的胸肌正贴着自己丰满的胸部。凌洛红了脸，赶忙从卫迟身上弹开，但用力过猛又呛了几口水。卫迟和身边的队员合力将她拉上岸，凌小马立即给小姨披上了浴巾，并拿过一杯姜水让她驱寒。凌洛接过径直喝了一大口，头也不回朝岸边座椅走去，看也不看凌小马。

凌小马一看小姨的举动，识相地跟在其身后，缓缓说道："好了，我错了，我不应该那时候出现，应该让你在教练怀里再依偎，感受那……"

"够了，老娘看你电话没说几句就挂了，关心你，才特意跑来学校看你，被你们教练害得落水，你这个没良心的就会站在姓卫的那边损我！"凌洛恼羞成怒。

凌小马不知怎么和小姨开口，他的确有心事，被小姨这么一提醒，昨天叶枫和朱迪接吻的场景又浮现在他眼前。凌洛看到外甥一副被霜打了一番的神情，便知这小子一定是遇事了。她收起自己颐气指使的模样，露出慈母的神情轻轻拍了拍小马的背，也不去问到底发生了什么，只是自己喃喃。

"你在宣布考滨大时，宣布向叶枫挑战时，小姨和其他人一样都在暗地里笑你傻，可你用自己的行动证明你最牛，让我们都跌破了眼镜。小姨只记得你吊儿郎当的模样，却忘记了你也是咱们凌家人，身上闪耀着凌家人的精神。所以……"

"什么？"凌小马一脸茫然看着凌洛。

"继续厚脸皮下去啊！"凌洛眼神坚定地看向凌小马。

凌小马"扑哧"一笑，头倒在凌洛怀里撒娇，那一刻他感谢上天赐给他这样一个似友又似母的小姨，她的存在就是他继续前行的力量。不一会儿，凌小马便平复了心情，转瞬又鬼马起来。

"我说小姨啊，从小到大你就没来泳馆看过我，今天穿那么风骚过来，特地给卫教练看的吧？"

凌洛一听，脸唰的一下就红了。她确实已经很久没有这种害羞感了，但她不能就这样在这臭小子面前暴露。她作势就要打小马，小马从她怀里挣脱开，仍然边笑边调侃。

"你个小子，给我站住，敢开你小姨玩笑了……"泳池边上传来了阵阵打闹声。

凌小马将凌洛送到门口，凌洛朝他做了个加油的手势。凌小马重新回到池边，看到大家站立一排，非常肃穆，卫迟站在前面，似乎在宣布重要的决定。小马快步加入队伍中，却只听到后半部分"体大友谊赛""以新老交替的队伍应战"。说完，卫迟便将胡彪独自叫到一边谈话去了。凌小马好奇地询问身边的陈旭怎么回事，陈旭一脸凝重地指了指胡彪，表示他由于脚踝受伤，估计不能代表学校参加一周后的友谊赛了。随后又指了指凌小马，伸出了大拇指，陈旭故意压低声音。

"你小子走运了，叶枫前段时间状态不佳，再加上这次住院手术，这次友谊赛自由泳这棒八成是你了。你刚才是没看到教练宣布你名字的神情。"说着他模仿起了卫迟点名凌小马的模样。凌小马被陈旭逗乐了。

夜晚，游泳馆里静悄悄，凌小马抱膝在池底沉思，他脖子上的项链在水中漂浮，远远望去就像一个巨婴在母亲的子宫中沉睡。凌小马突然想念起了他的妈妈，他有好多话想对她倾述。最近他遇到了很多事情，他发现这个世界上每个人都有解不开的烦恼，胡彪那么爱游泳，但由于脚伤泳队就撤下他了；朱迪敢爱敢恨，但却因为家世始终不敢与喜欢的人表白；天生自信的小姨，竟然也害怕自己年龄大了；还有衣食无忧的叶枫，竟也会因为一颗痔疮而烦恼。大家都活得如此拼命却又伴随着那么多的烦恼，那他究竟还要不要争取呢？他除了泡妞，又还想得到什么呢？

凌小马静静思考着，上方突然出现一个黑影遮住了光，但不一会儿这遮挡物又移开了。凌小马浮出水面，定睛一看，原来是胡彪，他上半身从水中不时蹿出，两只弯曲的水臂就像是一双翅膀。当胡彪再次经过凌小马时，小马潜入水中，伸手上前捉住了胡彪的脚，胡彪以为是什么东西，两腿拼命蹬踹，并发出了鬼嚎。

"哈哈哈哈哈……"凌小马忍不住大笑，胡彪一看又是凌小马这臭小子，不禁破口大骂："白天挺尸，夜晚扮鬼。你不去睡觉跑到这干吗？"

"准你来还不准我来啦？"

胡彪轻蔑地看着凌小马："你连白天训练都偷鸡，你会晚上来练？见鬼吧，又来计划使坏的吧。"

"你们对我有成见。"

"是，但你除了打DOTA、撸管、泡妞还会什么？对，你是有天分，但最多也就只能撑到校队这一级，再往上去，多的是比你有天分又努力的人……"胡彪似乎要在这一晚上将对凌小马的不满和怨气都发泄出来，凌小马听着听着，竟听出了他的训话中恨铁不成钢的关心。他看着胡彪，突然觉得他并不可恶了，反而有些可爱。凌小马走到胡彪身边，伸手捏了捏他的小腿，胡彪立马龇牙咧嘴叫起来。

"你……"

凌小马突然开口一本正经地和胡彪谈起了游泳技巧："你有没有想过为什么，其实你的力量训练比我们多得多，但力量却总是不够。你每次都想要拼命征服水，将它当成敌人，但水总会反作用于你，你的肌肉在紧张的状态下就需要花更大的劲再次去征服，如此恶性循环，到最后，身体就会报警。或许你可以试着放松你的身体，把自己全部交给水，就像鱼儿一样。"

像鱼儿一样？胡彪表示疑惑，这一阶段他确实尝试了多种方法，可成绩却依旧上不去。死马当成活马医，或许他应该试试，胡彪再次入水，这次他按照凌小马的方式放松身体，轻轻感受着水波，他轻快地随水穿行，很快就游了一个来回。

胡彪游到池中央翻了个身，舒服地闭上眼睛，嘴里不由得发出感慨："好像真还有点用！"

"进步不是一点点！"凌小马说着也入水来到池中央，一翻身，仰躺在了胡彪的身边。

他俩就这样静静地漂浮在池面上，那一晚，他们说了好多话，从游泳到梦想、从家庭到友谊，突然他俩之间的那根隐形的死结好像慢慢松开了。

好不容易熬到了周末，又是大解放的日子，当然少不了海边闲暇时光。杨子和凌小马躺在沙滩上，杨子吹着口哨远远望着一群泳装美女打排球，两个手还在胸前不停地比画，但一旁的凌小马今日却明显心不在焉。杨子一看他这扫兴样，不免一股怒气，连话里都带上了不爽的情绪。

"我说啊，那朱迪有什么好的？长发飘飘，没有！丰满翘臀，没有！细长小腿，没有！树挪死，人挪活，你何必吊死在她这么一棵树上！"

"杨子，你的梦想是什么？"

"我靠，你《中国好声音》导师啊？"杨子一看凌小马神情恍惚，赶忙过来摸了摸他的额头。

凌小马打掉杨子的手，一脸认真地看着杨子。

杨子捧起桌上的椰子，嗑了两口，沉默了片刻的杨子突然回应："毕业后接手我爸的公司咯，这算不算？"

凌小马摇摇头："我说的梦想是指你为这个世界创造了什么，

留下了什么，你那只能是顺从父命，不是你的梦想。"

若这么说，他杨子确实没有，他只奇怪凌小马今天怎么一本正经起来，这让他真不习惯。"哎呀，不说了，我这种人能有什么梦想，说出来会被人笑掉大牙的。"

"你不逼你自己一下，你怎么知道自己有多牛逼。"凌小马说完盯着湛蓝无边，延伸向远方的大海陷入了新一轮的沉思，他的这句像是说给杨子，也像是在激励自己。

距离比赛还剩下不到半个月的时间，游泳馆里大伙都在火热地训练，凌小马自从上周一回到泳队就像变了个人一般，每天拼命地划水、打水、转身，似乎有用不完的精力。队友们都在纷纷议论他是否受到了失恋的打击，只有胡彪在旁边露出了会心的微笑。凌小马训练了十几个来回后，累得趴在岸边休息，他环顾四周想找教练询问训练量的事情，却没有看到卫迟的身影。

"就知道你想在教练面前表现，他正在找叶枫谈话呢，没空看你花样表演，失望了吧？"这一旁的方永健忍不住打趣凌小马。

"叶枫回来了？我怎么不知道？"凌小马一脸疑惑，一旁的陈旭耸耸肩也表示不清楚。

这时突然传来一声冷笑，众人回头一看，原来是傅有益，只见他手里把玩着手机，一边滑动着屏幕一边扬声说道："叶枫回不回来都不关你们的事了，他已不打算代表滨大参加大学生运动会了，下个月起到国家队集训。叶家早就打通关系送他进入更高的平台，你们这群人还在为他担心。真是搞笑！"

胡彪一听，连忙替叶枫打抱不平："你这张嘴别胡说，叶枫不会为了国家队集训放弃替滨大出战的，你……"

正当傅有益和胡彪还在争论时，卫迟回到了泳池边，他神情有些沉重。胡彪一看到教练立即就要求证，然而卫迟并没有回应，只是将大家聚集到一起，开始交代全国大学生游泳赛赛前集训要求。

"从今天起，只有星期天，你们可以放一天假，其他时间免谈。训练内容请大家听好了，早上8点，集合列队慢跑，绕游泳馆10圈，压肩拉筋10分钟。8点半下水，2×1500米自由泳长游，8×400米限时，10×200米限时，20×100米限时。下午……"

队伍中一片哀号声，凌小马却少有地没跟着起哄，卫迟感到诧异却没放在心上。直到他看到凌小马在泳池里训练时认真的模样，才真正对其另眼相看。正在此时，人群中突然传出欢呼声，叶枫不知何时出现在池边，朝泳池里的兄弟们微笑着打招呼。凌小马一看到叶枫便赶忙从泳池里起身，朝他走去。

"叶枫！"

叶枫看到凌小马的出现皱起了眉头，队友们紧张地望着他俩，生怕又产生什么矛盾。然而凌小马只是将之前未了结的事情给摊开说明了，他给叶枫开了条件——若他参加国家队集训，他凌小马会等待他归队，一起参加全国大学生运动会，为滨大拿到冠军，当然他俩之间还要继续完成未完成的个人赛。

叶枫凝视着凌小马，长久未吭声，泳馆里静悄悄的，都在等待又一新约定的达成。

随着叶枫一声"好"，众人爆发出了欢呼声，胡彪带头大喊："滨大，前进！滨大，必胜！"队员们将叶枫和凌小马高举起来向上抛。卫迟看着这群为了一个目标而第一次团结起来的男孩，仿佛看到当年热血的自己，他露出了欣慰的微笑。

棋逢对手

刚入夜，杨子的烤虾店前已出现大批等位的人，一桌客人刚离开，店员随即叫号。不同于前面的客人，这一号随着店员入店的，个个人高马大，这一气势让店内客人纷纷侧目。店员不敢怠慢，待他们入座，立即递上了菜单。其中肌肉最紧实，围着红色头带的男子将手中菜单翻了翻，他一点单便让店小二写得手软。十斤烤大虾、五打生蚝、三箱啤酒……这数目引得店老板杨子要亲自出来瞧瞧这位"金主"。但还未走近，杨子便从他们的话语中探到了情报。

"老大，咱们这套新的训练方法果然有成效，今天大家测试明显有提升。看来一周后的友谊赛咱们赢定了，到时看滨大那群小子还怎么嚣张。"

"目光如此短浅？我们的目标是这届大运会冠军，你们给我听着，这套训练方法可是制胜的关键，要是透露出去唯你们是问……"

凌小马近段时间都在忙着备战友谊赛，杨子知道这场比赛对于小马的意义。他的烤虾店就如同汇集"三教九流"的"茶馆"，因而他所收集到的信息永远会比校探快许多，他要赶紧将这最新情报会知凌小马。

周日一大早，阳关从窗口洒进来，宿舍里一片金黄的暖光，好不容易有个休息日，但习惯了早起训练的凌小马如同被设定的闹钟一般，6点就准时睁眼，真是无福消受的命，再看看寝室里，其他人都还在床上呼呼大睡。突然，一阵急促的敲门声，凌小马拖着慵懒的身体下床，以为又是隔壁那"精"力旺盛的大兄弟，他顺手拿了桌上的卫生卷纸，边打着哈欠边开门。

"我靠，小马，行啊你，一大早就活力无限啊！"杨子的声音在寂静的走廊上回荡。凌小马赶紧捂住他的嘴，再看看自己的裤裆，那小家伙果然坚挺地直立着。

"妈的，没见过晨勃啊！"凌小马尽量压低声音，生怕吵醒舍友。

"那你手上还拿着纸呢。"杨子挑眉坏笑。

"我……说吧，来找我什么事？"凌小马转身走进洗漱间洗漱更衣，杨子跟了上来，跟凌小马耳语了几句。

"口气这么大，如果是这样还得去见识一下了。"凌小马咕噜了几口水，将残余的泡沫吐出。

凌小马和杨子在食堂边吃早饭边商量着对策，不一会儿，杨子突然踢了踢凌小马的腿，努努嘴示意他向后看，小马还没来得及转头，熟悉的声音便传入了他的耳朵。

"这给你做的早餐，快趁热吃了，里面的碳水化合物、脂肪和蛋白质的比例都做了最合理的安排哦。"女孩打开自带的饭盒，里面是整齐美观的一份早餐。身边的男孩看了看，一手拥过女孩的肩，在她的脸颊上亲了亲。

杨子一看这情景便气不打一处来，他起身探头看了看，坐下八卦："哇靠，还心型鸡蛋这么low，你说这女孩的爱心早餐就没有其他新招……"对面的凌小马面无表情地拿起桌上的面包准确地塞到了杨子的嘴里，杨子的话戛然而止，但也因此被呛着了。杨子猛烈咳嗽，恰好一块面包喷射而出，它在空中划出了一道曲线，不偏不倚地落在了后桌的爱心早餐上，凌小马想要挽救已来不及，朱迪和叶枫还是注意到了他们。

"怎么又是你，你有完没完，老是这么阴魂不散。"朱迪的话让原本情绪低落的凌小马更是如遭雷劈，半晌也没回过神来。

"过分了吧。"叶枫看着桌上被毁的早餐也冷冷地说道。

杨子这下不乐意了，将口里的面包甩到桌上，指着叶枫和朱迪："我告诉你们面包是我喷的，有种冲我来，你们冲凌小马干什么……"

朱迪卷起袖子，她以为凌小马会就此协同他这个同伙再次兴风作浪，但出乎意料，凌小马只是站起来对他们鞠躬道歉，扯住杨子就往外走。杨子一看凌小马脸色铁青，眉头紧锁，他从来没看到过小马这副模样，赶紧闭嘴，默默跟了出去。

运动场上凌小马一圈圈地跑着，发泄着内心的痛苦，朱迪的那句"老是这么阴魂不散"一直在他耳边萦绕，杨子在他身后跟了几圈已累趴，只好坐在草坪上盯着这"痴情种"，生怕他会做出什么傻事。正当杨子百无聊赖地望着远处发呆，身后传来了两个女孩的声音，她们正你一言我一语地说着凌小马的坏话。杨子转过身去一瞧，原来是常跟在朱迪身边那两个"随从"，简直一副德行，杨子想着不由得"哼"了一声，随后他走到了胖铃和阿萌身边。两个姑娘正津津有味地聊着八卦，突然身后出现个人，被吓了一跳。杨子乐了，趁着胖铃和阿萌还未反应过来，杨子先开口占领先机，滔滔不绝地为凌小马鸣不平。胖铃和阿萌一开始面面相觑，但不一会儿便听出了杨子的套路，她们虽不及杨子伶牙俐齿，但有理不在声高，胖铃和阿萌联手列出了凌小马三大恶行。

"一、到处中伤叶枫，说人家得了风流病。"

"二、在学校BBS上发帖声张叶枫患痔疮的事。"

"三、雇水军灌水，嘲笑叶枫的隐疾。"

胖铃和阿萌的声讨，令杨子大吃一惊，他才知道自己做的"好事"坑了自家兄弟，现在朱迪和叶枫在他的推波助澜下木已成舟，他唯求这两个传声筒能将真相传到朱迪的耳朵里，至少能帮凌小马洗白。

游泳馆里的训练步入了正轨，队员们从一开始抱怨不停到现在的应对自如，看来潜力确实是训练和挖掘出来的。这其中最优质的潜力股要数凌小马了，少了往日的嬉皮笑脸，他专注于每一项体能训练，在卫迟安排的几次突击测试中也都有亮眼的表现。但明眼人也都看出，这些日子，凌小马在暗暗和叶枫较劲，而每当朱迪一出现，凌小马便消失了，他似乎有意在躲闪着什么。

皓月当空，训练了一天的队员们一身疲惫，从游泳馆中解散后随即纷纷朝宿舍方向走去，唯独凌小马朝相反的方向离开。他拿起电话正要和杨子联系，突然被人拍了拍肩膀，他回头一看，原来是胡彪。胡彪看他这几天心情不佳，总想找个机会和他谈一谈，但一直没找到合适时机，今晚恰好散队早，他尾随凌小马过来，本来想要劝慰凌小马，却反倒被凌小马教育了一番，先是说他最近训练不认真，又数落他关键时候总是掉链子。胡彪一头雾水，越听感觉越不对劲，转念一想才知又被凌小马耍了，这小子想趁机转移话题呢。胡彪一看凌小马坐上小绵羊就要溜之大吉，赶忙跑过去，大腿一跨，稳稳当当落座了，但凌小马明显感觉小绵羊萎了。

"我靠，你那么大块头，我的小绵羊哪里受得了你的强暴？快下去！"

"偏不，今晚你去哪儿我去哪儿，谁知道你会不会跑到哪儿哭去。比赛期间情绪不适宜大起大落。"

"你还有理了，那哥就不找旧爱了，带你这新欢大开眼界去！"

凌小马和胡彪摇摇晃晃骑着小绵羊，朝体大方向开去，却全然不知他们身后跟着两个人高马大的男生，开车的气定神闲，后座的阴沉着脸边看着凌小马边拿着手机似乎在汇报什么。

偌大的体育大学在夜晚灯光的照耀下依旧叫人辨不清东南西北，四周建筑的形状和颜色都是一个样，凌小马和胡彪骑着小绵羊兜了好几圈还是找不到游泳馆。胡彪有些心急了，连连问了几次凌小马是否确定"水怪"他们今晚训练，凌小马索性将杨子微信传过来的"情报"丢给了胡彪，吃了定心丸的胡彪总算不出声了。他们在主校道上又问了好几个人，但不是赶时间不回答，就是外校人员不知道。凌小马载着胡彪绕着校园的湖心走，不一会儿便拐入了一条小道，虽说这里两旁的路灯大部分被人打烂，整条道不太明亮，但令胡彪欣喜地是他们正前方不远处的草坪上出现了两个人影，不一会儿这两人的影子重叠到了一起，还越来越短。胡彪害怕他们走远，用力拍了拍凌小马，赶忙叫他追上。凌小马夜盲症没看清，只好听从胡彪指挥。然而待他们离草坪越来越近，只听见一声声呻吟声从草丛堆里传出，此时的凌小马一脸尴尬，问也不是，不问也不是，他伸手欲关掉车灯，但一按下按钮却发出了"嘟"的一声，这一喇叭声惊动了野战的男女，不一会儿只见一个大块头男生从草丛中伸出头探个究竟。此时胡彪再也按捺不住，问了一句。

"游泳馆在哪儿呢？"

"妈的，没长眼吗？那边！"这哥们指着东北方向那一圆顶建筑。

"您继续！您继续！"凌小马载着胡彪开足马力，离开了野战场，却不知他们的身影已被拍下，上传到了体大泳队群里。

顺着野战哥所指的方向，他俩终于找到了游泳馆。馆内灯火通明，不时传来口哨声和入水声，他俩绕着外围找了一圈，终于找到了一处透明的窗户。通过窗户，他们看到"水怪"司马南正在水池边跟一众队员在做热身运动，一队员上前将手机递给了他，他点点头在跟着队员示意着什么。

"怎么还不下水，有料就使出来啊！"胡彪急性子此时又犯了。

凌小马倒显得沉稳许多，他将体大游泳队的每一个队员从肩胛骨到腰部，再到腿部的力度值都估算了一遍，后又通过他们的热身来看每个人的身体协调程度。正当凌小马想要再凑近些观察"水怪"时，他突然感觉眼前一黑，头上"咚"一声响，周身一股垃圾味弥漫。

"自动送上门的盗贼，给我带进来！"随着"水怪"一声令下，凌小马和胡彪被拖到了泳池馆内。

早晨，阳光透过树梢照在校道上，朱迪和叶枫手牵着手朝游泳馆走去，快到泳馆门口，朱迪突然停了下来，她实在不想将叶枫拱手让给卫教练，但是她又不想耽误他集训，叶枫似乎看出了朱迪的小心思。最近训练忙，确实没时间陪她。叶枫突然想起昨天陈旭在休息期间聊起了《速度与激情8》，他和朱迪可是这一系列的死忠粉，从第一部到第七部，一部不落地追。他宠溺地摸了摸朱迪的头："我争取今天早点结束训练，我们去看《速8》！"

朱迪一听，兴奋得一蹦三尺高："你现在就在网上订票！快！"

"你啊！"叶枫带着笑意戳了下朱迪的脑门，他掏出手机正要打开购票APP，然而微信跳出的一条视频令他脸色大变，朱迪凑近一看也皱起了眉头。

视频里，先出现了司马南的脸，他挑衅地望着镜头，指名要叶枫10点半到老地方赎回两个猪一般的队友，之后镜头一转，胡彪和凌小马头上套着垃圾桶被一阵殴打，接着司马南又下令"搜身"，一群人把凌小马、胡彪三两下就脱光了。凌小马和胡彪拿过垃圾筐挡住重要部分，破口大骂司马南，但没说几句，司马南又把镜头转向了自己，他对着镜头阴险地笑道："你说滨大会不会把这两个败类给开除了呢？想想都令人愉快啊！"

叶枫关掉视频，跟朱迪交代了几句，就匆匆走向泳馆。朱迪还想叮嘱他一些事，但叶枫已走远，他性格外冷内热的，但也正因为这样，朱迪才更害怕他情绪激动起反作用。

叶枫一到游泳馆，方永健就先道明了胡彪和凌小马夜不归宿的情况，叶枫点了点头，他估摸了一下，这两人现在应该还是在司马南手中，司马南从高中起就和他叶枫是死对头，上次酒吧里丢尽了面子，他这一睚眦必报的性格将地点约在了城南桥下的老地方，看来是想打一架了。他在泳队里召集了平日的几个好兄弟，决定和大伙商量对策，会会司马南是一定的，但首要任务是救出队友。众人一致同意叶枫的意见，就在他们出门的时候，一个人影也尾随着走出了泳馆。

一股尘土的味在鼻间徘徊，挥之不去，脸上、腰间、腿部有小虫在撕咬，痒痛难耐，这床怎么一点都不软，枕头呢？凌小马闭着眼，一脸懊恼地将头抬起又放下，"咚"的一声，这一下疼得小马从睡梦中清醒。刚想骂娘，门口一道强光便刺得他睁不开眼，待他定睛一看，司马南带着一群人又出现了。身边的胡彪似乎也被吵醒了，他一见司马南，顾不上自己被反手绑着的劣势，一起身就想朝司马南撞去，司马南一闪，身边的小喽啰上手一推，胡彪又一个趔趄倒回了地上。凌小马暗暗观察着司马南的神情，以他多年行走江湖的经验看，对付这种人，看来不能硬碰硬，要讲究策略，打好算盘后他便不紧不慢起来。

"要我说，我们可以走了吧，不然你还得请我们吃中午饭呢，让你破费我们怎么好意思呢！"凌小马对着司马南"客气"说道。

"急啥，叶枫还没过来呢，新账旧账我得好好跟你们算一算。"

"那你可找错人了，叶枫他妈的是我对手，抢女人，盖风头的事他不少做，一提他我就来气！妈的，欠揍！"凌小马愤慨道，他边申诉边捏了一下身边的胡彪，示意他不要出声。

"你？"此时司马南身后两个高大个，分别一一向其耳语，还递上了手机，手机上是凌小马和叶枫世纪约战的现场图，司马南邪笑，"那么说，咱们还是一条船上的人咯，凌小马，是吧？"

凌小马殷勤地点点头，胡彪一看他那谄媚样，嘴里忍不住蹦出"叛徒"二字。看着胡彪愤愤不平的表情，凌小马内心是崩溃的，但他转念一想，这木头脑袋，若真让他配合演出还真就败露了，暂且先让他误会着吧。这边人多势众，叶枫那头来的人少定处下风，得先装孙子找机会联系上杨子。

城南大桥洞下，司马南倚靠在墙边，凌小马拿过打火机为他点烟，并与他说说笑笑。不一会儿，叶枫便带着几个兄弟如约而至，他看到凌小马的举动不由得皱眉，这小子鼻青脸肿，显然是被打过，但现在却又安然无事，唱的是哪一出？司马南看到叶枫到来就来劲。

"叶大帅哥，咱们又见面了，别来无恙啊！"司马南挑衅地望着叶枫，他命令身边的队友将狼狈的胡彪拎了出来，看着叶枫越生气，他越是兴奋，先是数落起了胡彪有偷盗习性，再挖苦滨大泳队无德无能，以偷师为计。

叶枫暗暗地握紧了拳头，而陈旭已忍不住要冲上前，但被叶枫一把拉了回来。叶枫示意他先不要轻举妄动，毕竟好汉不吃眼前亏。这时凌小马在司马南耳边耳语了几句，司马南思索了好一会儿，便令人将胡彪放了。但哪知胡彪的双手刚被解开，他便蹿爆而起，以迅雷不及掩耳之势扑向司马南，死扣他的脖子向后拉，周围的小随从一看他们老大被擒住，都不敢轻举妄动。凌小马上前似要"护主"，此时远处传来几声"嘟嘟嘟"的喇叭声，凌小马的拳头突然转了个方向落在了司马南的脸上。

"你他妈，使诈啊！"司马南不可思议地看着凌小马，这小子刚刚还说要放了胡彪，与叶枫公平单挑，现在居然敢反着干了。

"我这叫以其人之道还治其人之身，来啊，抓我啊！"

司马南显然被激怒了，他趁胡彪松懈之际奋力挣脱开，同时下令所有围在外圈的人追着凌小马打，叶枫等人一看不对劲，冲了上去，一众人陷入了混战。然而不远处尾随而来的人影一看到这场面，便躲进了草丛中，他手里还拿着手机拍起了视频。

凌小马左顾右盼，刚刚就已听到杨子的暗号，到现在还没到，妈的，骑乌龟来的吗？他有些急了，一看这架势，如果他们再死撑势必是被吊打无疑，凌小马赶紧大喊了一声"撤！"正当他们精疲力竭地且战且退时，"嘟嘟嘟"一群飞车党出现了，及时地停到了他们身边。为首正是杨子，他与凌小马迅速交换了下眼神，便下令"接！"车辆一一载上了滨大队员，他们的身后司马南一队人仍在死命地追。

凌小马没想到自己的"偷师计划"竟落得全队人跟着他一起遭殃，不知不觉一股歉意涌上心头。他帮着杨子将冰块分发给大家敷伤口，并谢大家的救命之恩。

然而胡彪显然不领情，他警惕地望着凌小马，凌小马翻了个白眼，一脸无奈地看向叶枫，指望着叶枫能点醒这块木头。然而叶枫也只是摇摇头笑了笑。

"我说你没有看出这是缓兵之计吗？"

"啥，什么计？我只知道你是叛徒，大叛徒！"

正当凌小马和胡彪在拌嘴，众人起哄时，朱迪带着药箱走进了烤虾店，她的身后还跟着卫迟，但他俩并没有注意，就在他们迈进门口前，有人已跟踪他们多时，并拍下了他们的身影。大伙看到教练立即停止了言语。

"怎么还把他带过来了？"叶枫拉过朱迪，低声问道。

"我……"

卫迟走进中间，环视了一圈，冷哼了一声："友谊赛临近，不好好备赛，还有时间跑去跟人打架，真是不知天高地厚……"

众人默不作声，卫迟发完火，看着队员们一个个伤得都不轻，手心手背都是肉，便让朱迪一一给他们做了检查。看着这群年轻气盛的年轻人，卫迟突然想起自己年轻时因一时冲动犯下了无法弥补的过错，他不想这群孩子重蹈覆辙。他知道有好胜心是好事，但真正的赢家应该知道怎么去控制和利用这情绪，而这一点也正是这个团队所缺少的。

卫迟再次训话时，语气明显有了缓和，他并没有对谁做出责罚，只是提醒大家收敛自己的戾气，全力备战友谊赛，赛出真正的实力，大伙听着教练的话，那颗好胜心似乎找到了安放之地。

比赛日当天，滨大游泳馆前人头攒动，教学楼、食堂、宿舍方向还陆续有学生赶来。比赛场馆内则早已围满了人，傅书记带着体大的领导嘉宾在主席台入座，等候开赛。

滨大队员们正在更衣室里更衣，"哐"的一声门开了，凌小马气喘吁吁跑进来。他近几日连续做噩梦，梦里总是听到母亲的呼唤，他每次想要看清母亲的样子，但海水就将他淹没。昨晚，噩梦又来临，将凌小马弄得一身疲惫不说，还害他迟到了。他停在自己的更衣柜前不断喘气，突然感觉眼前一阵昏眩，他赶紧用左手扶住柜门，右手反过手背往自己脑门上一探，烫！凌小马看看表，离比赛仅剩15分钟了，此时若让教练或队医知道，他肯定参加不了比赛，但司马南这仇不报他咽不下这口气。他想了想，只能靠自己了。

他套上泳裤从更衣室溜了出来，赶忙奔向校队医馆。校队医馆内空无一人，凌小马暗自庆幸，但来到药架前，架上堆满了密密麻麻的瓶罐，他开始苦恼起来，他左翻这个右翻那个，就是始终找不着退烧药。此时，门把突然响起，凌小马一慌，将手中的药摆回去，却不料力度太大，架上的瓶瓶罐罐连带被震动，从架上掉了下来散落了一地。凌小马低头慌忙拾药瓶，一抬头时，朱迪已站在眼前。她看着眼前面色潮红、唇色泛白的凌小马，顿觉奇怪，她下意识伸手要摸凌小马的额头。

"你……这样被人看到误会了不太好。"凌小马慌忙向后退了一步。

朱迪没有理会凌小马的尴尬，她执着地跟上前摸了摸凌小马的额头，再和自己的比较，证实了自己的猜测。

"你发烧了，不能参加比赛，带烧比赛严重的话会引起休克。你在这儿休息，我报告教练去。"朱迪对凌小马下了指令，转身就要出门。

凌小马拉住朱迪的衣襟，皱着眉望着她："这临阵换帅你让教练去哪儿找人，你知道这场比赛对我们的意义吧？我答应你，比赛完后一定好好休养。"

朱迪拒绝不了凌小马诚恳的眼神，只好勉为其难地答应了。看着凌小马喝下退烧药匆匆忙忙离开，朱迪愣在了原地，那是她第一次看到凌小马如此认真的表情，或许他并没有自己想的那么轻浮，他有着自己的坚持和梦想，而她又有什么理由总是轻视他呢？

凌小马及时赶回了更衣室换上泳衣，跟随着大队出场了。泳馆入口交会处，两队不期而遇，互不相让堵在门口。

"偷师队，咱们又见面了，我说过我会慢慢玩残你们，就像猫捉老鼠一样。"司马南挑着眉，冷笑道。

　　"谁玩死谁还不一定呢,你等着瞧!"凌小马上手用力推了一下司马南的背,趁体大队员们护主心切,他左蹭右挪灵活地蹿到队伍前开路去了。司马南被耍,狠狠地盯着凌小马,两手一合,骨指发出了"咯嘞咯嘞"的响声。

　　然而虽经过一场与体大的恶战,激发了滨大泳队夺取胜利的斗志,但天不遂人愿,凌小马和叶枫在100米自由泳上输给了司马南,接连的100米蛙泳、100米仰泳滨大也接连失利,只有傅有益在蝶泳项目上扳回了一成。滨大候赛室里气氛压抑到了极点,除了傅有益面露喜色,得意洋洋,其余人的气压都十分低沉。卫迟见状,不免气愤但同时又心疼。

　　"胜败乃兵家常事,但不到最后一刻绝不轻易言败,这是一个成熟运动员的基本心理素质。现在还有最关键的4×100米混合接力赛,如果你们还是这种心态就必输无疑,你们是要不战而败吗?"卫迟知道这群孩子已经尽力了,但他不容许他们就这样放弃。

　　"教练说得对,还有一场比赛胜负未定呢,现在不是说丧气话的时候,让我们来一场绝地反击吧!"凌小马被教练的话语点醒,他伸出右手,队友们在小马的感染下也纷纷伸出手。"Win!Win!Win!"候赛室内响起了众人的呐喊声。

　　一声鸣笛,混合泳接力赛开始了,第一棒的选手如飞鱼般迅速入水,体育大学的第一棒就表现出了咄咄逼人的气势,他动作流畅,前进速度飞快,在第一个转身位,就已赶超滨大陈旭半个身位。就在陈旭触壁的一瞬间,第二棒胡彪腾空而出,他紧跟体大第二棒一路追赶,但始终保持着差距。滨大的学生看着这形势纷纷摇头,陆续离开。另一边体大的啦啦队欢呼声阵阵,似乎冠军已是囊中之物。

此时岸边，凌小马和叶枫击掌相互鼓励，叶枫调整泳镜，登上出发台等待，他身旁的司马南已率先腾空入水，紧跟着胡彪触壁，叶枫从其头顶越过，迅速入水，叶枫和司马南都拼劲全力向前游，触壁前一刻，司马南还领先一个身位，但触壁那刻硬是被叶枫追近了半个身位。叶枫触壁与凌小马完成几近完美的交接，凌小马飞身入水如飞鱼快速滑行，到了50米触壁翻转处凌小马已经把两个人的距离缩短到了不到半个身位。

观众席上的朱迪紧张地看着凌小马，在离朱迪的不远处，方芳坐在学生代表团队中，她的眼神一刻也没有从凌小马的身上移开，滨大啦啦队呐喊着为凌小马加油。离开的滨大学生看到这一情景也纷纷停下来，加入了加油助威的行列。凌小马最后冲刺阶段，再次加速，双脚如同马达全开，翻腾出巨大水花，一步步追近体大的最后一棒。30米、20米、10米，凌小马一路直追，快到10米处只落下了半个臂位。全场一阵疯狂的呐喊声，等待着奇迹的逆转。

倒计时5、4、3、2、1，凌小马与体大队员几乎同时触壁。呐喊声停了下来，全部人屏住了呼吸望向大屏幕。不一会儿，屏幕上便出现了比赛结果，体大：4分32秒10，滨大：4分32秒11。体大司马南和队友们一阵疯狂叫嚷，凌小马、叶枫等队员在体大的胜利欢呼声中沉默地走入甬道，突然，"咚"的一声闷响，凌小马眼前一黑摔倒在地上。模糊中他感觉有人掐他的人中，有人在摸他的额头，有人在拍打他的脸颊，身边的欢呼声越来越远……

众人合力将凌小马抬进了休息室，昏迷中凌小马又在水中看到了他的妈妈，她周身包裹在光芒里面，凌小马努力想往前游，但妈妈却越漂越远，他大声呼叫妈妈，但海水却灌入了他嘴里，他发不出声音，此时他的脑袋一阵刺痛，他只得不停地甩头试图缓解。

"咚"的一声，他脑袋撞到了床架上，他慢慢睁开眼，只听见王医生正在训斥朱迪。

"你这队医怎么这么糊涂，你难道不知道发烧下水会有危险吗？"

"王医生、教练，你们别怪她，都是我逼她不让她说出来的……"队医一看凌小马醒了，赶忙拿过听诊器对他进行检查。

卫迟看着凌小马的虚弱样子，一阵心疼，但一想到他可能会因比赛而出事，又忍不住发飙："你以为你呈英雄，赢了会有人感激你吗？愚蠢！一个运动员首先要学会保护自己，留得青山在，不怕没柴烧！"

凌小马低下头，他恨自己的身体不争气，也恨自己的能力不及："对不起教练，我高估自己了，我本应该还能再快一点，只要再快这么一点……"

队员们一阵默然，朱迪的眼泪忍不住流了下来。正在此时，休息室的门被推开，傅书记怒气冲冲地进来。卫迟愣了愣，正要和傅书记解释今天的比赛，但傅书记不但没给机会，还劈头盖脸地将卫迟骂了一顿，并放出狠话，要对泳队整肃到底。傅书记愤而离去，队员们陷入一阵沉默。

卫迟望着他的背影皱起了眉头，傅书记为何如此大的火气，他百思不得其解。但此时这不是最重要的，这些小孩因为这场比赛信心受到了重创，他必须要带头振作。他安抚队员们放宽心，有事他担着，并邀请大伙明晚到"泳吧"喝酒放松。毕竟还是年轻小伙，听到一向严肃的教练要请他们喝酒放松，立即将刚刚书记的训话抛到了九霄云外，开始讨论起要喝什么酒好宰教练一顿，卫迟看到这群恢复活力的年轻人，宽心地笑了。

夜上浓妆，"泳吧"里演奏着蓝调布鲁斯，虽然这次教练开口让大伙痛饮，但队员们的兴致似乎都不高，只是有一搭没一搭地玩着骰盅。凌小马看着大伙士气低落，自己心里也不是滋味，从进入泳队到现在，他凌小马给这个团队带来了许多麻烦，但幸亏这个团队对他不离不弃。这段时间他反省了自己，有些话他一直想跟大家说。凌小马起身上台，拿过麦克风倾诉起来。

"有些话，我已经藏在心底很久了。趁这个机会想和大家说一说……可能大家都知道我凌小马并没有什么大志向，脑袋瓜里就只想着泡妞，卫教练说我进泳队只是玩票，对游泳这项运动缺乏基本的尊重，他说得都对，我确实就是这样。"众人看向卫迟，卫迟耸肩指着凌小马，表示无奈。

台上的凌小马还在继续叨叨，从他泡妞的事开始，一件件剖析自己的心路历程，虽然他没有指名道姓，但台下的朱迪不自觉地脸红了，她偷偷看了叶枫一眼，叶枫没什么表情，她才稍安心。而众人在凌小马的带动下，此时也才渐渐活络起来，凌小马在讲一些段子时，台下还不时有人起哄。但讲着讲着，他突然又严肃起来。

"……时至昨日，我站在泳道起跳台上的时候，我想告诉所有人，现在的凌小马有理想，有人生目标了，我想要赢得冠军，赢得尊严……而这一切的转变来自你们，感谢你朱迪，是你骂醒了我，对你俩造成困扰我深表歉意，但话说回来你俩应该感谢我对吧？另外，胡彪的刻苦、叶枫的执着、永健的坚持、陈旭的勤奋……是你们一直在用行动在告诉我什么才是一个合格的游泳运动员。今天可能是我们人生的一个低点，但我相信我们回头再看今天的话，我们会感激对手给我们的这记重创。卫教练说胜败乃兵家常事，我们不能这样就认输，今后的路还长着呢……"

那一晚凌小马说了好多好多的话，他第一次觉得自己就是个话痨，但他看着台下重新热血沸腾的队友们，觉得一切都值了！

然而醉醺醺归来的凌小马可把宿舍的兄弟坑惨了，睡在上铺的他，一爬上床就如挺尸一般，拉都拉不动。但他喝了太多的酒又反胃，因而他要呕吐时，舍友们只得分工合作，一个将他的头抬到床边，另一个用头顶着脸盆让他呕个痛快，再一个拿着接换的脸盆在一旁候着，他凌小马简直享受着皇帝般的待遇。舍友看着凌小马无奈又可气，三人你一言我一语地商量起了凌小马的"债务"。

"这小子，平日存货可多了，得让他分这么一两个G给我们。"

"他那VR眼镜可绝了，让他拿出来共享！"

"妈呀，又吐了，赶紧的！"

折腾了好几回，凌小马终于在床上打起了呼噜，舍友们才顶着黑眼圈纷纷回到了自己的床上。

次日临近正午，窗外突然下起了阵雨，淅淅沥沥。朱迪正在宿舍洗衣服，门"嘭"的一声被推开，胖铃神色紧张冲了进来。朱迪宽慰她衣服已收进来，没有被雨淋湿，然而胖铃却告知朱迪一场"暴风雨"即将来临，朱迪放下衣服就慌张地赶往阶梯教室。

阶梯教室里，傅书记跟一众体委会领导坐在了第一排，方芳等一众学生会干部坐在第二排，台上屏幕里放映着一段视频，是凌小马、叶枫等人在跟司马南他们斗殴的画面，紧接着另一段视频是卫迟和背着药箱的朱迪走进烤虾店。台下的叶枫、凌小马等都傻眼了，赶到阶梯教室的朱迪也觉得不可思议。方芳看着视频里的凌小马不由得担心起来，在她的印象里，坏学生打群架并不稀奇，往常的她总会帮着傅书记对这些坏学生做出处分，每当这时候她就会感觉大快人心。但今天，她却焦虑游移起来，她喜欢这个老师眼里的坏学生，她竟感觉打群架并不是什么要紧的事，她只想替他辩解。

傅书记起身上台解释："相信大家都知道了滨大和体大友谊赛的结果，我们滨大游泳队是史无前例地惨败。大学生全运会备战期间这么一场重要的比赛，运动员却不训练跑去打群架，而教练还从旁包庇，这让人何等地痛心啊！"

阶梯教室里一片窃窃私语，傅书记环顾四周，看着批判气氛已调动起来，拿起决定书宣读起了处分决定：凌小马、胡彪永远开除出滨大游泳队，卫迟撤除教练职位，等待校体委最终处罚，所有参与打群架队员记一个大过。

处分结果一宣布，现场一片肃静，方芳看着盛气凌人的傅书记，正犹豫着要不要代表学生会提出意见，替包括凌小马在内的这些泳队队员说几句话。突然一个声音响起："我不苟同书记的意见。"此话一出，大家齐齐看向声音来源处，只见叶枫站起身，直视着傅书记，他开始分条陈述，反驳书记。朱迪在叶枫说完后，也随即站起来附和。队员们受叶枫和朱迪感染也一起来表明意见，整个阶梯教室黑压压站了四分之三的学生。方芳看着朱迪在同学们面前出尽风头，内心的正义感当即被嫉妒感所掩盖，她不想跟随着她的影子发声，她最终选择了冷眼旁观。

"希望校方本着客观、公正，以教育为怀，给我们一个改过的机会，我们一定在大运会上戴罪立功。"叶枫再次开口恳求。

　　然而傅书记并未作出让步，他一声令下："散会！"愤而离场，叶枫追了上去。此时外面乌云密布，电闪雷鸣，一场暴雨即将来临，叶枫一路跟着傅书记来到办公楼前，他看着书记快步走入室内的背影，大声强调："我们会一直站在雨中等待书记您改变决定为止。"

　　暴雨哗哗地下起来，叶枫的身后跟着朱迪、凌小马、方永健、陈旭等队员，傅书记在窗前冷笑地看着他们，一道闪电照亮了他狰狞的脸。他一想到自己很快就可以拉下校长的"亲信"卫迟，替儿子扫除游泳路上的"障碍"胡彪、凌小马，内心就一阵痛快。那么多年来，他对傅有益的"栽培"有了成效，这个儿子终于干了些"有用"的事，要不是那些视频，这一盘棋他们不会走得这么顺畅。

　　正当傅书记还在计谋下一步棋如何下时，卫迟匆匆从门口进来，他要替孩子们请愿，即使他平日里对这个傅书记不屑搭理，但现今如此状况，校体委毕竟还在这个傅书记的管辖范围，他就不得不低头。但即使他将错误全揽自己身上，并以学生身体健康为出发点进行游说，傅书记仍是一口回绝。卫迟愤然离开，傅书记看着他的背景，将手上的杯子摔在地上。

　　在雨中请愿的队伍越来越庞大，卫迟打着伞过来劝队员们回去，但是大家坚决表示记不改变意见就不会离开，卫迟无奈，看着这些倔强的孩子，他叹息了一声，把伞一合，跟随众人一起伫立在雨中。

　　一辆黑色本田车在办公楼面前停下，一位戴着金丝边框眼镜的中年男子从车里出来打伞准备离开，他侧过身关上侧门，突然看到身后一群学生站在办公楼外，那中间还有卫教练。他快步走到教练和学生身边询问情况，卫迟和学生们一看到他都顿觉亲切。卫迟交代了事情的来龙去脉，叶枫在一旁补充。

"校长，我们没有能力也没有想要威胁学校，我们希望校方能了解清楚前因后果，客观、公正地给予我们处罚，也请求学校以教育为怀，给我们一个改过自新的机会。"

此时，天空一道闪电照得大伙脸色苍白，由于在雨中多时，女生们一个个瑟瑟发抖起来。不同于傅书记的冷酷无情，胡校长见状急了，他如慈父一般安抚大家。

"孩子们，有什么诉求，只要是合情合理的学校都会给你们一个满意的答复。看你们全身湿透还在淋雨，我感到很心痛，你们赶紧都回去吧，别感冒着凉了。"

卫迟也劝慰大伙："我相信校长一定会给大家一个说法的，大家都回去吧。"

同学们纷纷离场后，校长交代卫迟换身衣服后立即到会议室开会，同时让秘书通知傅书记和体委会各成员到会。

对于滨大泳队处分的讨论会一直开到了晚上7点，寝室里滨大学子都在焦急地等待着结果。不一会儿，滨大BBS便出现了一条帖子，发帖的自称是会议记录的工作人员，他声称处分决定以学校官网公布为准，但是可以透露的是相比上午傅书记宣布的处分决定，这次的结果是个好消息。

傅书记最终还是没有如愿以偿地替换卫迟，开除胡彪和凌小马，而且经过这一次雨中请愿事件，他的做法削弱了他在学校教师、学生心中的威信，反倒让他所谓的对手——校长获得了人心。

那日散会后，有学生经过他的办公室，听到的尽是"乒""乓"砸碎物品的声音。

"暴风雨"过后，滨大泳队在卫迟的带领下重振旗鼓。他对以往的赛前训练和比赛状态进行了总结对比，发现以前他只注重于"面"的训练，忽略了"点"的培养，这次他要从"点"上入手，根据每个队员的特点给他们制订一个月的训练计划。凌小马从卫迟手里接过自己的训练卡，忍不住骂娘，他的卡上都是负重跑步、跳跃、机械腹腰等体能训练，他夺过身边胡彪的计划表一看，都是下水练习！他对卫迟大声抗议，但卫迟随即搬出了一大堆能够堵住他嘴的理由，抗议无效！

训练的日子总是难熬的，但一想到自己能够站在冠军领奖台上，获得众人的肯定，滨大泳队能够傲视体大，凌小马便有了动力。然而他还是有偷懒的时候，由于白天的时间都安排了体能训练，强度过大吃不消，夜晚就会无力下水。因而凌小马白天总在想方设法保存体力，以便夜晚勤练他的"独家秘笈"。

这晚，凌小马又一人泡在泳池里，他上身完全沉入水底，利用腰腹的力量，快速游出水面，同时手脚保持不动，再用腰腹的力量保持身体漂浮在水中。坚持了数十秒后，他又沉入了水底。岸边突然来了一个人他也没有发觉，那身影看着凌小马如此来来回回反复练习，脸上浮起了笑容，满意地点了点头。

一个月很快就过去，卫迟在集训前曾经强调实行末尾淘汰制，根据30天的训练成绩来决定大运会的首发名单，因而每个队员在每次队内比赛中都不敢轻易懈怠。这次一个月的特殊集训即将要结束，过五关斩六将来到最后一道关卡，大伙都心知肚明这是大运会前争取最后一次排名的机会，所有队员都摩拳擦掌。

凌小马走到叶枫身边："一会儿比比？"

叶枫笑道："恭候多时。"

先进行的是100米的蝶泳测试，傅有益和胡彪分列中间泳道四、五两列，这一场他俩就紧追彼此，不分伯仲。两人先后触壁，卫迟和副教练按下秒表，记录成绩。第二场是100米自由泳，叶枫、凌小马位居中间两道，傅有益站在第六泳道。哨声一响，选手们飞身入水，凌小马、叶枫齐头并进，傅有益被拉开半个头的位置，紧追不舍。

"凌小马这小子进步不小啊，24秒不到就转身了。"副教练看着秒表感慨。

凌小马、叶枫转身后，潜游距离一致，但再次出水时，凌小马明显加快了起脚动作，叶枫不甘示弱，两人死咬向前，不分上下。最后10米，水花渐大。岸上，朱迪紧张到手脚发麻，最终看到凌小马先触壁，她内心竟有一丝雀跃，这点是她始料未及的。

凌小马出水，大口喘气，他抬起右手与身边的叶枫击掌，两人惺惺相惜。胡彪在岸边朝他大喊："臭小子，超水平发挥啊！"

"什么超水平，一直都这么有水平好吗？"凌小马双手撑着上岸，他手臂已不似几个月前那般瘦弱，经过体能训练，他已练成了紧实的肌肉。

上了岸的小马朝卫迟那儿走去，经过朱迪身边时，她朝他说了声："不错！"

小马看着她依旧明媚动人的笑容，心里不免一颤，但他随即恢复了常态，"谢谢！"他露出一排洁白的牙齿报以朱迪同样的笑容。

　　凌小马急切地想知道自己的成绩，那可是他第一次打败了叶大少，但卫迟就是卖关子不肯说，给的解释是先统计，大运会前三天才能公布给大家。凌小马不解，依旧不屈不挠地追问，这时一旁的副教练悄悄给凌小马使了个眼神，并背对着卫迟，给他竖了个大拇指。

守　护

　　从小到大，凌小马一有心事就会跑到墓地跟母亲倾诉，小学时考试紧张尿裤子、初中时考了班上最后一名、高中时和外校生打架……人家是报喜不报忧，但他凌小马报的全是忧，按他的话，丑事共享，才叫母子连心。但现在他突然想跟母亲谈一谈男女之间的感情，说一些他无法与其他人道明的心事。

　　"老妈，你知道这风信子的花语是什么吗？你儿子不才，但我还是一心向学的，我查了一下，是重生之爱。您这是给儿子留个念想是吧，忘掉过去的悲伤，开始崭新的爱。"凌小马拿起母亲墓前的风信子端详起来，据小姨说母亲生前最喜欢的就是风信子，小时候一直不明白，但现在长大了，似乎有些想通了。他拿起地上的酒杯与母亲墓碑前的玻璃杯碰了一下，大口喝下，索性往墓碑上一靠仰头看着天空。一滴水落在他的鼻尖，两滴、三滴……刚刚还晴空万里，转眼间就淅淅沥沥下起了小雨。凌小马哑然一笑，连老天都在为他流泪，这样想着心里好像好受了一些。他继续喃喃自语："老妈，之前跟你提过的那女孩，你还记得吗？她现在跟别人跑啰！唉，你儿子也是屡斩情关的老将了，但现在却无法开始重生之爱！看见哪个女的，我都想起她那张脸，肉肉的，粉粉的……"

凌小马的衣裳渐渐被雨水打湿，他赶忙垂下头，握紧胸前的吊坠，生怕雨水渗入里面的照片。他打开坠子，用手拭去母亲照片上的水滴，他乍一看才发现母亲和朱迪竟有几分神似，同样一双会说话的大眼睛，白皙带点婴儿肥的脸颊，红红的小嘴唇……

小马又回忆起了与朱迪相识至今的每一幕，她一颦一笑都牵动着他的心，但她终究不属于他，他和她之间始终隔着一道跨不过的山。凌小马甩了甩头，试图让自己清醒。雨越下越大，凌小马举起杯一饮而尽，他朝母亲挥了挥手，嘴上还不忘解释："今儿微信钱包没钱了，下次再给你买束大的，不要生气哦！拜拜！"

省大学生运动会临近，校园里挂满了"全省第十六届大学生运动会"的标语，各处宣传栏上，都张贴着宣传海报。朱迪、胖铃和阿萌三人走在校道上讨论着各大学有名的游泳健将，幻想着明日呈现在她们眼前美好的"肉体"。

"你家叶枫明天也会被看光光哦！"胖铃打趣朱迪。

"免费看！但重要部位你们是没福气见到了。"朱迪挑着眉得意起来。

"你变得好重口哦！说！你们发展到哪一步啦？老实交代！"阿萌的提问令朱迪唰的一下红了脸，她和叶枫最亲密的举动也就是轻吻，连法式热吻都没尝试过，她其实也很想有进一步互动，但每次面对叶枫她就是没来由的紧张。

看到朱迪没有回应，胖铃坏笑："这都全垒打了吧？"

"哪有，叫你们乱说！"朱迪说着就伸手要"教训"这两个调皮的闺蜜，三人在校道上打打闹闹，不时发出阵阵笑声。

大运会当日，果真如朱迪她们所期望的一样，全省大运会的游泳健将，云集滨大，校园里来来往往都是各校的帅哥。朱迪和胖铃、阿萌三人本来一起从寝室出发，但走到半路，她俩就没影了。朱迪无奈，她看看表，还有两个小时比赛就要开始了，再找寻这两个花痴太费时，她们流完口水自然会到场馆去，这样想着她加快脚步朝泳馆走去。

朱迪来到休息室，一眼就看到了叶枫，正想要问他准备的情况，但他脸色苍白，眉头紧蹙，好像有心事，她不由得担心起来，不会是紧张过度了吧？她上前拍了拍叶枫的肩膀，试图缓解他的紧张情绪，然而叶枫却来回踱步，他一会儿掏空行李袋，一会儿倒腾着储物柜。

"丢了东西？"朱迪忍不住问。

"我的泳帽找不着了。"

朱迪心头一颤，她知道那顶泳帽对于叶枫的意义，那是两年前北岛康介送给叶枫的礼物，每次参加大赛叶枫都会戴着它，可以说那顶泳帽已经成为了他的贴身幸运物。若临时更换熟悉的装备，这对运动员的心理会带来不小的影响。

朱迪帮助叶枫回忆泳帽可能遗失的地方，但都被叶枫一一排除了，只剩下叶枫家。

"要不我去你家帮你拿吧，现在距离比赛还有一个多小时，你留在这好好准备。"朱迪握着叶枫的手，像是给他传递力量。

叶枫摸了摸朱迪的头，虽然没带幸运帽他心里有些疙瘩，但他不能让朱迪跟着担心，今天比赛多，朱迪忙都忙不过来了。他反过来劝慰朱迪放宽心，一会儿联系家里的保姆送过来就可以。正说着，叶枫的电话响了，他走出休息室时不忘提醒朱迪去协助队医准备。望着叶枫离开的背影，朱迪还是站在原地，若有所思。

　　凌小马收拾完自己的游泳装备，看了看表，离比赛时间只剩下一个多小时了，都怪自家的床太柔软，让他每次回趟家一躺就进入了温柔乡，早晨闹铃响了多少次都叫不醒。凌小马刚拉着小绵羊出到门外，天公不作美又刮起了大风，下起了雨。凌小马拿起雨衣正准备套上，一辆黑色奔驰驶入他家门前的小巷，凌小马一脸欣喜，将雨衣甩在一旁，拿起行李包快步跨上车。

　　"这外面风雨大作的，还是我够哥们吧，风雨无阻！"杨子边开车边向凌小马邀功。

　　"少废话，我这都快迟到了。下雨，路不好走，你赶紧的！"在凌小马的督促下，杨子一脚油门，大奔驰朝着滨大泳馆快速驶去。

　　路上一辆黄色出租车与大奔驰擦肩而过，朱迪坐在车上，焦急地看向窗外，她不时催促师傅快一些，再快一些。但台风天气，路面湿滑，再加上道路交通管制，到叶枫家时离比赛只剩下一个小时了。朱迪满身湿透走进叶家，刚好撞上保姆要出门送泳帽，朱迪看到那顶蓝色的泳帽，长舒了一口气，她暗暗庆幸总算没白跑一趟，欣喜地从保姆手中接过泳帽便匆匆离开。

　　然而朱迪一出门就后悔了，叶枫家住在城东边临海的别墅区，这里住的居民几乎都有私家车，刚刚太过匆忙她没记得让出租师傅等一会儿，这会她出门等了十几分钟却不见一辆出租车，即使加价呼叫了滴滴专车，也没有人接单。朱迪着急地看了看表，时间不多了，她咬咬牙，决定走去一公里外的公交站。雨下得越来越大，朱迪看着大马路上过膝的积水，决定拐入老街抄近路，她沿着街边商铺急走。突然狂风大作，路旁的树被吹得左摇右摆，一直专注于赶路的朱迪没有注意，此时她的上头有一块泛黄的广告牌摇摇欲坠，"咚"的一声广告牌突然坠落。

凌小马在杨子的护送下，快速到达游泳馆，他进入会场，只见观众席上黑压压一片，叶枫正在准备区做器械拉伸运动，凌小马走过叶枫身边不忘调侃，但叶枫却毫无表情。

"怎么了你，紧张得不会说话啦？"凌小马看着叶枫有点不对劲。

"Focus！"叶枫目视前方。

"还能说英文，看来比我好，你看一早上到现在我的手就这么一直抖！"凌小马伸出手夸张地表演着手抖的动作，他就不信这个冰块脸不笑，但不一会儿他还是输了，叶枫依旧是块冰坨子。

"和朱迪吵架啦？朱迪呢？"凌小马四处张望寻找朱迪，却不见她的身影。

叶枫突然一个激灵："朱迪！"他刚才一直沉浸在自己的低落的情绪中，没有注意到朱迪的去向。他急忙到一旁随身袋里找手机拨打朱迪的电话，但只传来了"嘟嘟嘟"的声音。

"坏了，她不会真的找帽子去了吧？"叶枫喃喃自语。

凌小马不解："找帽子？外面这么大的雨。"

叶枫不停地给朱迪打电话，却仍是无人接听。卫迟出来看到叶枫和凌小马一脸愁苦的样子不禁疑惑，他看了看显示屏上的时间，距离比赛还有40分钟，赶忙催促着叶枫和凌小马去换衣服。但这两人却没有立即行动，卫迟一问才知他们在担心给叶枫找帽子去的朱迪，不觉感到又好气又好笑，他突然觉得自己老了，年轻人之间的担心他真心搞不明白。

"不就是个泳帽，我这有，你先拿去用，你们俩赶紧去换衣服！"卫迟丢给叶枫一顶泳帽，将他两推往更衣室。

在前往更衣室的路上，凌小马拨打了杨子的电话交代了几句，又拨了朱迪的号码，但还是一样无音讯。他拍拍叶枫的肩膀宽慰他已让杨子去找，叶枫仍是一脸懊恼。就在他俩换着衣服时，凌小马的手机却突然响了，显示的是朱迪的名字。凌小马雀跃接起电话，刚要开口，电话那一头却先道明了情况。凌小马脸色骤变，他脑袋"嗡"的一声响，他顾不上告诉任何人，只是想要尽快赶到她身边，他本能地抓起衣服就往外跑，待叶枫出来时，他已经不见了踪影。

凌小马赶到医院，直接奔向了手术室，然而手术室大门紧紧地关闭着，他握着大门的把手，感到一阵深深的无力感。突然有护士从里面出来，凌小马没抓稳倒在地上，护士紧皱着眉头停了下来，他趁机反抓住护士胳膊询问朱迪的情况。

"失血过多，急需输血，你再拦着我一会儿就耽搁了。"护士一脸不耐烦。

凌小马赶忙站起来，伸出胳膊，央求护士抽他的血，还好凌小马血型对得上，护士态度有些缓和。叶枫这时也气喘吁吁赶到了医院，他一见凌小马，便一把扯住他衣脖子着急问起朱迪。

"急需输血，我先去输血。"凌小马随着护士匆忙进入输血室。

叶枫瘫坐在座椅上，手术室外不停闪烁的红灯提醒着他朱迪正处在危险之中，他将头埋在腿间陷入了深深的自责。时间一分一秒地过去，此时距离比赛还有20分钟，卫迟赶到医院，看到叶枫一副六神无主的样子，便气不打一处来。然而不管他怎么劝，叶枫就是不愿离开去参加比赛，刚输完血回来的凌小马对朱迪病情有了个底，一看卫迟和叶枫僵持不下，不想让他们的团队因此成了一盘散沙，他也加入了劝慰的队列。然而不像卫迟那般语重心长，他采用了激将法。

"我跟你说，朱迪的最大心愿就是看到你拿冠军。她为你端茶倒水，大老远跑去拿泳帽，不就为了你夺冠那一刻嘛，你别扫了她的兴。等她醒过来一问，枫哥，你拿金牌了吗？看你怎么交代。"

"没错，小迪最大的心愿就是看你拿到这次比赛的冠军啊！"朱父突然出现，接过凌小马的话，他看向凌小马时，还悄悄和他眨了下眼睛。

叶枫还在犹豫，朱父拍了拍他的肩膀，劝慰他放心去比赛，并强调朱迪有他这亲爹守着会很快醒来的。叶枫在众人劝说下，终于起身。此时杨子已在门口等候多时，卫迟、胡彪上车后，凌小马把叶枫往车里一塞，关上了车门。

"你……"叶枫隔着车窗一脸疑惑地看着凌小马。

"凌小马，你搞什么鬼，快上车，听到没有？"前排的卫迟皱起了眉头。

凌小马嬉皮笑脸："我不去是给大家机会，你小马哥已经打败过叶大少了，我已经是全省第一了！杨子开车吧！"

杨子发动车，锁住车门，他看了一眼凌小马，忍不住再问："你可想好了？"

"凌小马，你以为比赛是你们家开的，想来就来，想走就走！快上车听到没有！"

"凌小马，本少爷不需要你的施舍，赶快给我滚上车！"

凌小马笑而不语。

杨子似乎领会到兄弟的意图，脚下油门一踩，消失在红绿灯外。

凌小马从看到朱迪躺在病床上的那一刻起，他越发清楚自己来滨大的目的，他想要的是一直守护朱迪。

这一刻，他心甘情愿。这一刻，他何得其所。

凌小马回到手术室门口，朱父看到凌小马折返回来，一脸诧异。凌小马和他解释了一番，才把老头子心中的疑惑给解开。

"所以，你这是为我女儿舍弃比赛啊？要她以身相许吗？"

"您就别开玩笑了，我是朱迪的好朋友，她的事就是我的事。"凌小马摸着头不好意思地回答。

那天下午他俩在手术室门前聊了好久，朱父疼爱他这个女儿，从小她想要什么他都会尽量满足，现在她大了，糖果、裙子已经满足不了了，她有了守护自己的白马王子。但有时王子不小心伤了她，她却没法像同父亲撒娇一般哭闹，看到她受委屈、难过，作为父亲只能默默跟着流泪，但这些眼泪是不能让女儿看到的。

凌小马听着朱父谈起作为父亲的感受，他突然想，若是他父亲还在，他和父亲会是什么样的相处模式呢？称兄道弟，还是师徒情谊，抑或是纯粹的父子情深？然而无论何种猜想都只是假设，因为他凌小马没有爸爸。他羡慕朱迪和朱父之间的情感，朱父给朱迪的爱铸成了她身上大度、开朗的性格，或许这也是朱迪吸引他的原因之一吧。

"啪"的一声，手术室的门在凌小马、朱父的期盼下终于打开了，朱迪被推了出来。医生和朱父交代手术情况，手术一切顺利，朱迪已经脱离了危险期，但由于她割伤了大腿动脉，转入普通病房后，还需要再输200cc的血，可是医院血库O型血短缺。凌小马不忍让朱父遭罪，又一次自告奋勇要献血，但被医生给拒绝了，理由是一个人一天不能献超过400cc。

"还是得我来，你就别逞能了！"朱父拍了拍凌小马肩膀笑道。

然而朱父由于喝了酒的缘故也没献成，在凌小马的软磨硬泡下，医生看他身体素质还不错，终于答应他做一次"血牛"。凌小马走进献血室前朝朱父比了个胜利的手势，两人俨然已成为了一对好兄弟。

另一边的游泳赛场上，叶枫的回归，凝聚起了滨大泳队的干劲。在前面100米蝶泳、100米蛙泳、200米自由泳等几个项目上滨大都获得了不错的成绩。大家都屏息凝神期待着最后100米自由泳决赛，随着发令枪响，叶枫、司马南等八位运动员同时腾空入水，水花四溅，叶枫一开场就给了司马南一个下马威，他快速划水，还没到50米转身位，已经超越了司马南半个头的位置。观众席上，胖铃、阿萌、杨子紧张地观望，运动员休息区，胡彪和滨大全体队员紧盯着屏幕中叶枫的战况。50米转身时，叶枫潜泳出水，司马南死咬跟随，距离被渐渐拉近，只剩下10米，叶母在观众席上激动地站起来为叶枫加油！叶枫脑子里闪过朱迪握紧他双手时展露的微笑、凌小马鼓励的眼神、卫迟认可的表情……他奋力向前一冲，全场沸腾起来，叶枫摘下泳帽和泳镜，等待大屏幕上的成绩，52秒34！看到成绩，叶枫终于松了口气。输了比赛的司马南走过来朝叶枫祝贺，那一刻叶枫觉得少了嚣张跋扈的他，其实并没有那么讨厌。

输完血的凌小马口渴得厉害，在医院里晃荡来晃荡去也没找到水，不得已只好跑到护士站求助护士姐姐，正当他死皮赖脸地求着护士姐姐时，突然听到电视上传来阵阵欢呼声，他抬头一看，电视画面里，叶枫抱着鲜花和奖杯，胸前挂着金牌，满脸胜利的喜悦，他接过记者的话筒，突然深情起来。

"能够拿到冠军，除了感谢我的母亲之外，还要感谢我的教练和队友们。尤其是还在医院里留守的那位队友。小马，这个冠军是属于你我的，谢谢你！"

这猝不及防的告白，竟然让凌小马有种想哭的冲动，他盯着电视屏幕摆摆手，喃喃道："哎呀，怪不好意思的。"正要递给他杯子的小护士，此时看看他，又看看电视里的叶枫，一脸诧异。

凌小马还沉浸在感动之中，但此时，身后突然幽幽飘了一句话："感谢有什么用，冠军还不是他一个人的。"凌小马回头，原来是凌洛来了，这一看就是杨子出卖的情报，凌小马瞪了身旁的杨子一眼，杨子一脸无辜。

"我好不容易当了回英雄，你能说点英雄家属该说的安慰话吗？"凌小马贫嘴。

"呸呸呸！英雄家属那是要陪葬的，我可没有这么高逼格。要我说你为了个女娃……"

凌小马实在受不了凌洛的唠叨功，他推着凌洛就要往医院门口走。突然，一阵晕眩的感觉又袭来。凌洛赶忙扶住凌小马，这时她才发现这小子手臂上两个黑青的针眼，她眼眶不觉湿了。凌小马从小就很懂事，为了不让她担心，每次摔倒受伤总是瞒着她，这次还不知是抽了多少血。凌洛抹了抹眼泪，说什么也要带凌小马马上回家喝鸡汤补血。

凌小马拗不过小姨，赶忙朝杨子使了个眼色，杨子佯装从护士那得知消息朱迪已醒，让凌小马赶紧去瞧瞧。

"我做了那么多前戏，怎么能到高潮就放弃呢，朱迪一睁眼看到我这救命恩人，还不死心塌地跟我一辈子，你应该不想你外甥我一辈子打光棍吧？"凌小马有理有据地安慰着凌洛。

凌洛依依不舍地摸着小马的脸，默许了凌小马的要求，但她叮嘱小马要早点回来吃饭。凌小马鬼马地甩甩袖子，回了个礼，凌洛被逗得"扑哧"一笑，才随着杨子离开。好不容易送走了老佛爷，凌小马才想起自己水还没喝上一口，回去喝水时他细心地多拿了个水壶，想着给朱迪备点水。

凌小马提着水壶来到病房门口，听到朱父和叶枫的谈话声，他识相地准备要离开，突然叶枫大喊一声："朱迪！"凌小马透过门窗，看到朱迪缓缓睁开眼，叶枫迫不及待上前拥抱她，刚醒来的朱迪唇色发白，她虚弱地倒在叶枫怀里，眼泪流了下来。凌小马心头一紧，他多么想替她拭去眼泪，想摸摸她的头，但他终究也只是个外人。

朱父看着叶枫和自己女儿的甜蜜状，不忍再去打搅小两口互诉衷肠，便轻手轻脚地离开。他一开门，房门外不知何时放了一壶热水，不远处，凌小马落寞孤单的背影渐行渐远，朱父不由得叹了口气。

一周之后，"泳吧"里又聚集了滨大泳队一行人，大家沉浸在胜利的喜悦之中，"泳吧"里随处可见他们畅饮的身影。叶枫环顾四周却没看到凌小马，逮着胡彪问，胡彪却支支吾吾。

"凌小马他来不来，不好说……"

叶枫表示不解，为何庆功宴凌小马不到场，他开始反省可能是自己近段时间忙于照顾朱迪，一直没有机会亲自上门致谢。叶枫还在不断分析各种原因，胡彪终于忍不住替凌小马发声。

"你现在是左手冠军，右手美人，好事都被你占了。他呢，什么都没落着，献了那么多血，还大病一场，你说冤不冤？"

"所以，我不是更应该感谢吗？"叶枫一脸诚恳。

"你真不明白还是假不明白，你现在的任何安慰和感谢，对他来说都是同情和怜悯，而男人最不需要的就是这两样。"

叶枫怔怔地望着胡彪，他的话突然点醒了叶枫。自己确实从未站在凌小马的角度上思考，这次如果将他放在凌小马的位置上，他会做出同样的选择吗？这答案他想都不敢往下想。

"泳吧"中心舞台，有人在弹唱着《光阴的世界》："春天花开秋天的风，以及冬天的落阳。忧郁的青春年少的我，曾经无知的这么想……"台下的队员们跟着哼唱，一曲唱罢，有人提议让今天的主角上台献唱一曲。叶枫本想推托，但看到大伙期待的眼神，不忍扫了兴，便走上台，他坦承自己的唱功不佳，如果破音了还请大家见谅，台下一阵哄笑。

朱迪看出了叶枫的紧张，她笑着调侃："怪不得我说怎么每次合唱都提不上嗓门，原来高音都被你抢啦！"

叶枫看着朱迪，内心一阵暖流流过，他庆幸自己比凌小马幸运。他拿起话筒简单致谢，随后他提起了凌小马："有一个人，他今天没有到场，但他却是我们当中牺牲得最多的一个，没有他就没有今天这块金牌，所以，这个冠军有一半是他的，大家都知道我指的是谁吧？……但是呢，今天我还想声明，有一样宝贝我就不能共享了，她只能是我的。"

大伙开始起哄，纷纷看向朱迪。朱迪脸红，她没想到一向不善言语的叶枫竟会在大家面前高调宣誓主权，她不好意思地制止叶枫："快别说了，赶快唱吧！"

"那就来一曲小马最拿手的《海阔天空》送给大家！"叶枫说罢，音乐声响起，他投入地唱着："今天我，寒夜里看雪飘过。怀着冷却了的心窝飘向远方。风雨里追赶，雾里分不清踪影。天空海阔你共我……"

"仍然自由自我，永远高唱我歌，走遍千里，原谅我这一生放荡不羁爱自由。"叶枫唱到一半，突然有一人声加入，大家循着声源望去，舞台暗处走出一个人，原来凌小马不知何时来到了"泳吧"。现场瞬间响起了掌声，凌小马来到叶枫身边搂着他，对着一个麦克风，一起高歌。

深夜，大伙都喝得东倒西歪，清醒的已经所剩无几。凌小马看着扑倒在桌上的叶枫，不屑笑道："这点酒量就倒，也就只有你叶枫了。"他唤来胡彪，叮嘱他照顾好叶枫，便起身离开朝海边走去。

夜晚，繁星点点，海浪阵阵，海风将有些微醺的凌小马吹得稍微清醒了些，他看着静谧的大海，突然有一种想要下海的冲动。他找了块海边的礁石"寄存"衣物，就要向海浪走去，身后一个熟悉的声音响起。

"你还真有暴露癖，到哪里都可以脱光啊！"

凌小马猛地回头，原来是朱迪，她双手环抱，笑眯眯地看着他。他赶忙快速地把礁石上的衣服给捡起来，胡乱套在身上。朱迪看着他的囧样，又忍不住打趣："别套了，又不是没见过。"说着，她在海滩上坐了下来。

"有了叶枫，就不把我当男人看了！"凌小马整理好衣衫，在朱迪身旁坐下。

"少来，不是巴不得给我看吗？"朱迪突然感觉她面对凌小马已经没有那种厌烦感，她甚至不自觉地想要调侃他，而这种感觉与面对叶枫时是全然不同的。

"这……对，你说什么都对！"凌小马双手向后一撑，看着朱迪的侧脸，在他的印象里，他好像从来没有单独和朱迪这样并肩坐着，那一刻，他很想让时光就这样停驻。

朱迪看着天上的星星，和凌小马有一搭没一搭地聊起了星座，无奈凌小马对这个东西一窍不通，但朱迪却也没有发怒，只是微微笑着抱怨男生都一个样。凌小马一听佯装一脸不满，朱迪突然严肃起来。

"听叶枫说你给我输了很多血，要不是你，我就一命呜呼了，谢谢你，小马。"朱迪转过头，凌小马看着满眼清澈诚恳的朱迪，心又不争气地乱跳起来。

凌小马低下头，不去看朱迪的眼睛，但嘴上还是不禁调侃："你可别这么看着我，我会犯错误的。"

"那我自剜双眼献给我的恩人，可好？"朱迪站起来表演了一段自取眼珠的戏，凌小马被逗得"扑哧"一声笑出来。看着活力四射的朱迪，凌小马在心里默默地感谢着这一夜晚。

苦莲何其味，相思何其所

一千个读者就有一千个哈姆雷特，但一千个学生当中只有三种期末考试套餐，一个是家常便饭，二是粗茶淡饭，三是最后的晚餐。

毋庸置疑，凌小马自然是最后一种套餐的用餐者，他本来并不将这事放在眼里，但上周辅导员找他"喝茶"，严重警告由于期中考试他结下了太多恶果，若期末再挂科就要降级了。他可不想"自挂东南枝"，再被朱迪、叶枫等唤作"小小师弟"，因而在卫迟宣布休赛期之后，他为自己的期末考试制订了一整套作战计划。

首先欲练神功，必先"自宫"，这考试前一周他必须清心寡欲。他先将自己装有"大片"的硬盘交给舍友保管，并忍痛割爱献出了他的VR眼镜。然而第一天开始实施，便是各种心酸。凌小马清晨有排泄的习惯，但一觉醒来，桌上的卫生纸全都消失了。腹部一阵阵绞痛，凌小马忍不住紧夹双腿朝书桌走去，桌上摆着昨晚他给自己准备的"作战"笔记本，"嘶啦，嘶啦！"凌小马两眼一闭，拿起笔记本就是一阵撕，攒好了十几张后，他立即奔向了厕所。待他扶着门把从厕所中出来，只见舍友手里拿着卷纸朝卫生间走来。

"妈的，你从哪找来的纸？"凌小马疑惑问道。

"当然是从桌子上啊！"舍友打着哈欠回应。

"怎么我一个都没看到？"

"噢，为了防止你飞机，大胖把'餐巾纸'小天使都藏起来了。安啦……"

凌小马咬牙切齿地上前对着室友就是一顿"海拳"，他是解气了，但室友在他的"暴行"之下不再愿意帮助他，步骤一失败。

凌小马不甘认输，既然兄弟靠不住，那只有靠"老师"了！他将方芳重新请出山，给他进行补习。然而方芳此时的心思已昭然若揭，每次这题目还没讲到一半，她就开始和凌小马谈天说地。

"小马，除了游泳，平时你还喜欢做什么？听说滨城东区附近新开的水上乐园还不错，你上周去了吗……"

"有一天在街上看到你和一个漂亮姐姐在一起，那个是你的亲姐姐吗？"

凌小马本来就是坐不住的熊孩子，一看到书本就头痛，但聊天他最在行，一旦话匣子打开，两人东拉西扯就能过去半天。这么一来课没上多少，倒是让方芳越来越黏着自己。凌小马一看距离考试时间只剩下两天，当即叫停了补习，步骤二失败。

靠人不如靠己，凌小马只能使出最后的杀手锏。他先回到家中翻箱倒柜，找出儿时的红领巾，在上面写上必胜二字，随后又赶往文具店买了很多小的便签纸和针头水性笔，最后借了舍友的几本课堂笔记。万事俱备后，凌小马开始了"咬文嚼字"的复习。舍友们看到他一整天都在书桌前一直"唰唰唰"地写，都在默默点头，暗叹："这小子还是个可造之才啊！"

期末考试最后一天下午，凌小马拍了拍自己的口袋，信心满满地走向考场，他心里默默盘算着，若这一科通过，自己便可顺利完成预期目标。12月下旬，校道上树依旧穿着绿衣裳，但一阵冷风吹来，一片片叶子纷纷离开母体，在空中飞舞，一片小叶子悄悄停驻在了凌小马的头上。到了教学楼，凌小马正准备要去"解放"一下，突然背后有人拍了他一下，接着又是一下，回头原来是胖铃和阿萌。

"你们也考试？朱迪呢？"凌小马一张口就不自觉地问起朱迪。

"朱迪朱迪朱迪，她有叶大帅哥护送，你的头上有……"阿萌快嘴回应，但被胖铃掐了一下后快速捂住了嘴巴。

"怎么？鸟屎吗？"凌小马甩甩头，但那小小的树叶似乎安了窝，不愿挪动。

"没有没有，祝你考试顺利！"胖铃尴尬地笑着拉阿萌快步离开。

考试铃声响起，凌小马兴奋地写下了自己的名字，随后他目不转睛地盯着试卷，虽然上面的字他是一个都没看进去，他的耳朵一直在捕捉着老师的脚步声。时间一分一秒地过去，凌小马拿起笔假装在答题，一抬头，两个监考老师正在门口处聊天。天助我也，凌小马在心中暗喜，他悄悄拿出藏在裤袋中的"宝物"——一张巴掌大的密密麻麻写满字的便签纸，将试卷上的题目与"宝物"上的一一对照，越看越不对劲。翻过"宝物"首页，他当即恨不得将自己的大腿拍烂，今天下午考思政，天气热，他中午换了条裤子，没将思政小抄放进来，反而错将上午的毛概塞进了裤袋！欲哭无泪的凌小马只能硬着头皮自己胡编乱造，然而由于前面与监考老师斡旋浪费了太多的时间，考试铃声响起，他还有两道大题没做。

凌小马垂头丧气地走出考场，杨子从他后面蹿了出来，正准备给他一个大惊喜，但一看凌小马脸色不对，便盘问起来。

"别提了，我就说我怎么那么背，早上朱迪寝室那两个小妞就给我提醒来着，莫非我头上有鸟屎，你帮我看看？找出那晦气物！"凌小马弯下身，将头朝向杨子跟前。

"妈的，你被蓝楹花'宠幸'了，肯定挂科无疑了！"杨子翘起兰花指捏起凌小马头上的树叶快速扔掉，他知道要把这小子哄好，就要转移他的注意力。

"哇靠，还有这一说，跟带刺的玫瑰一个货色啊，你是怎么知道的……"凌小马在杨子的"循循善诱"下，立即好了伤疤忘了疼，光顾着和杨子了解这"挂科花"的故事去了。

期末考试终于结束了，泳队为了庆贺大家顺利熬过"地狱般"的考试期，特别批准了半个月的假，但卫迟也强调半个月过后，又要恢复正常的训练。队员们表面上哀号内心却偷偷窃喜，他们哪会去想一周之后的事，当前及时行乐最重要。泳馆的更衣室里，早有队员按捺不住放飞的心，开始讨论起了元旦度假去处。

"我说我们去海岛度假怎么样？真好可以避寒！叶枫你说呢？你去的地方多，提议提议？"陈旭提到度假就一脸兴奋。

"我……"叶枫温柔地望着朱迪，"我决定带朱迪去日本一趟，就不和大家一起了。"

大伙一同起哄，"蜜月""同居""抱娃"等七嘴八舌调侃起了他俩。一旁的凌小马有些失落，他偷偷看着朱迪，她表现出一脸惊讶，用唇语问起了叶枫，叶枫笑着点头，她眼神中流露出了欣喜，嘴角浮起了灿烂的笑容。

从泳馆回来，凌小马就魂不守舍，他的脑海一直盘旋着"日本"二字，他感觉很熟悉却又想不起缘由。

"日本嘛，你最难忘的不就是那些岛国小电影，雅蠛蝶，雅蠛蝶……莫非你还有去到现场取经的梦想？"杨子在前台边算着账边打趣凌小马。

梦想……突然凌小马想起之前自己破译了朱迪的空间密码，她在空间里就曾提到最大的梦想是去一次日本小樽，和心爱的人重走《情书》之路，他看到的那一刻还曾和杨子夸下海口，要存大钱带朱迪去实现她的梦想。

"她的梦想，陪伴她的人不是我……"凌小马拿起面前的烤虾放入嘴里，索然无味。

"结果还是被叶枫这小子抢了！要我说，就是你送外卖的劲头还不够，以后还是要勤奋点干活，这样才有泡妞的资本啊。"杨子继续调侃起来，"不过他们去日本，我们去哪呢？"

凌小马出神地望着窗外："我们去看大波妹！"

"这个好！放心，爷都给你安排好啰！"

凌小马只是随口说说，但没想到杨子当真了。他的舅舅在海岩岛有间大屋，正好舅舅去东北度假屋子空了出来，最重要的是那里有著名的比基尼趴，完全符合凌小马疗伤所需。敲定地点，杨子又发挥了他作为滨城"交际花"的本事，在他的号召下，胡彪、方永健、陈旭、傅有益等泳队队员加入了度假队伍，他们中有的带了女伴，为了不使男女比例失调，杨子又邀请了朱迪的两个小跟班胖铃和阿萌一起参加。确定人数后，杨子召集众人在滨大食堂开了出行计划会，此时朱迪和叶枫已经在前往日本的路上。

"朱迪说他们经历了一场完美的午夜飞行，在羽田机场转机的时候，去观景台看了飞机的起飞和降落，还有飞行员朝他们挥手致意，她说那是她此生难忘的回忆。"阿萌举着手机看着朱迪的朋友圈，满眼的羡慕。

"啊，我也想这样，依偎在男友的身旁，在午夜的机场……"胖铃一头倒在阿萌的肩头，双手交叉在胸前憧憬着。

"醒醒，醒醒，现在是冬天，别做春梦了。赶紧讨论一下正事。"杨子一看凌小马默默扒饭不吭声，赶紧转移话题制止了阿萌和胖铃。

杨子好不容易让大伙将话头转到上岛的行程，突然前方一个声音传来："聊什么呢？那么热闹。"

大家抬头一看，原来是学生会主席来了。杨子识相地赶紧给方芳让了个座，方芳坐下来和大伙简单地打了声招呼，就开始慢慢往凌小马的方向挪去，她想和凌小马套近乎，然而这个时间段在她这个大学霸的话题库里，除了考试就是考试，于是她便自然而然问起了凌小马期末考试的事。凌小马本就对期末考试成绩避之唯恐不及，这躲得过初一躲不过十五，他一脸无奈地看向杨子。

"方芳，这个期末考试已经过去，咱们应该开启新的旅程，我给你讲讲我们的行程？"杨子救场功力十足，一旁的凌小马悄悄松了口气。

方芳边听着杨子的介绍边微笑点头，然而她的心思却都集中在了凌小马的身上，她偷偷关注着凌小马的一举一动，他微微蹙起的眉头、无神的双眼都在显示着他的落寞，方芳知道他在难过，她决定采取行动，而这次的旅程正是个绝佳的机会，她必须参加。

大伙都没想到学霸方芳竟然会放弃寒假读书的好时光，和他们这群学渣出游。一到火车站，趁着她没出现，男生女生都纷纷八卦起来，而一旁的杨子和凌小马则在百无聊赖地吹嘘昨晚各自王者荣耀的排名。不一会儿人群中一阵骚动，凌小马循声望去，这……露脐短T恤露出了性感的小蛮腰，牛仔短裤下一双白皙的长腿更是惹火，眼前的方芳摘下了牙套，平日一头散乱的卷发此时扎成了俏皮的马尾，这和她在学校时简直判若两人。

"我没有迟到吧？不好意思啊，今早我家那头堵车。"她微微喘着气，前面的34D跟着一起一伏。

"你……"男生们盯着方芳的胸部支支吾吾说不出话来，只有傅有益目光炙热地直视方芳的眼睛说道："火车晚点，只为等着美女到来！"

方芳越过这群如狼似虎的男生，探寻着凌小马，但就在刚刚他们说话间，凌小马已帮着胖铃和阿萌搬着行李上了火车。方芳懊恼地撇了嘴，刚要拉动自己的行李箱，却碰到了一双大手，她转头一看迎上来的又是傅有益那炙热的目光，傅有益殷勤地要帮方芳拿行李，方芳一看免费劳力不用白不用，便点头应允了。

上了火车，大家各自找到铺位整理物品，杨子从上铺探出脑袋，神秘兮兮地对着凌小马："你刚刚目测了没，多少尺码来着？妈的，这小丫头平时藏得够深的啊！"

凌小马盯着朱迪的朋友圈没有回应，方芳的大变装令他惊讶，但并没有引起他任何的兴趣。可以说，自从认定了朱迪，他对身旁的女孩就产生了免疫能力，无论胸多大、腿多细，都仅仅是一眼惊鸿罢了。此时在他的眼里只有朱迪，她在羽田机场的自拍照他看了一遍又一遍。

在距离凌小马几千公里远的地方，同样是火车轰隆隆地驶向远方，但车窗外，千里冰封，万里雪飘，时不时飞驰而过的小村庄如水墨画一般散落在洁白的画布上。

"叶枫，你闻到海的味道了吗？原来有雪的海那么美，难怪他们说北海道的雪是世界上最美的雪。"朱迪新奇地睁大眼睛望着窗外，生怕漏看一点风景。

"这只是你人生中看到的第一场雪，就敢说它是最美的啦？"看着朱迪如孩童般的激动，叶枫不由得笑道。

朱迪娇嗔："不管，我遇到的第一个喜欢的人，也是最好的人。"

"是吗？"朱迪回过头，只见叶枫凝视着她，眼眸流转，目光温柔。她怕这灼灼的目光会让她的脸越烧越烫，赶忙拿起计划行程表看了起来。就快到小樽了，那个她梦想中的地方，有着洁白的雪，有着纯真的爱情。她在出行之前做了很多的攻略，好不容易来一趟，她要带着她最心爱的人品尝最好的刺身，泡最好的温泉，喝最好的酒，看最美的运河。一想到这些，她的嘴角便微微上扬起来。

然而理想是美好的，现实却是残酷的。他们好不容易找到了预订的旅店，却被告知入住的时间是明晚，朱迪拿出订单一对，果然是她自己的疏忽。她沮丧地看着叶枫，这季节是小樽旅游的旺季，酒店很难预订，她每晚都准时蹲守在电脑跟前，才捡漏了这一间，怪只怪她太粗心，他俩今晚若找不到酒店就要露宿街头了，想着想着，朱迪的眼泪在眼眶里打转。

"对不起，是我的错。"

　　"没有什么大不了的，这里没有了我们可以再找。现在开始，我们忘掉这个恼人的问题，好好享受这里的一切。"

　　"可是……"朱迪还在犹豫。

　　"没有可是。"叶枫利索地拿起行李，跟前台的服务员交代，随后拉起了朱迪的手朝小樽中心走去。在叶枫的引导下，朱迪很快就恢复了心情，他们租了车在船见坂十字坡路上骑行，朱迪给叶枫当起了向导一一介绍。

　　"这里是船见坂，《情书》里快递员就是骑着单车穿梭在这里给博子和藤井树之间寄信。那边就是运河，是小樽最有代表性的地标，我们还了车，过去好好逛逛？"

　　"你的功课做得不错嘛！"叶枫朝朱迪伸出大拇指表示肯定。

　　朱迪不好意思地低下头，两人走至还车处，突然叶枫电话声响，他接过走到了一旁："喂，妈，嗯。我们现在小樽，挺好的。我会跟她讲的，你不用说了，我知道轻重。"

　　叶枫挂了电话脸上闪过一丝忧虑，他走回还车处已不见朱迪的身影，再向四周张望，朱迪正在一家酒店门前和门口的工作人员谈话，工作人员摇头，朱迪沮丧地离开，又前往下一个酒店。叶枫知道朱迪的自尊心强，所以直到朱迪转回来，他才若无其事地从还车处周围出现。

　　在接下来的逛荡中，朱迪明显心不在焉，先是在八音盒馆中不小心打翻了音乐盒，而后在前往寿司店的途中又丢了钱包，傍晚赶到寿司店时错过了预订时间又要重新排队，天色渐渐暗下来，拿着108号位的朱迪，消极情绪终于到达了极点，她将纸团揉皱扔到地上，沉默不语地朝前走着，叶枫看着她焦虑暴躁的样子，又可气又可笑。

"朱大小姐，我这是饥肠辘辘了，您的钱包丢了，但还有我这大活人呢，一会儿我也走丢了，可就真的是一无所有了。"叶枫忍不住开口打趣。

"我知道你一定觉得很糟糕，一定感觉跟我一起旅行坏透了，你一定忍得很辛苦，是不是？"朱迪停下来面对叶枫质问，叶枫这才看到她的脸上都是泪痕。

叶枫忍不住心疼起来，他一把将朱迪拥入怀里，安慰道："今天确实有些小波折，但跟你在一起，怎么样都是满足和幸福。所以，现在可以乖乖听我的了吗？"

躲在叶枫怀里的朱迪终于放弃了她小狮子般的倔强，对着叶枫点了点头。

那一天晚上，在叶枫的坚持下，他们虽走了很多的路，但最后竟幸运地争取到了小樽最好的温泉旅馆——祈温汤馆里的最后一间套房。看着叶枫和店员用流利的日语沟通，朱迪不由惊诧："你会日语？"

"忘了和你说，我妈曾带我在日本住过两年。"叶枫从店员手里接过房间钥匙。

"哪里？"

"北海道。"叶枫拉着两个行李箱边朝房间走边转过头笑着看朱迪。朱迪愣了一会儿，原来为了顾及她的自尊心，他收起了他"七十二变"的技能，让她尽情享受当"老大"的乐趣，他其实什么都知道，但他就是不说。朱迪跑上前对着叶枫一顿"拳打脚踢"，但其实内心里满满的都是小确幸。

阳光悄悄地从云层中探出了脑袋，凌小马一行人经过一夜的颠簸，终于来到了海岩岛。然而一下车，大伙就是一副无精打采的样子，凌小马更是连打了三个哈欠，杨子看着整个团队的精气神有些差，决定先带大伙刺激一下。他将换上泳装的少男少女带到海滩，凌小马一见到蓝色的大海，这几日来抑郁的心顿时得到了释放，仿佛鱼儿回到了水中，不一会儿，便恢复了往日的鬼马，而女生们一看到无边无际的大海，海滩上形状各异的贝壳，便开启了自拍模式。

远处，鲜黄色香蕉形状的气垫船停在岸边，船边站着两个健康性感的年轻男女，一见凌小马他们走进，便招呼了起来。

"怎么美女姐姐，是你带我们坐香蕉船吗？我晕船，我能不能坐在你身边？"凌小马扶着头，佯装要晕倒的样子。

船女笑意盈盈："不行，你们在气垫船里，我在摩托艇上。"男生们一阵哄笑。

而此时，杨子在海滩上给女生们拍照，他的身上挂满了女生们的包，手上还拿着两个手机，一张、两张、三张……杨子俨然成了女生们的苦力加专属摄影师，终于，在按下第100张照片时，杨子决定冒着生命危险，逃离女生群体。然而他刚跑到男生堆中间，女生们就追了上来，无奈下杨子只好投降，最终以杨子请客玩香蕉船结束了审判。

"请大家坐在你们喜欢的人后面，紧紧搂着她的腰，因为等会速度会非常快，女孩们需要保护。"正当众人一一上船时，船夫坐在摩托艇上突然来了一句，杨子依着船夫的话兴奋地回头一看，结果没想到是胖铃，不觉悲从中来。胖铃往后招呼凌小马坐过来，这时船尾只剩下了两个位置，傅有益刚要上前，方芳却抢先紧挨着凌小马坐下。

"你坐船尾，我怕。"方芳回过头眨着双眼，流露出娇弱。傅有益顿感一阵电流从身上流过，他骄傲地坐下来回应："别怕，有我！"

凌小马听到两人的对话一身鸡皮疙瘩，但心里在暗暗乐着，这个大学霸终于有归宿了。随着船夫一声"Let's go！"摩托艇拉着香蕉船飞速在海面上踏浪前行，破开的白色浪儿像条白色的尖刀一往无前。阳光照在波光粼粼的海面上，大家一下有了乘风破浪的豪情。然而这种轻松的爽劲仅是香蕉船的前戏，随着摩托艇离海滩越来越远，船夫开始不断转换方向玩漂移，香蕉船上的男女不断左摇右摆，惊声尖叫。杨子没想到这么猛，他本来是游戏的组织者，却变成了退缩者，闭着眼睛往后倒在胖铃怀里，而胖铃则豪情万丈，全程在大叫："我们来了！"胖铃的身后，方芳紧紧地搂住凌小马的腰也在不断尖叫，这让原本说要保护方芳的傅有益醋意泛起。

船夫看着船上的人陷入"疯狂"，突然来个急刹车，众人全往前栽，一个压一个撞到前方伙伴背上，胖铃压倒杨子，杨子几乎没气。方芳更是整个胸都贴在了凌小马的身上，傅有益忍不住动起了坏心思，他趁着凌小马起身拉胖铃，船又猛转方向的瞬间，偷偷伸出脚踢了凌小马。凌小马"砰"的一声掉入海里，众人惊呼，方芳一看凌小马掉了下去，便也跳下水要救凌小马。紧随着方芳，傅有益也跳了下去。

船夫一看，愣了，他喃喃自语："我也没甩得多猛啊，怎么一下子就下去了三人？"船女瞪着他，将他一脚踹入水中，并指示他前往凌小马落水方向。

傅有益一下水两下就追上了方芳，他一把拉过她的肩将她往船的方向拽去。"你不要命了吗？他又不是不会游泳！"

"放开我，你做了什么你心里清楚……"正当他俩争吵着，一阵浪冲了过来，方芳惊呼一声，傅有益赶紧抱住方芳，两个人的身体纠缠在了一起，还好浪不太大，将他们冲了几次，反而离岸边越来越近。傅有益平衡好自己的身体，将呛了几口水的方芳拖回了岸上。傅有益拍了拍方芳的背，帮助她将海水吐出，但方芳恢复过来以后第一时间就朝海上望寻找凌小马的身影。

另一边，船夫顺着船女指的方向，很快就找到了凌小马，为防止凌小马再次被浪冲走，船夫紧紧抱住了他，待凌小马恢复了平衡，两人才随着浪游了回来。而香蕉船上的人则由船女安全带到了岸边。

"还好大家都没事，不然我杨子可要蹲牢狱的啊！"杨子蹲在沙滩上数人头，1、2、3、4、5……数到凌小马时，恰好凌小马走了过来，杨子拉起凌小马左悄悄右看看，"哎呀，吓死我了，到时候凌姐让我一命偿一命怎么办？你自己跳水玩也不带这样啊！"

"我只是刚刚有些走神，好像撞到什么就下去了。"凌小马摸了摸后脑勺，也觉得奇怪，但又说不出个所以然。

"又想日本了吧？"

凌小马一听没有吭声，杨子不由得叹气："他们现在应该是在吃刺身，泡温泉，看落雪吧。真是同人不同命啊！"

叶枫和朱迪经历了第一天的一波三折后，一觉醒来已是午后，索性选择留在酒店享受温泉。祈温汤馆分有公共汤和私汤，朱迪和叶枫住的套房刚好在顶楼，而顶楼阳台就有个无边温泉。朱迪在自己房间收拾好后，先考察了顶楼的私汤，此时外面下着雪，雪花飘落下来融在了温泉里，不一会儿进来了一位妇人，她把两份叠得整整齐齐的浴巾摆在朱迪面前，冲朱迪微笑。朱迪的脑海里立即出现了一幅画面，一个男生和一个女生穿着浴衣各自站在温泉的两端鞠躬点头，然后脱衣下水，赤裸相对。不不不，她和叶枫……她的脸一下就红了，她朝妇人摆摆手，尴尬地拿起几样换洗便匆忙离开。到了二楼的温泉馆，她才稍微松了口气，暗暗懊恼自己的"春心"，却又忍不住偷偷回味。她伸了个懒腰，披着大毛巾推开门走进温泉，决定要好好享受这美好的泡汤时光，但哪知温泉里全是男人，朱迪一声尖叫，仓皇退出温泉外，却刚好撞到一个人的怀里，朱迪抬头一看，原来那人正是下楼寻觅她的叶枫，但他上身赤裸，只在腰间关键部位围了条浴巾，朱迪接触到了他炙热的皮肤，本能地转身就要跑走。叶枫三步追上了她，用大衣将她紧紧抱住。

"你疯了吗？现在外面是零下六摄氏度。"叶枫责备的语气中带着疼惜。

"我昨晚明明看到二楼是女汤啊，怎么这里面都是男的，我能怎么办？"

叶枫这才知道这小迷糊没有再次确认就冲进去了，他指了指离门边不远处的指示牌，耐心对朱迪说道："这里的温泉会定时互换，刚刚轮流过来了。要不我们还是回房间里泡吧，在私汤，你穿着棉袄下水也不会有人拦你。"

朱迪被叶枫说中了心思，脸噌一下又红了，她不好意思地用手肘撞叶枫，叶枫宠溺地看着她微笑。两人用过晚餐，回到套房，朱迪换了身浴衣，她盘着头发，踩着木屐来到了温泉旁，叶枫仰头看着朱迪，眼神里是满满的爱意，他走近朱迪，双手轻轻地搭在了朱迪浴衣的两襟，朱迪一害羞，就要推开叶枫的手。

"你这穿反了，记得要左衣襟在上面，右衣襟在下面，别穿反了，不然就是寿衣了。"叶枫轻笑着解释。

朱迪一脸窘迫，她赶忙脱掉衣服，但脱到一半又意识到自己在叶枫面前居然主动宽衣解带，趁着叶枫看向远处的间隙，朱迪咬咬牙全脱了露出了里面的紧身内衣。她装作不在意大声地说："我要开始泡了！"

叶枫佯装什么都没有看到，他笑着看朱迪在温泉里扑腾，突然想让时光定格在这一刻，他还不想让她知道他的事，尽管母亲已再三催促，但他总想着推迟一天再推迟一天，若能一直在身边，多好。

朱迪仰望着天空，雪花飘在她的头发上，她舒服地叹气："啊！现在我是最幸福的人了。谢谢你，不管我做得多么不好，你都那么宽容。"

听到朱迪突然的感谢，叶枫有些不知所措，他从自己的事情中缓过神，渐渐平复心情，喃喃回应："喜欢一个人，哪里舍得对对方发脾气。"

正当两人目光灼灼，相对凝视时，外面突然传来了喧哗声，很多人在远处传来有节奏地兴奋的叫喊。朱迪疑惑："他们在干什么啊？"

"等着倒数啊！"叶枫看着不远处的人群回答。

海滩边，夜幕降临，众人在玩着国王游戏，作为国王的胡彪可以指定任意号码做任何的事。见识了前两轮胡彪的"狠招"，大伙紧紧攒着手里的扑克牌，看着他一脸坏笑，心里都不由得发毛。

"3号和8号去那边的舞台，3号做杰克，8号做露丝，模仿两人在船头拥抱接吻的动作30秒。"胡彪发令，众人边笑边翻开自己手中的牌。

此时凌小马突然脚踹旁边的傅有益，提醒道："你还不起来，该你了。"

傅有益看着凌小马"不小心"踢过来的牌，心中一动，顺势便站了起来，他拿着牌走到正中央亮给众人看，果然是3号。

"8号露丝呢？快出来，别让杰克久等了。"胡彪坐在角落催促。

方芳有些尴尬地扬起了手中的牌，傅有益看着她脸色惨白，突然心生怜悯，虽然从火车站注意到她的那一刻起，他便对她有了倾慕，经过这一天相处下来，他也更确定了自己的心意，但再想接近她，他也不容许自己强人所难，他一定要让方芳从心底爱上他，这样想着，他转头对胡彪说明，让胡彪换个惩罚。但此时方芳已径直朝舞台走去。

傅有益追在她身后："其实我们可以不上去的，我让国王换个方式罚我。"

"我又不是玩不起，不就是30秒。"

看着方芳坚定地平抬起双臂，傅有益上前轻轻拥方芳入怀，方芳回头，两人快碰上时，傅有益却不敢靠前了，他的牙齿在不住地打战。台下凌小马一行人大喊亲上去亲上去，傅有益一咬牙，轻轻地吻了方芳。台下的游客们也发现了舞台上这奇怪的一对，纷纷聚拢过来围观拍照。方芳慌了，傅有益抬起手抱住方芳的头，将她的脸遮住。

"28、29、30！好了。"杨子和胡彪齐喊。

方芳和傅有益几乎是落荒而逃，跑下了台。待众人重新聚齐，胡彪宣布下一轮开始，但此时阿萌却站了出来，胡彪表示不解："怎么，对他俩不满意？"

阿萌看向凌小马，浮起了一个笑容，凌小马突然有种不祥的预感，果然他被阿萌检举作弊。凌小马赶忙申辩，但执着于游戏规则的阿萌当场得意地举出了证据，原来拿到烤串后，凌小马吃了好几串烤串，而傅有益从头到尾就没有吃过烤串，但3号牌面上却出现了几滴油渍。被当场拆穿的凌小马嬉皮笑脸打哈哈，此时方芳的脸色有些惨白。

"国王的权威不能挑战，作弊者必须接受检举人的惩罚。"阿萌一脸认真。

大伙幸灾乐祸地等着看凌小马的洋相，只见阿萌眼睛滴溜溜一转，随即提出让凌小马打开通讯录，对通讯录倒数第二个人深情告白，说出我爱你。凌小马拿起手机翻开，愣住了，胖铃一把抢过，惊呼："朱迪！"大家你看看我，我看看你，不出声了。凌小马不想让气氛如此尴尬，他拿起电话，按下了手机拨打键，并按下免提。

在小樽的上空燃起了灿烂绚丽的烟花，楼下传来阵阵欢呼声，叶枫和朱迪两人相依相偎，终于吻在了一起。朱迪身后的池子边手机在震动，铃声却完全淹没在了新年到来的爆竹和烟花声中。

凌小马对于手机里传来的忙音既有些侥幸又有些失落。杨子一看凌小马的表情，赶忙出来打圆场："那换一个惩罚吧……"

男男女女不一会儿又投入到狼人杀游戏中，然而玩了几轮，杨

子抬手看了看表，突然惊呼："快，要倒数了！"众人一齐涌向了烟花堆放处，拿起烟花开始燃放，

随着烟花在空中绽放，众人一一许下新年愿望，凌小马望着夜空的烟花，又想起了远在日本的朱迪，他悄悄替她许了个愿。

此时，凌小马电话声突然响起，他掏出来一看，显示屏上是朱迪。凌小马正犹豫着，杨子凑过来，按下了接通按钮。

"喂，找我有事？"

"没事没事，你忙吧。我刚刚按错了。"凌小马连忙解释。

朱迪听到凌小马周围的嘈杂声，突然问起了凌小马他们的旅途情况，顺便也将自己和叶枫这几天的丑事乐事一并分享。

"快去二人世界吧，春宵一刻值千金啊！"凌小马不由得调侃。

"滚，就知道你狗嘴里吐不出象牙。"

凌小马正要接话，朱迪突然话锋一转，她捂着电话小声地和凌小马说："我先不跟你说了，叶枫他洗完澡出来了。"朱迪也不知道为何她那么惧怕叶枫知道自己和凌小马通话，或许是怕叶枫误会，她这样安慰着自己。

凌小马傻愣，只听到电话里传来"嘟嘟"的声音。凌小马黯然神伤，自言自语："还想跟你说声新年快乐呢，用不着那么急吧？"他看着天空，天上的星星化为了朱迪的笑脸，那么明媚，那么动人，可惜叶枫是近在咫尺，他却远在天涯。

在小樽的第三天，朱迪终于如愿来到了天狗山，她学着《情书》里的博子双手拢在嘴边形成个小喇叭，冲着山的那边大喊："你好吗？"没等来山的回音，身后的叶枫调皮地回了一句："我很好。"朱迪回过头朝叶枫笑，她突然感觉到自己比博子要幸福，

至少所爱的人就在身边。

朱迪玩累了，顺势躺在雪地上，瘫成了大字，叶枫也跟了过来躺在朱迪身边，两个人的手不自觉地紧紧握在了一起，共同欣赏着清澈湛蓝的天空。突然，叶枫缓缓开口："朱迪，你相信传说吗？"

还没等朱迪回答，叶枫开始缓缓讲了起来："传说中相恋的人如果一起登上这座雪山，就会收获甜蜜的爱情，永永远远在一起。但是……"叶枫停顿了一下，他痴痴地望着朱迪。

朱迪有些忐忑，她被看得有些不自在，羞涩地问道："你今天是怎么了？"

叶枫深吸了一口气，对着朱迪说了出来："我……我要去澳大利亚了。"

朱迪以为是什么大事，一听是去澳大利亚，便笑道："好啊，那我要去大堡礁、黄金海岸，还要去感受一下悉尼歌剧院，去爬悉尼大桥……"

叶枫不忍再让朱迪有了希望又失望，他直截了当地补充："我要去两年，我的意思是要去那儿上学，同时接受那边教练的训练。"

朱迪一怔："什么时候走？"

"后天。"

朱迪挣脱开叶枫的双手，起身把脸转向了另一边，身后叶枫还在解释："我知道时间很仓促，但我一直不知道该如何向你开口……"

半晌朱迪才转过身，此时她的脸上已是满脸的泪痕，想起这些天他们在一起欢乐的时光，她才明白原来这是一场告别的旅行，是叶枫出于愧疚而安排的旅行。她知道游泳对于叶枫有多重要，她不能拦住他，也拦不住他。那一刻，她突然觉得自己并不了解叶枫，她看不出他临行前的难过，不知道他真实的想法，他甚至直到最后一刻才向她坦白，她在他心里算什么呢……朱迪深深地看了叶枫一眼，转身跑开，叶枫紧追着她。然而朱迪回头只留下了一句话。

"你要去哪儿你就去吧，但如果你还体恤我，就请你不要来追我。"

仿佛心灵感应一般，正要离开小岛的凌小马抬头望着天空，一架飞机从天空划过，他久久地凝视着，以至于队伍走远了也不曾发觉。直到杨子过来拉他，他才尾随着上了车。

父亲与海

火车窗外，仍是海天一色，海雪交融，但此时的朱迪已无心欣赏，她盯着手里改签的机票，几滴泪痕弄湿了一角。

回到家，朱迪便将自己锁在房内，任凭朱父如何询问，她也一声不吭，朱父在门外不住地叹气，他所担心的情况还是出现了，而这一次女儿闭口不谈，他想帮忙也无从下手。

叶枫紧跟着朱迪的后一趟航班回国，他一下飞机便直奔朱迪家，在她楼下待了许久，却不敢上门。他给朱迪发了很多微信，但始终没有回应。他知道自己要出国的事情打击到了朱迪，但是他没有办法，他不想放弃这次难得的机会，况且只有两年的时间。他一直想跟朱迪进一步解释，奈何她没有给他机会。

凌小马自从度假归来，在家里待了两天，就感觉如同霉菌一般快发霉了。因而一接到"泳吧"里胡彪的电话，他扔下洗了一半的衣服就想要逃，然而刚要出门便被凌洛拽了回来。

"小子，又想去哪儿风流啦？衣服还没洗完，你没看到还有那么多家务吗？"凌洛在厨房里做菜，手里还握着把菜刀。

凌小马看着亮闪闪的菜刀，心里估摸着今日若不完成任务别想走了，但好酒不等人，他也只好使出杀手锏了。凌小马小鸡啄米似的点头求饶："凌大女神啊，大美女啊，你就放生我吧，你要我做什么我都愿意效劳！"

凌洛听着凌小马一顿夸，眼前不由一亮，近段时间正愁没有人替她在健身馆看店，这免费劳力不用白不用啊，她列出了一长串要求，凌小马看着倒吸了几口凉气，但出于无奈，只好被迫签订这"不平等条约"，看着凌小马画了押，凌洛才点头让其离开。凌小马边走边不住咕哝："就知道欺负我这没爹没娘的娃，我这可怜的娃哦，可怜的娃……"

凌小马一进"泳吧"，里面已经很热闹了。胡彪、傅有益、方永健、陈旭在打牌，而叶枫则在一旁静静地看着。胡彪一看到凌小马一进门就东张西望，便调侃起他来："别看了，朱迪今天没来，但她老公在，有事可待传达哦。"

凌小马尴尬地看了叶枫一眼，但叶枫面无表情。傅有益出了一张牌后，随口问道："叶枫，大放假的突然把大家都约出来，有事吧？"

"没什么事，就是上次比赛完后，我去了日本，没有和大家好好聚一起玩一次，今天晚上算是赔礼，所有酒水吃饭唱K全部免单，我还给你们每个人都买了份礼物。"众队友一听惊呼起来。

"其实还有别的话要说吧？"傅有益又一次抬起头直视着叶枫的眼睛，众人一听到傅有益的问话，也转看叶枫。

"是的，我要去澳大利亚读书了，两年后才回来。"

傅有益冷笑，而其余的队友则是表示惋惜，但同时又替叶枫感到高兴，能够出国接受特训是很多游泳运动员梦寐以求的事，有了本事没有财力出不去，有了财力没有本事也枉然。那一天晚上大伙都喝尽兴了，叶枫更是一杯接一杯，心事堵在他的胸口，但他却找不到人倾诉，只好借酒消愁，然而由于不胜酒力，叶枫很快就醉倒在桌上，胡彪看着他，再看看周围东倒西歪的队友，只得拜托会开车的凌小马先把叶枫送回去。

一路上，凌小马不时看了看副驾驶上似乎睡着了的叶枫，心中有千万个问题想要问，却一句话也说不出。此时，红灯亮，凌小马停下，叶枫转了个身，突然缓缓开口："你知道朱迪家在哪儿吧？"

"啊？"凌小马以为叶枫在说梦话，赶紧腾出一只手推了推他。

"我想见她，麻烦开到她家去。"叶枫当即甩开了凌小马的手，闭着眼继续说道。

跑车在朱迪楼下停下，凌小马看着有些摇晃的叶枫，忍不住问："要我扶你上去吗？"

叶枫头也不回："不用了，你在这儿等我。"

凌小马对着叶枫背影做鬼脸，不爽地嘟囔："还真把我当司机使唤啦，尼玛！"他回到车内，打开天窗，躺下来看着楼上朱迪家的灯光。他突然想起刚认识朱迪那会，他也来过她家，还和她一起做过饭。往事一幕幕，而此时望着朱迪的家，他却是百爪挠心，既想着让叶枫赶紧下楼，又想他在上面待的时间久一些，这样或许朱迪会开心一些。等着等着，不一会儿凌小马便开始犯困，他走出车外靠着车吸烟，一根烟刚吸完，叶枫就走了出来。

凌小马送叶枫回家的路上，车内氛围沉默，凌小马知道叶枫是与朱迪告别去了，为了让叶枫不那么伤感，他开始打趣起叶枫。

"我说你明天一大早走，我就不送你了，免得你哭瞎了双眼。"

然而叶枫并没有接话，他自顾自地说着，像是在问凌小马又像在问自己："为了自己的事业，离开女朋友两年，这样是不是有些自私？"

凌小马安慰道："女孩子是情感动物，总要花时间来消化。你既然决定了就别想太多，两年时间很快的。"

叶枫调整了一下座椅躺了下来，他看着凌小马的侧脸，突然感觉他的颜值跟自己还是有得一拼的，他的泳技再加以练习，有朝一日在他之上也不无可能。突然，叶枫冷不丁来了一句："凌小马，强调一下，别趁我不在，动我女人。"

"靠！"凌小马大笑，一加油门，向前奔去。

叶枫走后，朱父拿着一个小礼物走进了朱迪的房间，朱迪打开，一个漂亮的八音盒出现在她眼前。

"我记得你小时候最爱八音盒，这是日本买的？"

朱迪没有回答朱父，她打开八音盒，《天空之城》的八音盒版纯音乐响起，朱迪的眼泪淌了下来。

朱父看着女儿，心疼地摸了摸她的头："爸爸想告诉你，两年的时间不算什么，如果两年后他回来你们的感情仍然没变，那是最好。但如果它不在了，那你现在的眼泪也挽留不住。答应爸爸，别哭了，好吗？"

朱迪听出了父亲言语里克制的哭腔，她突然意识到自己的任性给父亲带来的痛苦，她对着父亲点头，抬起手擦掉了眼泪。

登机口处，叶母和朱父对着叶枫摆摆手，叶枫回以微笑，但快到入口处，他还是停下了脚步，犹豫地望着门口，就这样又等了10分钟。

"快进去吧，过关还要40分钟呢，抓紧时间啊！"叶母不由得焦急催促。

叶枫失落地点点头，转身走了进去。不一会儿，朱迪的身影出现了机场，她匆匆赶到国际出发大厅安检处，她四处奔跑、寻找。

"叶枫呢？"朱迪好不容易赶到，却只看到了父亲。

"他已经进去了，叶母……"还没等朱父说完，朱迪已经颓然坐在地上，眼泪不住往下掉。

朱父最怕看到女儿这样哭泣，但他此时又没有了纸巾，他将朱迪安顿在靠窗的座位，便走开前往便利店。朱迪靠着玻璃窗外起飞的飞机后悔莫及，她不停地抽泣，这时，一张纸巾递到到她跟前，朱迪接过半低着头抹眼泪。

"你不打算抬头看看我吗？"朱迪上方熟悉的声音响起。

朱迪抬头，叶枫正朝他微笑，他坐下来，将朱迪搂入怀里。朱迪喜极而泣："你没进去吗？飞机不是已经飞走了吗？"

"没见到你，我怎么舍得离开。"叶枫笑道。

朱迪的眼泪又不争气地流了出来，她靠在叶枫怀里开始叮嘱叶枫："第一，不准看洋妞；第二，每天都要视频，早晚各一次；第三……"

叶枫将手放在朱迪嘴边："嘘……我都听你的，现在就让我们这么安静地抱上一分钟，只属于我们两个的一分钟。"

飞机起飞，朱迪隔着玻璃窗向飞机挥手，脸上虽挂着泪痕，但目光却有了活力。朱父站在一旁看着女儿，悄悄松了口气。在他们不远处的国际出口，一个40多岁打扮得体的中年男子拎着行李走了出来。

趁着卫迟还醉心于自己凌大女神的温柔乡中，还未将魔爪伸向自己，凌小马一有空就拉杨子到海边冲浪。论冲浪，凌小马可是老手了，用杨子的话说，帅可掰弯直男。经过几日阳光暴晒，凌小马的皮肤开始变得黝黑，他在雪白的浪花中穿梭，鲜明的颜色对比下更显出他的英姿，岸边，只剩下杨子抱着一个冲浪板在傻呵呵地看着。然而不一会儿，他就被凌小马推了海里，开始进行实战训练。

好不容易熬过基本动作练习，杨子此时已累得像条狗，但一旁的凌小马却在兴奋地等着浪头，他抓起杨子让他学着站立，杨子战战兢兢地站起来，两膝弯曲，身体朝前弓起。浪离凌小马和杨子越来越近，凌小马突然推板。杨子兴奋大叫，正当他打算踏浪而去，突然从旁边蹿出一个人，娴熟潇洒地抢过这个浪。可怜的杨子踉跄几下从板上掉落，凌小马捞起杨子，让他抱住冲浪板。自己则朝远处望去，此时，抢浪头的人正驾着海浪向岸边飞一般地行驰，他肌肉弓起，仿佛蕴含着巨大的力量。凌小马一看到如此强者，便不觉激发了体内的竞技热血，他立刻抓起了另一个浪朝那人的方向追去。两个人在浪中不断穿梭，旋转，翻腾，追逐，似在斗舞，又似在表演，引得岸上的人一片叫好。

回到岸上，凌小马才发觉这个抢浪头的人居然是个40多岁的老头，不禁在心底惊叹，然而对于刚刚他的抢浪的行为凌小马还是有些不快。

"小兄弟，玩得不错啊！"抢浪者打量着凌小马笑道。

"大叔，你也不赖，但你刚刚惊扰到我兄弟了。"凌小马是个直肠子，他劈头盖脸就提出了意见。

"不好意思，我没想到他是个新手，但那个浪头，其实离我更近。"抢浪者礼貌地回复，但语气透露出了傲气。

凌小马懒得跟他理论，转身离去，抢浪者看着凌小马，内心一阵激动，他突然预感此次他的归国，定有大收获。

凌小马找到杨子，准备带他继续进行冲浪练习，但杨子递过手机，指着上头界面上的信息。凌小马一看，五个卫迟未接来电，糟了，他才想起昨晚微信群通知今天下午要在泳馆开会，凌小马拿起衣服就要往学校赶。他来到马路边，恰好一辆空出租车朝自己这边驶来，凌小马赶紧迎着出租车跑过去。突然路边冲出一个人要抢出租车，凌小马定睛一看，这不是刚刚抢浪的男人嘛，他赶紧百米冲刺跑到出租车旁，又以最快的速度打开车门，一屁股坐了进去。凌小马坐下来，淡定地摇下车窗，正好看到抢浪者惊愕的脸。

"对不起，它停下来的时候刚好我离它近一点。"

"喂……"还未等抢浪者说完，凌小马便示意司机开车前往滨大。车子往前开，凌小马从车窗看到抢浪者在车后追，心情很好地大笑，他手伸出窗外挥了挥。

出租车停在门外，凌小马匆匆忙忙跑进游泳馆，却不小心撞到了一个人，他抬头一看，竟然是傅书记。傅书记一看凌小马就不待见，还没等凌小马道歉，他就冷哼一声走开了。凌小马来到胡彪、方永健和陈旭等队员旁，从众人的议论中才了解到今天会有一位体育经纪公司的老板来访，想要挑些游泳苗子进行培训，而培训的老师都是全世界最优秀的教练。

正当大家你一言我一语地谈论着，卫迟带着一个略显狼狈的高大男子过来了，凌小马一看愣住了，怎么又遇上了刚刚的抢浪者，这已经是第三次照面了。抢浪者明显也注意到了凌小马，他惊愕之余随即露出了狐狸般的微笑。

"傅书记，这位就是环亚体育有限公司的董事长余一丁先生。余先生，这位是我们的傅鹏飞书记。"卫迟为两人做引荐。

余一丁？凌小马听着不由得在脑海里为这个名字加了注解，就是他全家都死翘翘，只剩光杆一个的意思咯，这么想着，凌小马不禁捂嘴偷笑起来，他抬起头，才发现这个余先生在书记讲话时一直笑眯眯地盯着自己。

书记向余一丁简单介绍完学校这边的意向之后就要先行离开，他临走时看向秘书暗示了什么，秘书点头。待傅书记走远，秘书靠近余一丁小声说道："余先生，这几位选手中有位叫傅有益的，是傅书记的独子，还请您多多关照。傅书记为人高傲，不会开口，我好心提醒您一下。"

余一丁连忙回了秘书几句话，不一会儿秘书便满意地点头离开。送走秘书，余一丁走回卫迟身边，两人并肩看着泳池里的队员们。卫迟看余一丁一直望着凌小马，便开口介绍了起来："那个就是我向你推荐的人选——凌小马，不过他今天没有表现出正常的水平。"

余一丁点了点头，他向卫迟要了所有人的平日成绩统计表，他决定从这群孩子中挑选他新苗计划的种子。

岸边，凌小马累得气喘吁吁，一段时间没有训练，突然来个突击比赛，让他的筋骨疼得厉害。朱迪走过来帮他按摩，两个人都低着头不说话，朱迪是无话可说，而凌小马则是不知如何面对她，尤其是叶枫不在的这个时候，靠得太近对她影响不好，但他自己又忍不住想要靠近。突然，凌小马拿水的手和朱迪拿精油的手碰到了一起，两人触电一般弹开。远处余一丁看着凌小马情窦初开的羞涩样，笑了。此时，卫迟的电话突然响起，他挂了电话对余一丁表示了歉意，自己因为临时有事无法陪他逛一逛，卫迟决定找个人招待他。

"那凌小马吧。"

卫迟没想到余一丁点将居然点到了凌小马的头上，他有些担心："这个小孩有些没大没小，如果有些地方做得不好，你别往心里去。"

没料想余一丁完全不在乎，反而满意地点头："那正好，反正我也是个为老不尊的，两人都少拘束。"

余一丁在门外等着凌小马，但凌小马却一直陪着朱迪，直到她骑上自行车向他们挥手告别，他的目光仍紧紧追随着。

"你喜欢她？"

被猜中心思的凌小马不好意思起来，但又不想被看穿，他大大咧咧怼回余一丁："谁说的？"

"你自己啊，你一个下午偷偷看了她很多次。"

"老头，我以为你是来考察的，没想到居然是来偷窥我的！"

夕阳西下，凌小马和余一丁你一言我一语相互调侃，两个人就如同一对好兄弟，一见如故，即使争吵起来也好似有着不一般的默契。

凌小马带余一丁逛了市区，两人轧马路时路遇酒吧。凌小马酒瘾上头，决定拉着余一丁进去喝一杯，本以为余一丁这种年龄的老男人，会排斥酒吧里嘈杂的音乐，迷乱的光线，却没有想到余一丁比凌小马更会玩，不到半个小时，凌小马攻克不下的妹子，全被他拿下，还一一问来了联系方式。凌小马不禁感慨这世道多金老男人才是香饽饽，看着凌小马一脸羡慕嫉妒恨，余一丁大笑。

"对于有戒心的女人，首要的一点要隐藏你的目的，先在她身边待下来。现在年轻人谈恋爱平均每场持续时间八个月，只要你表现稳定，最多八个月总轮到你上场。"

"那你刚才才半个小时？"凌小马疑惑。

"小伙子，诚心，懂吗？以诚打动人。"余一丁朝凌小马眨了眨眼。

看到余一丁说得头头是道，凌小马不由得好奇："老家伙，你到底祸害了多少女人。"

余一丁被这么一问，突然表现出了少有的认真："我应该是祸害过一个，但我希望她现在过得比我好。"

最后，凌小马和余一丁都喝得酩酊大醉，但也是从那一晚，他们结下了友谊。

理智与情感

"凌小马，你姨喊你回家吃晚饭！"

"凌小马，你姨喊你回家吃晚饭！"

"凌小马，你姨喊你回家吃晚饭！"

"重要的事情说三遍！你小子给我记好了！"

凌洛在微信上对凌小马进行洗脑行动，强烈的音波让所有正在换衣服的队友虎躯一震，停下了手上的动作。凌小马也被她的语音吓了一跳，他家的凌大女神为啥谈了恋爱还是满满的女汉子风，看来还是他们的卫教练家教不严啊！

"小马，你一个姨顶半个妈呀！今天啥重要日子，你姨这么着急喊你回家吃饭，不过听着感觉像吃鸿门宴呢！"凌小马的小姨可是给胡彪留下了不可磨灭的印象，如果是场鸿门宴绝对不稀奇。

每天繁重的训练让他竟然忘记了今天的日子，他的眼神凝重了许多，他没有回答彪哥，一个人坐着发了呆，其他人都觉得好奇，这个嬉皮猴一样的凌小马怎么会被他小姨的一句回家吃饭的话给吓住了呢？一下午的训练，所有人都看得出来，凌小马有些精神不振，他不像往常一样话讲个不停，反而一言不发，这一点余一丁当然也看在眼里。

　　当所有队员解散后，凌小马并没有离开，反而自己一个人泡在水里，每年这个时候他最希望的就是能在水里待一天，因为这样一来，他伤心或是落泪都没人知道。

　　余一丁见他没走，便坐在了水边看着凌小马仰躺在水池里。他看得出，凌小马有心事，而且并不打算告诉其他人。看着他，余一丁仿佛看到了年轻时的自己，表面上没心没肺的样子，但其实并非这样，不过是为了掩饰内心极度的悲哀做了伪装而已。当自己难以承受时，唯有水，唯有泡在水中，才能溶解和淹没自己所有的不开心。

　　"你怎么没走？"当凌小马憋到快要窒息时猛地冲出水面，发现余一丁正看着自己。

　　"我在回想今天朱迪看你的眼神，说不定你小子有戏！"

　　"啊？朱迪看我什么眼神？"凌小马只沉浸在自己的世界中了，其他人他一概没注意。

　　"想知道？"余一丁认为朱迪对他的关心能让他开心一下。

　　凌小马刚想回答"想"，但转念一想，就算知道了又能怎么样，她现在已经是叶枫的女朋友了，不能再纵容自己想她、喜欢她的念头。"不想！"

　　听到这个答案，余一丁挺出乎意料的，他听说凌小马和叶枫为了朱迪公开大战的事，也看得出凌小马看朱迪的眼神异于常人，按理说凌小马应该挺在乎朱迪的，怎么说不想呢！"你现在也就剩死鸭子——嘴硬了，我看朱迪这孩子是真担心你，一副想问又不敢问的表情！"

　　朱迪担心自己吗？凌小马突然浮上一丝小窃喜，但很快被自己的理智抹掉了。他跳出泳池，擦干身体准备离开。正当他俩准备走出游泳馆时，凌洛又打电话催人来了，她和卫迟做了一大桌子好菜就等着他呢，还让他有同学也一起叫来，他们今天要帮他好好庆祝19岁的生日。

挂了电话，凌小马觉得自己真的提不起兴致过生日。10岁之前，他一直羡慕别人过生日可以吃蛋糕、收礼物，可那时候小姨根本不给他过，后来他大闹了一次终于换来了一次生日会，他把自己所有的小伙伴都请回家，当他要切蛋糕时才发现小姨正在角落里默默流着泪。他一直不知道为什么小姨这么排斥给他过生日，后来长大一些他才知道自己的母亲原来是生他时难产去世的，原来他每一次执意要过生日，对她而言无非都是一次残忍的提醒，提醒她最亲爱的姐姐是因为什么而离去的。从此之后，他再也没有提过过生日，但小姨却从那之后的每一年都帮他过，今年也不例外。

"你不陪我吃饭啊？我这都等你好一阵子了！"余一丁也觉得老来孤独，吃个饭也需要人陪了。

"我有答应过要陪你吃饭吗？"凌小马没打算跟他去，但让余一丁跟自己回家倒还行，况且他没什么朋友可请，除了杨子，但他不请都会自来。"要不，你跟我一起回家吃饭？"

余一丁一听可以吃家常菜，他迫不及待地先道了谢。

当两人来到凌家门口时，凌小马开了门，可他还没进去，便看到在视线的正中央挂着一个大大的用气球拼成的19，当他刚要迈进门时，凌洛和杨子从两边一齐向他放出了礼花拉炮，并喊着"生日快乐"。这着实让凌小马惊喜了一番，卫迟也在一旁鼓掌，正在大家迎接凌小马进门时，发现后面还跟着一个人，凌洛以为是他的同学，正拿着拖鞋，请他进来时，却被自己眼前看到的这个人惊呆了。他回来了，他竟然还有脸找到家里来！

卫迟见凌洛紧盯着余一丁不说话，不知道发生了什么，但为了缓解尴尬，他先开了口："一丁，你也来帮小马庆祝生日啊，我来介绍一下，这就是我女朋友，小马的小姨凌洛。洛洛，这位是——"

凌洛冷笑着打断："这位就是玩弄女性感情、虚情假意、两面三刀、始乱终弃的余一丁先生，我没说错吧，余先生？"

余一丁没想到凌小马的小姨竟然是凌洛，那凌小马也就是凌姗的孩子咯，那怎么从没听小马提过凌姗呢？"凌姗呢？怎么没见到她人？"余一丁没想到有生之年还会再见到凌姗。

"你没资格提她！你给我滚！不准你再踏进我们家一步！"说完，便不顾卫迟的阻拦，执意将余一丁推出了门。

凌小马不知道发生了什么，小姨为什么对余一丁咬牙切齿？余一丁怎么知道自己妈妈的名字？他们之间有着什么瓜葛？一系列的问题充斥着他的脑门，凌小马还没来得及问，便被凌洛一把拉到了屋里，只将余一丁拒在了门外。

"你这不胡闹嘛！你认识他？"卫迟觉得凌洛不是这么不懂礼数的人呀。

"我才不认识这个人渣！"这种人，她见一次非打一次不可。

"你知道吗，你外甥还要指着他入选新苗计划呢！"

凌洛一听凌小马想要加入的那个新苗计划竟然是余一丁这种人掌控的，她立即警告凌小马："凌小马，你给我听好了，如果你还认我这个小姨，就别加入什么新苗计划，我绝不同意你跟这种人混在一起，听见了吗？"

凌小马听凌洛说得这么坚决肯定，他没敢反驳什么，但她起码要跟他说清楚原因啊，不能一句不解释就让他放弃这么好的机会啊！

卫迟也觉得凌洛的决定太没道理，他要凌洛解释，可凌洛一句不吭。卫迟认为她不可理喻便出门去追余一丁。气氛这么冷，杨子不知说啥好，也先回家了，一场热热闹闹的生日会竟然变成这样，凌洛把自己锁在房间里，她不想面对小马，现在她的脑子很乱，不知道怎么回答小马那儿一堆的为什么！

看着一桌子未动过的菜和生日蛋糕，凌小马独自坐了下来，他默默地为自己插上19根蜡烛，点燃、许愿、吹灭，就好像什么都没发生一样，大口吃着蛋糕，大口吃着菜，饭还没下咽，眼泪便滴滴流进了嘴里，那嘴中的甜还没喂满味蕾，泪水的咸便攻城略地，淹没了整个舌苔。19岁的生日即使没有鲜花和蛋糕，也应该有祝福，可是他知道自己是个罪人，不值得被祝福。

回到卧室，凌小马抽出枕头下妈妈的照片，轻轻摩挲着照片上的人，认真看着她的模样："妈妈，我今天19岁了，已经不再是小孩子了，可为什么还有那么多的秘密隐瞒着我！我想知道，特别想知道我的爸爸是谁，是余一丁吗？如果不是，那为什么他知道您，为什么小姨对他恨之入骨？谁能告诉我？"无助的凌小马抱着妈妈的照片蜷缩在床上，任由泪水打湿了枕巾，谁能解他疑惑，谁能告诉他真相，他不能再等了，他的求知欲告诉他如果其他人都要瞒着他，那就只能由他自己解开那个一直交织在内心的秘密。

凌小马坐起身擦干泪水，他想家里一定有关于自己身世的蛛丝马迹，他走进书房，打量着满架子的书，一层一层地仔细翻看着，每个夹缝都不放过，然而却一无所获。当他打开书桌最下层的抽屉时，一个饼干桶一样的盒子深藏在抽屉的最里面。凌小马将它小心翼翼地拿出来，打开一看，原来里面是一叠叠的陈年信件、照片和笔记本。在橡皮筋的捆扎下，它们整整齐齐地摞在一起，第一张照片便是母亲凌姗的个人小照，凌小马一看果然找到了母亲的遗物，便坐在地板上，仔仔细细地看了起来。

这些照片都是凌姗年轻读书时候拍下来的，除了个人照，还有许多跟同学的合影，凌小马一一比对跟母亲合影的男生，希望从中得到答案，但基本都是中规中矩的同学间的合影，没有看起来特别亲昵的，直到他看到了最后一张，一个男生从背后双臂环住了母亲的脖子，两人都笑得灿烂无比，在照片的背面还留有字迹："致我们永远的班花。——黄在勤"

"黄在勤，黄在勤……"凌小马反复念着这个男人的名字，照片看完，他只发现了一个可疑对象，黄在勤，但他不敢断定这个人是不是他的父亲。幸好还有一本笔记本，说不定上面会有线索。凌小马拿起笔记本翻看着，原来这是一本日记，是妈妈写的日记：

......

1998年2月16日　晴

宝贝，再过几天，你就要出生了，此刻你在我肚子里翻腾跳跃，好像迫不及待地要跳出来和这个世界说hello。你是个意外降临的孩子，我从来没想过要你，但你在我肚子里将近300多天，伴随着每一次孕吐，每一次胎动，我已越来越迫不及待地想看到你，我想牵着你的手去看世界，我想托着你的小屁屁举你高高，我想带着你去大海，我感谢老天把你赐给了我。

1998年2月18日　晴

　　宝贝，你近来越来越调皮了，我知道你快要跟我见面了，我也迫不及待想要见到你。只是，我不知道你会不会喜欢我这个妈妈，我没有给你一个完整的家，我没有给你一个爸爸。请原谅妈妈的自私，他也许会是这个世上除了我以外最爱你的人，但妈妈无法和他一起共享对你的爱。虽然妈妈亲手斩断了你和爸爸的联系，但妈妈向你保证，妈妈给你的爱，不会比其他孩子少。我会给你很多很多的爱，我会带你去很多很多的地方，我会尽力让你忘记爸爸的存在。

1998年2月20日　阴

　　此刻，你拼命在我肚子里跳跃，我迫不及待地想看到你，我相信你一定是个漂亮的孩子，当然，就算你丑得跟个小癞皮狗一样，妈妈也一样爱你。明天妈妈就要去住院了，妈妈已做了一个决定，我将记录下从你出生起的每一天和我在一起的日子，你的第一个抬头，第一个翻身，第一次迈出的脚步，喊出的第一句妈妈。宝贝，妈妈已经给你取了个名字，凌小马。你喜欢吗？妈妈希望你像马儿一样天马行空，无拘无束。小马，小马，你听到妈妈在叫你吗？妈妈会用尽全力爱你，直到生命的尽头。

"妈妈会用尽全力爱你，直到生命的尽头。"看到这里，凌小马早已泪流满面，原来他也是一个带着祝福和期待来到世界上的孩子。

第二天在凌小马出门之前，凌洛再一次重申不准他加入新苗计划，更不准他跟余一丁再有任何接触。凌小马刚想问为什么，便被凌洛打发出门了，看来在小姨这儿是得不到答案了，现在还知道真相的恐怕只有余一丁了。

训练之后，凌小马约余一丁在校门口的咖啡店见面，余一丁知道他想问什么，只是他很难相信这个跟他忘年交的小子竟然是凌姗的儿子。

"你和我妈到底什么关系？为什么我小姨看到你会情绪失控？"不想绕圈子了，凌小马直接问重点。

"其实你多多少少也知道了我和你妈有些关系，但你肯定不知道我和你妈有过一段很短暂的婚姻。"这已经是20年前的事，余一丁看了看凌小马，要不是有凌小马这个活生生的证据，他还真不觉得已经过了20年了。"只是很可惜，我们三个月不到就离婚了！你妈妈主动提出来的。"他们当时太意气用事，提出离婚之后，谁都没向谁低头。

余一丁竟然和妈妈结过婚，这消息无疑对凌小马来说有些难以接受。

"离了？"凌小马的眼睛睁得更大了，膝上的手也握得紧紧的。

"那之后我曾打电话给你妈，但是你小姨接的，她说你妈已经找了新的男友，要我别再打扰她的新生活。听到之后，我心如死灰，很快就出了国。那之后就再也没见过你妈妈。"那时候他们是真心相爱的呀，现在回想起来，余一丁也说不清楚当时凌姗为什么要决绝地跟他离婚，又那么快有了男朋友！

凌小马眼睛中的光逐渐暗淡下来，全身像用尽全力后被掏空了一样，握紧的拳也无力松开了。看来他不是，那谁会是呢？

"那你爸呢？"余一丁试探着问道。

"我从来没见过我爸爸，从我记事起，家里就只有姥姥和小姨，9岁的时候我就一直跟小姨一起生活"。

余一丁愣了："你说你没见过爸，也没见过你妈？凌姗呢，我昨天就没见她！"

"我妈生我时难产去世了。"虽然这是个事实，但凌小马从来不想亲口告诉别人，但余一丁总归是妈妈的前夫，他应该知道。

"什么！"余一丁一脸的惊愕，凌姗不在了，怎么会？她应该过得比他好，这样他们离婚还算有价值，怎么可以，凌姗怎么可以那么年轻就去了呢！一个年近半百的人止不住当众红了眼眶，掩面而泣。

余一丁的悲伤也感染了凌小马，他再也问不下去了，留下余一丁一人，他独自跑出了咖啡馆。一路上，他的思绪纷杂，但唯一解释不通的就是，如果离婚是母亲提出来的，自己的父亲又不是余一丁，那小姨为什么这么恨他呢？他感觉自己已经接近了真相，但这一步之遥只有小姨能帮自己跨过去。

当天夜里，凌小马在外淋了一身雨，当他湿哒哒走进家门时，凌洛正在煲汤，看他一副魂不守舍的样子，凌洛大体猜到了他见了什么人。

"你是不是没听我的话，去见了余一丁那个人渣了？"

"嗯，见了！"

凌洛一听小马又去见他，她一脚踢在了凌小马的腿上："你怎么就那么不听话呢！我这么做都是为了你好。"

"为了我好就应该让我知道我应该知道的，让我自己选！"小姨为自己好，他知道，但作为当事人，他理应有知情权。

凌洛被他这么一说，身体微微震颤了一下，她转过身，继续拿起刀在砧板上切着辅料："那个人都告诉你了吧，那你还想知道什么？"

"我想知道我妈当年为什么要跟他离婚，又跟别人生了我，如果这一切与他无关，你为什么这么恨他？"

凌洛错愕地看了他一下，原来余一丁告诉的小马只有这些，小马还不知道真相，那她就放心了。"好，事到如今，也不用瞒你了。如果不是他始乱终弃，在外面有了别的女人，你妈怎么会结婚三个月就和他离婚，如果不是离婚，你姥爷就不会被气得心脏病突发而猝死；如果不是离婚，你妈怎么会赌气找一个她根本不了解也不爱的渣男；如果不是和那个渣男有了孩子，她又怎么会郁郁寡欢难产而死？难道这一切与他余一丁都没有关系吗？"

凌洛口中的现实让凌小马愣住了，他不自觉地向后退了几步。

"姥爷的死也是……"

"没错！也是因为余一丁！你想想只是结婚三个月就闪离，你姥爷又是传统的知识分子，他怎么能允许自己的掌上明珠被这样的男人抛弃。"

"那我亲生父亲呢？"

"你爸，唉，说起来也是个可怜人，他知道你妈并不爱他后，采取了逃避的态度，用醉酒应付这一切，最后无法面对你妈的死去，选择了离开。所以，我们并不恨你的父亲，也希望你不要恨他。他只是个可怜人罢了。一切的罪魁祸首，是余一丁，这么多年来，他活得风流快活，没受一丝良心的谴责。"说到这，凌洛手中的刀重重地剁在了砧板上。

"那我爸是他吗？"凌小马从口袋中拿出昨天从饼干桶中翻出来的照片，给凌洛看。凌洛一阵慌乱，她看到照片中两人亲密的样子，既然小马认定他，那就是他了。"嗯，没错，这就是你爸！"

"你有他的联系方式吗？"凌小马祈求地看着她。

"当然没有。不然我们早联系他了。"

凌小马没再说话，默默地看着照片，转身把自己关在了卧室。没想到事实是这样的，余一丁的始乱终弃造成了妈妈和姥爷的悲剧，难怪小姨恨他，现在他也恨他，可他的恨换不回亲人的重生，换不回他失落的童年，一想到这儿，他再也不想见到余一丁这个人了！

这已经是新苗计划截止的最后一天了，然而凌小马迟迟没有报名，卫迟知道肯定与余一丁有关，后来也从凌洛那里得到了证实，他没办法评价凌小马这样选择是对还是错，也没办法要求他一定要参加，他唯一能做的就是告诉他，对游泳运动员来说，这真的是一个绝佳的机会，希望他不要感情用事。然而凌小马就是不想再和余一丁打交道，宁可放弃这个机会。卫迟束手无策，只好让他的"外交大使"朱迪去帮忙劝说，兴许朱迪的话对他管用。

意外接到这个任务，朱迪也不知如何是好，她现在和凌小马接触的机会远没有以前多了，自从自己成为了叶枫的女朋友后，两人都刻意保持着距离，凌小马再也没有像以前那样死缠着自己。本来他们的关系坦坦荡荡，却做不了朋友，有时候她甚至害怕见到他，即使见到不是假装没看见，就是简单打个招呼，她知道自己对凌小马内心有愧，当初他为了自己的一句戏言考上了滨大，后来又为了救自己放弃了比赛，然而她有什么可回应他的呢？没有，一直以来她都忽略着他的感受。如果这次可以弥补，她一定会尽力去做，更何况她也觉得凌小马不该放弃这次比赛机会。

训练结束后，凌小马来到单车棚骑车，发现朱迪已经在那儿了，她正望着自己的车发呆。凌小马看她发愁的表情，知道她遇上了难事，便忍不住上前问她怎么了。

朱迪一看是凌小马，她心虚地回答说是轮胎被扎了，其实轮胎里的气是她故意放的，天知道她想了多少种办法，最后才选了这么俗套的办法，只为了跟他说几句。

"那如果你有急事，你先骑我的，我帮你去修车！"凌小马开了自己车的锁，把自行车推了过来。

"不用，我只是不知道哪有修车的，你能带我去吗？"朱迪带着一副恳求的表情，凌小马也不再说什么，两人各自推着车子往校门口走去。

朱迪有满肚子的话不知如何开口，她轻咳了一声，看凌小马正望着自己，便主动打开了话匣子："呃，听他们说你不准备报新苗计划了，为什么？"

凌小马没想到朱迪也会问他这个问题，对于这个决定，所有人都不能理解，让他慎重考虑，朱迪也这么觉得吗？"你觉得我这个决定不对？"

"你不愿参加总有你的原因，只是我觉得好可惜，以你的水平，你早就应该拿到一个冠军，拥有属于你的一场比赛。这大概是卫教练、胡彪、陈旭、方永健，甚至是余一丁心中都有的想法吧！"这是朱迪的真心话，她看得出凌小马为了这次比赛备战得多辛苦，投入了多少精力，明明已经快要到了终点，可他在最后选择了放弃，她为他惋惜。

在这之前，凌小马确实像朱迪所说的那样希望拥有一场自己的比赛，可这场比赛不应该跟余一丁有半点瓜葛。"如果这场比赛是由你不共戴天的仇人组织的，你还会去参加吗？"凌小马停住了脚步，以深沉、锐利的言语问出了内心最渴望解决的一个问题，他一直纠结在这一点上，他觉得任谁都不可能跟仇人共事。

朱迪看他停了下来，她也止住了脚步，严肃地望着凌小马，甚至她的眼神中还露出一股锐气："我不知道你和余一丁之间具体有什么样的过节，但我一直认为对你讨厌的人，最好的回击方式不就是在他面前取得成功？如果你只是出于赌气而拒绝，那你惩罚的不是他，而是你自己，因为你牺牲了自己，换来的只是一个毫无意义的结果。也许接下来，你还会有很多个冠军，但最重要的那个，永远是当下的这个，不是吗？"

朱迪的一番话完全让凌小马无言以对，他嘴唇轻颤，扶着自行车的手也握紧了车把，他对视朱迪的眼睛也变得闪烁起来。不去参加比赛对余一丁有影响吗？貌似并没有，可对自己呢，意义有多重要，他心里掂量过。之前他认为不去可以获得心理上的舒服，但那股不甘心的暗涌总是不停敲击着他，让他这几天一直难以入睡，朱迪的话彻底震醒了他，人活在当下，就应该牢牢把握每一个机会，他完全可以无视余一丁的存在，只为了比赛本身而战！

"我信你！"凌小马终于打开了他的心结。

虽然凌小马没明说，但她知道他会报名参加的，她也信他。

当两人走到修车铺的时候，老板正在吃饭，让朱迪把车子放下，下午再来提。朱迪心想只要打个气就好了，但又不能明说，否则不就穿帮了嘛，于是她按照老板说的，放下了车子，自己要走着回寝室咯。

"回寝室吗？我送你回去吧？"凌小马拍了拍后面的座子，示意她坐上来。

朱迪不好意思拒绝他，便坐了上去。

中午的阳光透过法国梧桐的树叶在两人身上留下斑驳的身影，朱迪坐在凌小马的车后望着这个追风少年的背影，有些不知所措，她不知道自己的手放哪，只好抓着座子两端，但刚才一个坑洼险些让她掉下车。凌小马一直没察觉，直到她叫了一声，他才意识到自己骑得有些快了。他放慢车速一脚撑地，停了下来，将朱迪的手放在自己的腰侧，回望她一眼："掉下来我可是要负全责的，小心为好！"手已经不自觉握住了他的衣服，朱迪只好点了点头，拽住了他腰间两侧的衣服，凌小马继续前行。

就在抵达方芳宿舍楼下时，恰好被来楼下拿外卖的方芳看到，她没想到朱迪竟然堂而皇之地扶着凌小马的腰从他的车子上下来，在她眼中，两人的动作跟情侣没什么区别。为什么？为什么朱迪都有了叶枫还要再继续纠缠凌小马？难道叶枫不在，她就可以另寻新欢吗？上天太不公平了，为什么所有人都喜欢朱迪？为什么自己都变漂亮了，凌小马还是不把她放在眼里？她心中堆积的怨气一层一层地加重，外卖的袋子也被她的指甲撕破了，汤汤水水顿时洒了一地……

朱迪不辱使命，凌小马当天便向教练打了报告，说自己要参加新苗计划，只是小姨那里不好说通，这个艰巨的任务还得交给未来的小姨夫。卫迟一听他要报名求之不得，说服凌洛的工作他义不容辞。他知道凌洛也不是个不讲道理的人，这种事情发生在谁身上，谁都会有抵触情绪，但凌洛绝不会拿小马的前途赌气，这一点他很确信。其实作为滨大游泳队的总教练，他近来的压力也很大，大战在即，他所带领的队伍要跟全国50所高校近300名最顶尖的游泳高手进行较量，他比任何时候都要紧张他们的表现，渴望他们能赛出好成绩。

报名截止之后，所有人似乎都察觉到比赛临近的脚步越来越近了，大家心里都绷紧了弦，铆足了劲儿，自觉延长了训练时间。可考前再充足的准备对考生来说，时间都是不够的。卫迟也清楚他们用尽了全力，已经开始出现疲劳和焦虑的症状了，于是这天他提前结束了训练，决定带他们去"泳吧"放松一下，当然前提条件是不准喝酒，只能喝饮料。

当他们来到"泳吧"时，发现少了一个人，原来傅有益中途已经不辞而别，打他电话也没人接。

"别打了！"方永健见凌小马还一直给他打电话，便伸手帮他按了锁屏键，"人家根本不屑与我们为伍，我们还是各玩各的吧！"说完便拉着凌小马进去了。就在众人齐嗨的时候，方永健远远望见一个美女正朝着他们这个方向走来，一身黑色短款的小礼服，一脸精致浓妆，周围的男人见了她都不禁被她吸引，而她却不屑地撩着自己的一席中长卷发，连瞥都没瞥他们一眼。她走路的样子风姿绰约，脚下的黑色高跟鞋也在地板上踏出有节奏的响声。

"方芳，这里！"朱迪向她直招手，她也微笑着走了过来。

"方芳？她是方芳？"方永健不可思议地看着朱迪，又瞪大了眼睛看着眼前这位美女，这才认出来，可不是方芳嘛，化了浓妆竟然跟本尊完全两个样子。

"方芳，你今天很不一样啊，这是要去约会吗？"方永健一脸色色的表情看着方芳。

"哪有？本来说好一群人去夜店嗨，结果被放鸽子了，正好看到朱迪发朋友圈说你们在'泳吧'聚会，顺便来凑个场，不欢迎吗？"她故意将目光对准了凌小马。

"欢迎，当然欢迎，我们从来不会拒绝美女的加入，是不是？"方永健一提，众人热烈鼓掌。"说，美女你喝什么，我请！"

"来这地方当然要喝酒啦，跟你们一样喝饮料多没意思！"

方芳今天确实让人刮目相看，以前大家只把她当学霸，当主席，从没把她当作一个开放而性感的女人来看，无疑这种御姐对男人而言都充满了迷之诱惑，他们一杯一杯地敬她，跟她划拳，开玩笑，唯独凌小马一言不发，他看着她感觉像是见到了陌生人，他们之前如此熟悉，而现在他快要不认识她了。

"方芳，别喝了，喝太多对身体不好！"朱迪在一边劝她。

"没关系的，就当陪他们放松一下。对了，叶枫最近怎么样？像你们这样刚谈恋爱就分居两地，他一定每天都跟你视频打电话吧？"方芳故意抬高了声调。

"没，最近他训练很忙，总是说不上几句话就挂掉了。"朱迪也不知道叶枫最近在忙些什么，他好像有什么事瞒着自己，说话吞吞吐吐的，问他是不是出了问题，他也不回答，沉默一会儿便说自己有事挂断了。

"其实呢，异地恋也不在于天天联系，只要双方都能守得住自己的内心，抵挡得了周围的诱惑就行，不是吗？"方芳意味深长地看着朱迪。

凌小马听得出她话里有话，这语气明明是在责问朱迪。她对自己的心意他其实早就看穿了，只是不想回应什么。喜欢朱迪是他自己的事，与朱迪无关，方芳不应该在这种场合说这些话的。

"我们今天是来鼓励士气的，不谈私人感情，请我们教练说几句吧！"凌小马借机扯开了话题。

方芳知道凌小马是为朱迪打圆场，他越是这样照顾朱迪，她心里就越不舒服。一口气闷了一杯却呛到了自己，连忙赶去洗手间，朱迪看她不舒服也跟了过去。

朱迪走过来，拍着她的背："叫你别喝那么多。你有些胃溃疡，喝太多酒很容易胃出血的，你就是不听。"

方芳忍无可忍甩开朱迪的手："够了！不要再在我面前装了。你这么婊、这么骚，那些男人知道吗？"

朱迪被她的话震住了："你什么意思？"

"我最讨厌你这样，总是装出一副纯洁无辜的样子。你就喜欢看男人围着你团团转为了你要死要活的，对不对？一个叶枫不够再去招惹凌小马，一而再，再而三地撩拨他，还要装作都是他喜欢你的你很无奈的样子，其实最白莲花的就是你！"方芳一想到她跟凌小马卿卿我我的样子，她就觉得恶心。

"住嘴！"凌小马不知何时出现在了她们身后。

转头一看是凌小马，方芳脸色变得惨白，然后又哭又笑地看向朱迪："你果然厉害，我斗不过你。这一切都是你设置的吧？"

"不要用你的恶意去揣测别人的善良，她在我们面前从来都是说你好话，可是你却不惜以最坏的恶意去诋毁她。我还要告诉你，就算没有朱迪，我也不会喜欢你。我对你没任何想法，不管是以前还是现在。所以请你不要再浪费心思在我身上，你痛苦我也难受。"

方芳听着凌小马的话，她的身体不住颤抖。他们的争吵同样引起了周围人的注意，泳队其他人正扒这门往里看，没想到里面正上演着一场轰轰烈烈的三角撕逼大战。方芳再也无法待下去了，她拨开好事的人群，离开了"泳吧"。当她一个人走到海滩边时，她脱下脚上的高跟鞋，踉踉跄跄地走着，痛苦发狂地嘶吼，凌小马怎么可以这么说她！她今天精心打扮只为了能让他多看自己一眼，但他呢？他的眼，他的心全在朱迪一人身上，甚至为了那个白莲花呵斥自己，他凭什么？要不是自己，他能考得上滨大？进得了体育系？没有她，他凌小马现在什么都不是，就一个街头混混，这种人凭什么这么说她！

"凌小马、朱迪，我是绝对不会放过你们两个的，你们等着吧！"

流浪的小孩

在全国体育界的万众瞩目下，"全国新苗计划选拔赛"正式拉开了帷幕，在接下来的五天时间里，所有的队员都要在自己所报的项目中进行争逐，每个项目预赛的前两名会参加半决赛，而最后只有八名队员能够进入决赛，展开冠军争夺战。

滨大虽然有傅有益、凌小马、胡彪等一帮得力干将，但对手的实力同样不容小觑，前两届自由泳冠军的肖扬和王一鸣，外加一些泳界新星都是夺冠的热议点。在前几天的激烈竞赛中，他们果然不负众望，轻松进入决赛，而滨大众多的选手最后只剩下了傅有益和凌小马，分别位居第二和第四。

得知成绩的凌小马坐在长凳上闭着眼，脑中回忆着自己的游泳动作，重复默念着需要改进和调整的部分。正在冥想之际凌小马感觉有人来到了他的面前，睁开眼一看，原来是傅有益，他正用鼻孔傲慢地看着自己。

不管他什么态度，作为队友的凌小马还是要恭喜他："恭喜你啊，游出50秒21这么好的成绩，进步好大！"

然而傅有益并没接受他的好意，倨傲地说道："等决赛完了，你再来恭喜我吧。"对傅有益而言，他可从来没把凌小马当作队友，凌小马从来都只是敌人，一次又一次地抢走属于他的荣誉，甚至他喜欢的女人，这一次他一定要凌小马加倍奉还。

比赛在最后一天进入了白热化阶段，男子100米自由泳冠军争夺战即将展开，游泳馆的看台上挤满了人，朱迪、胖铃、阿萌还有杨子都赶来为凌小马加油，凌洛当然也不会缺席，她之前虽然很反对小马参加这次比赛，但卫迟说得对，她不能拿上一代的恩怨束缚凌小马的前途，这样确实不公平，作为他的小姨，她更应该支持他的选择，跟他站在同一阵线上！

在排上倒海的欢呼声中，八位长腿肌肉帅哥来到各自的泳道前，开始做着赛前热身运动。

看着别的选手众多粉丝都在高喊，胖玲觉得不服气，幸好她今天带了自己的秘密武器——小蜜蜂，"凌小马，你最棒！凌小马，争第一！"这效果一个顶十个不成问题。她今天之所以这么卖力，当然不只是为凌小马助威，更是为了杨子。果然她这一举动成功引起了杨子的注意，杨子穿过阿萌和朱迪走到胖铃边，跟她一起用小蜜蜂为凌小马加油。

各就各位的哨音响起，凌小马和其他选手纷纷踏上了跳台。他深深吸入一口又一口气，拉下泳镜，缓缓弯下身子，全身的肌肉开始绷紧，神情也跟着肃穆专注起来。只听"砰"的一声，所有选手几乎同时一跃而出，像一支支离弦的箭般射了出去，投入水中。一直排在领先位置的是傅有益和王一鸣，而两人之间的距离也只有不到半身的距离，面对此种情形，连解说员都认为冠军会是傅有益和王一鸣其中之一，而凌小马仍然按着他的节奏进行，认真进行着每一个动作，划水、勾手、兜水、推水、起水。待傅有益和王一鸣相继完成触壁转身后，凌小马也紧跟其后，他转身左手往前伸出，腹部用力，身体顺势向前一个滚翻，脚掌触壁之后身体180度转身，从仰变俯，双腿猛的用力蹬了出去。这个完美的转身动作不禁让卫迟拍手称赞，他知道这个动作会将凌小马前冲的力度完全展现了出来，果然凭借这个转身他超过了王一鸣，这最后的25米无疑成为了凌小马和傅有益之间的一次较量角逐。

所有人都瞪大了眼睛，观众席上朱迪也揪心地看着游泳池，她紧紧地搂着阿萌的胳膊，双手的力量不知不觉也在加重。

"最后25米，凌小马发起了冲刺！他在缩短和傅有益的差距……20米，凌小马赶上来了！可我已分不清谁先谁后了，这个时候只能交给机器了……最后只剩10米！我们可以看到这两名新人依然不分伯仲，这速度完全就像开了挂一样……5米！触岸！两人几乎同时触岸！"解说员一直在全程报道，但直到最后他也没看清是谁先触了岸。

比赛结束，凌小马抓住跳台上的扶杆，大口喘着粗气，转头看向傅有益，两人眼中的戾气还未消退，电光火石般对视着。当他们抬头望向泳馆上方的大屏幕时，上面已经有了明显的结果：第一名50秒15凌小马；第二名50秒20傅有益……

100米自由泳决赛的冠军是，凌小马！

观众席上朱迪、杨子等人一片欢腾，他们相拥欢呼，而在一片热闹之中，凌洛则静静地流下了眼泪……

"恭喜凌小马！他获得这个单项比赛的冠军，这是一个从未在大型比赛中出场过的新人，这是一个排位赛只得第四的新人，但他创造了一个奇迹……"解说员也很意外，这个后起之秀竟然能打败多个冠军，缔造了自己的神话。

　　傅有益在水中，愣愣地看着大屏幕，完全失去了反应，他不敢相信自己做了这么多努力居然还是败给了凌小马！叶枫在的时候他是第二，叶枫不在了，他还是第二！难道自己就只配做个"千年老二"？他不甘心，不甘心败给凌小马这种人。

　　卫冕冠军的凌小马挥手向观众席致意，他兴奋地对着镜头摆着pose，忽然之间有种飘飘然的感觉，得了冠军还不显摆这显然不是凌小马的作风。是不是可以去领奖了？凌小马已经等不及了，这是他人生中第一个奖牌，还是冠军奖牌，他要领回去给小姨，当然还要去趟妈妈的墓地，带给她看看。

　　"教练，啥时候领奖啊？"他看到卫迟走过来，低声问他。

　　"你小子先别高兴，先跟朱迪把尿取了再说！"卫迟招呼朱迪过来。

　　"取尿？"没人告诉他最后要取尿啊，不由他分说便被朱迪带到了尿检中心。

　　为了憋出装两瓶尿液，凌小马费了九牛二虎之力，又灌了一大杯子水，当他回来时，高亢的音乐已经响起，所有人都等着他上台领奖呢。当凌小马高举着人生第一个金牌，向全场挥舞致意时，现场掌声雷动。

　　颁奖当天晚上，所有人为凌小马和傅有益举办庆功宴，一个接一个地对凌小马的泳技表示佩服得五体投地，甚至夸他这种水平足以进国家队，这些话让一旁的傅有益听着特别刺耳，他一杯一杯自己喝着闷酒，看着凌小马脖子上的金牌，心中各种羡慕嫉妒恨。果然父亲说的没错，人都只记得住第一，谁记第二啊！他想起父亲看他失望的眼神，便更加伤感起来。离开喧闹的酒桌，他一个人抱了一提酒来到外面的沙滩上，就在他痛苦独饮之时，方芳走了过来，她今天全程看了比赛，但结果她一点也不例外。

"一个人喝闷酒？"方芳打开他身边的一罐，自己也跟着喝了起来。

"你来庆祝凌小马得了冠军？"方芳的心思他懂，虽然表面跟他很亲密的样子，其实她喜欢的人是凌小马，他不想承认又不得不承认她跟自己在一起不过是利用自己。

"才不是，里面的那个一点都不值得我祝贺，倒是恭喜你。"她现在对凌小马恨大于爱。

傅有益猛灌了自己一大口酒："就差一点点，还是差一点点，永远只差一点点，我不服，为什么，为什么永远是我千年老二？"

"你的成绩已经很不错了！"

傅有益失落地摇摇头："没拿第一，就是零。从小到大，我就被我爸爸告诫说，我什么都要做到第一，不能丢了他面子。可不行，就是不行。从小学起，我的成绩永远落在叶枫的后边，我去游泳队，还是落在他后边。我换个学校重读一年考到滨大，他成了滨大的一哥。好不容易他走了，我终于可以出头了，成绩甚至超过了叶枫，可结果又蹦出个凌小马，他算哪根葱？我爸每天请国家队教练帮我加训竟然还输给了他，我真逊！"他狠狠地把易拉罐甩在地上。

"你先放宽心，说不定结果会有翻天覆地的变化呢！"方芳相当镇静。

但傅有益想怎么可能，除非时光逆转，他能阻止他参赛，否则大局已定，他虚脱地躺了下去："我好累啊，我不想回去，不想见我爸爸。"

"那就不回去！"

"这世界真不公平！"

方芳何尝不觉得这世界不公平呢，她喜欢的人喜欢的却是别人，自己做再多努力也无济于事，她举起手中的啤酒，跟傅有益碰了一下："为这狗日的不公平世界，再干一杯！"

两人越喝越多，当方芳醒来的时候，发现自己躺在了车上，旁边坐着傅有益，他正迷乱地看着自己。傅有益见她醒来，绯红了脸，他喜欢她却从没能这么静静地看过她。

"喝了酒，不能开车，要叫代驾……"傅有益一边解释，一边抓起手机要拨电话，然而他的举动却被方芳制止了。

"我不想回家……"方芳同样迷乱地望着傅有益，渐渐搂上了他的脖子，将自己的嘴唇贴在了他的唇上。

傅有益吃惊地看着方芳，但本能让他更猛烈地回应着她，两个人在车内缠绵在了一起……

按照新苗计划的规章条约，获得比赛冠军的人将会成为本届新苗计划的代言人，因此凌小马的人气不但在滨大校内迅速攀升，"马粉儿"盖过了"枫粉儿"，在新闻舆论界，他也成为了各大媒体争相采访的主角。

余一丁作为牵头人，理所应当地为他搭桥铺路，但凌小马并不情愿，他当初只想赢比赛，并不想当什么代言人，但条约这样规定，他也只好服从。

余一丁看得出凌小马并不十分情愿跟自己共事，知道他还在为他妈妈的事耿耿于怀，望着一脸冷漠的凌小马，他叹了口气，说道："我并不奢求你能原谅我，不过我想让你知道，我做的一切并不仅仅是因为你妈，还因为我确实喜欢你。你很像年轻时的我，连缺点都像，我看着你就会想起当年的自己，自负又敏感，嬉笑又脆弱。我们之间虽然不是亲父子，但我已经把你当成了自己的孩子，虽然你可能觉得我这样说有些欠妥，但我内心就是这样想的，不然我们还可以像从前一样，是无话不谈的朋友也行？"

凌小马内心想怎么可能，他的妈妈和外公虽然不是他亲手杀死的，但若不是他婚内出轨，他们怎么会死？"余总，我想问你一个问题，出轨真的是全天下男人都会犯的错误吗，哪怕是一个再好的男人？"

余一丁不知道他为什么问他这个，但他还是回答了他："我只能讲，千万别考验人性。而且越是成功有吸引力的男人，受到的诱惑就越大。"

"你会吗？"

"不会！"余一丁说得那么肯定，"我跟你一样爱一个人的时候很执着。"他一生中只爱过两个人，每一个他都用尽了全力。

看着余一丁发呆的神情，凌小马感觉他并没有小姨说的那么绝情，可他要是不绝情，妈妈怎么会跟他离婚？他想不通。

"不谈了，给你看看这个！"余一丁递过一本杂志给凌小马，封面上赫然写着六个大字：南国商业杂志。

"上了这家杂志，基本可说你的人生已经成功了。翻到65页。"余一丁让他翻。

第65页的标题是"新苗计划从滨大迈向全国发芽生长",在这篇文章后面还附了凌小马的一张照片,没想到自己竟然还能上经济杂志,他无意翻阅着杂志,就在合上看封面时,凌小马不动了,他拿起杂志仔仔细细地盯着封面看,上面一个40多岁的儒雅精英人士,一看便知道他是个成功人士,再看下面的配文,果然!万通集团董事长黄在勤:2018,我们应该踩踩刹车。

黄在勤,不论是名字还是相貌都跟照片上的一模一样,万通集团董事长,他没有消失,反而成了董事长,可他为什么不回来找自己呢?凌小马坐了起来,他没有留在一句话便拿着杂志跑了,

"你去哪?还有一个专访呢!"余一丁在后面叫他,可凌小马已不见了踪影。

"杨子,我好像找到我爸了,你快来接我一下!"说完,他挂了电话。现在的他已经等不及要证实自己的生父身份了。

杨子接到他时,凌小马已经查到了万通集团的位置,虽然他还没想好要怎么说,但他知道如果现在不去,很可能他再也提不起勇气去问了。

"万通集团是全国著名的国际出口贸易集团,旗下的子公司也是涉及各行各业,电子、餐饮、服装,还有化妆品,凌小马,你多要是集团董事长,那你可真是赚大发了!"杨子看起来比凌小马还要兴奋。

"你怎么对万通集团这么熟?"

"大哥,我虽然不务正业,但好歹也是学经贸的,知道几家大公司也是专业本分,懂不懂?要尊重专业嘛!"杨子这时候倒是知

道他是学经贸的了，平时还以为他是研究岛国文学的呢。

当他们来到万通集团大厦时，却被前台拦下，要求他们出示工作牌才可以进去，但显然他们并不在这上班。

"我想见你们黄董事长。"凌小马冒失的脾气一点也没改。

"请问你有预约吗？如果没有的话，很抱歉，我们不能让你们上去！"前台很客气的跟他解释道。

"小马，上不去怎么认爹啊？"杨子觉得一场父子相认的大戏就这么泡汤了。

"她不让我们上去，我们就在下面等，他总会下来的！"今天见不到人，他凌小马就不回去了。

于是他拉着杨子坐在宾客休息区就这么一直等，等到了下午3点。肚子早已饿扁的杨子示意凌小马要不改天再来吧，要是他们董事长出国了，难道他们还要在这扎根不可啊！但凌小马态度很坚决，他让杨子先回去休息，他要一直等到公司没人为止。

就凭凌小马这股劲儿，黄董事长还真让他等到了。在一群保镖的簇拥下，一名40多岁，皮肤白嫩细腻，穿着一身白衣、白鞋的男子从林肯车上走了出来，在一群高大威猛的西装男中间，他一米六几的个子显得又矮又瘦。他一下车，保镖便自觉为他撑起了阳伞。

"哎呀，这大热天我涂的防晒都要融化了。小静，一会儿打电话给化妆品研发部门说，咱们这款防晒BB霜的定妆可不好，让他们自己长点心。"

"是，董事长，我这就打电话！"身边的秘书在本子上写着什么。

一听旁边的保安都向他鞠躬，喊他董事长，凌小马和杨子立刻走了过去，保镖和门口保安看见这两个小子像是来者不善，便集体冲了上去将他们按压住。

黄在勤一看是两个毛头小子，也没在意，让保镖处理得了，自己优哉游哉地往电梯方向走。

杨子一看人都要走了，他蹬了一下凌小马，让他赶紧喊爸啊，否则再见就难了，可凌小马见到黄在勤的第一感觉就是这怎么可能是我爸，反而游移不定。

一看凌小马怂了，杨子替他着急了，"爸！爸！你真的舍得不认你的亲生儿子吗？"杨子在后面大喊道。

他这一声让在场的所有人都傻了，被压的这个是董事长的儿子，天哪，他们可从没听说过董事长有孩子啊！

正准备离场的黄在勤当时就扭了腰，身子一软，跌在小静的怀里。他转过头，不断地拍着胸脯，说道："OMG，OMG，这不可能，这不可能。"

当天晚上，凌小马和杨子一人提着满满的几大包东西从林肯车上走了下来。凌洛见凌小马回来得很晚，刚想斥责，便看到凌小马一脸沉静的表情，完全不像平日疯疯癫癫的样子，便问凌小马："你们这是去干吗了，这么多大包小包的？"

"我爹送的！"凌小马今天一定要问个明白。

"什么？你爹？你哪来的爹？"凌洛被他说迷糊了。

"对啊，我哪来的爹，还不是你编出来的吗？你骗我说黄在勤是我爹，可实际上呢，人家是我妈最好的闺蜜，你竟然把赃栽到人家身上，害我在人家面前出尽了洋相！其实我亲爹是余一丁，是不是？"凌小马没想到小姨竟然在自己身世问题上也敢骗他。

凌洛知道小马这时候生自己的气，可她做的一切都是为了保护他。"小马，除了那个黄在勤，其他所有的我都没骗你。是，余一丁确实是你爸爸。当年他和你妈结婚才三个月就有了小三。他们离婚后你妈才发现怀了你。全家所有人都劝你妈打掉，但你妈坚持要把你生下来。最后你妈难产而死，这是我们全家最痛苦的事。即使过了20年，这事仍然像把刀一样扎在我们身上。"凌洛哽咽，说不下去了。"你不知道我有多紧张你，当我知道那个男人又回来时，我第一反应就是，绝对不能让他把你从我身边带走。所以我才想尽了办法，让你相信余一丁不是你父亲。对不起，小马！"

凌小马看着已经泪流满面的小姨，他的眼泪也跟着流了下来，他抹去自己眼角的泪水，也帮凌洛擦干了眼泪："以爱为名，真是无法辩驳的理由。我知道真相，并不代表我一定会去找他，我只是不想像个傻瓜！"

"对不起……"

寒

　　自从凌小马和傅有益分别夺下新苗计划的冠亚军以来，滨大备受滨城教育局和体育局的重视，为了表彰两位杰出校友的贡献，学校特意召开了全校大会。然而就在凌小马春风得意之时，事情却峰回路转，发生了翻天覆地的变化！

　　"凌小马，恭喜你，希望你以后再接再厉，继续为母校增光添彩！"胡校长亲自递上了荣誉证书，并和凌小马亲切握手。在胡校长的赞美下，在全校师生的掌声中，凌小马感觉自己逐渐走上了人生巅峰。站在学校的领奖台上，他感受颇深，上一次是在新生大会上，自己狼狈被带走的样子还历历在目，而这次他再一次站在这里，却是光彩无限，而下一次呢？当他面向师生，高举胡校长颁发的证书时，他仿佛看到了自己站在世界奥林匹克运动会的领奖台上，夺得金牌奏响国歌的样子，此时他内心的荣誉感和自豪感被放大到了极致。

　　而傅有益却非如此，当他看凌小马得意自满的样子时，他轻蔑地哼了一句"小人得志"，对他来说，每一次的颁奖都是对他"千年老二"的提醒，他从来没有一次能够成为主角，永远是配角，今天的颁奖父亲也没来参加，从他得银牌以来，父亲的脸色就没好过，他一次又一次对自己寄予厚望，有一次一次变为失望，恐怕现在已经对自己的表现已经绝望了吧……

正在掌声迭起之时，傅书记带着四五个人走上台来，暂停了表彰仪式，说是大运会组委会及药检中心的工作人员有重要情况要向学校公布。就在台上台下一头雾水时，一条爆炸性消息的宣布迅速使人群沸腾了起来，组委会最终取消了凌小马的冠军头衔，原因竟然是他服用了兴奋剂！

听到这个消息，凌小马简直不敢相信自己的耳朵，组委会说他服用了兴奋剂，这怎么可能？

凌小马刚想解释，朱迪便站了出来："你们搞错了吧？游泳队每个队员服什么药物，都是在我们队医这里严格登记，由队医统一发送给每个人的。而且这些药品都是医院正规途径采购，严格控制了药物成分，怎么可能出现兴奋剂！"

面对质疑，组委会药检人员也拿出了证据，一份关于凌小马尿液的检测报告，上面结果明显是阳性，朱迪也傻了眼。

被检测出服用兴奋剂对运动员来说，无疑是对运动生涯的重创，甚至可以说是毁灭性的打击。兴奋剂事件一曝光，凌小马不但失去了冠军头衔，由傅有益取而代之，而且被处罚禁赛半年。这就好像在一个人正要扬帆之际却在暴风雨掀翻了船，所有肯定的目光都变成了质疑，所有正面的报道全部变成了否定与批评，甚至是唾骂，仅仅几天，凌小马的人生彻底变了！

教练作为最直接的责任人，同样难辞其咎。为了尽快调查出事情的来龙去脉，卫迟当即组织人员商讨对策。

"现在既然事情已经出了，再多抱怨也没用，关键是怎么解决！我相信我的学生和队医都不会碰兴奋剂，可检测出的兴奋剂是哪来的？这个问题一定要搞清楚，弄清楚我们还可以收集证据，申请听证会，不过只有40天的时间了。朱迪，你给凌小马准备的药还有吗？"

"有，他比赛完之后就没再吃，我留了一份，也送了一份去质检！"朱迪和教练想到了一块，事情一出，她便将凌小马吃的药品送去了质检。

"对，先去检查看看是不是药品出了问题，如果是药出了纰漏，那就不关小马的事了！"卫迟相信凌小马，肯定不是他主动吃的药，误食的可能性最大，可现在只有找到证据才能说明一切。

果不其然，检验结果表明药品中含有部分甲睾酮，这种药物能刺激睾丸素的生成，可朱迪明明只给凌小马开了一些维生素，怎么可能会有甲睾酮呢，更让人费解的是明明给他们吃的一样的药，为什么只有凌小马被查出了兴奋剂？当朱迪把这一情况反馈给卫迟时，卫迟的第一反应就是这起兴奋剂事件估计是冲着凌小马故意设的陷阱，作案人能清晰知道哪瓶是给凌小马的，说明他对队员们的药品很熟悉，非常可能是内部人员做的，可谁会有这样的作案动机呢？但他转念一想，他又否定了自己的想法。

"我们不能就这样怀疑自己人，朱迪你再想想，大赛期间还有没有其他人能接触到药品？"

"应该没有吧，只有我和王医师啊，不认识的人没有机会进队医室的！"朱迪闭着眼想着那几天所见过的人，"好像有一个……"不可能，一定不会是她，她怎么可能会害凌小马呢！

"是谁？谁进去过？"卫迟急忙问，生怕错过什么重要细节。

"没，没谁！"她怎么能怀疑她呢，那些不愉快都已经过去了。

"这样吧，你跟小马去调队医室的监控，我就不信对方能一点马脚都不露！"

凌小马和朱迪一步一步走在去监控室的路上，看凌小马一副垂头丧气的样子，朱迪觉得自己很对不起凌小马，是自己给他的药出了问题，要是能替他承担着一切，她一定替他！

"你别担心，只要我们查到背后作案的人，你一定能洗清嫌疑的！"朱迪一手搭在了凌小马的肩膀上安慰他。

凌小马勉强微笑回应着他，对他来说最近发生的一切都太出乎他的意料，20年未见的父亲却是个抛妻弃子的人，而自己人生中的第一个冠军也离奇转手他人，当然还有眼前这个人，她已经是别人的女朋友了，可直到现在自己还没真正放下，她的一点点关系都足以让他理智溃堤、微火重燃。这一切的烦恼，一切的不如意都使他身心饱受煎熬，一个没心没肺的人竟然也陷入了夜不能眠的困境中。

当两人来到监控室时，却发现余一丁早已在里面查看录像了。再次见到余一丁，凌小马有些措手不及，此时站在他面前的这个人，已经不是他的朋友，不是妈妈的前夫，而是自己的父亲，一个与自己有着血缘关系，却不愿相认的父亲！他要怎么面对他？要像小姨那样恨他入骨？没错，他应该恨他的。

"小马、朱迪，你们也来了，想必也来看看是谁在背后搞鬼吧！"余一丁已经在监控室看了两天了，他比谁都确信凌小马是被陷害的，而陷害他的人一定将药神不知鬼不觉地放在了他所吃的东西中。这两天他反复细细查看大赛的每个角落，尤其是食堂、更衣室和队医室。

朱迪没想到余叔叔对这件事这么上心，赶紧拉着凌小马道谢，然而凌小马并不想领他的情，对他而言，余一丁做再多也弥补不了他对妈妈和自己的亏欠。他一言不发，也不看余一丁，径自走过去看监控。

他的态度让朱迪和余一丁都异常尴尬，朱迪不知道凌小马抽了什么风，人家一片好心，这小子怎么这种态度的？

"余叔叔，那您查到什么吗？"朱迪帮凌小马圆场道。

"有一个，但也并不确定！"余一丁将录像调到决赛当天的8点左右，画面中一个女子出了队医室的门，貌似很是恐慌地前后观察有没有人，然后走掉了。当视频放大处理后，这个人不是别人，竟然是方芳！

朱迪和凌小马都不可思议地看着对方，可是他们都没有看错，那人确实是方芳。

"她去队医室干什么？"凌小马不解地问朱迪。

朱迪回想起决赛当天的情景，那天一早她便来到队医室准备给队员们配置各自需要补充的维生素，并把名字写在了瓶子上。当她正要将药放进箱子里时，方芳敲门而进，说是来为上次"泳吧"发生的事道歉，甚至说红了眼流了许多泪，就在她为去隔壁间为方芳拿纸巾回来时却发现方芳已经不在了。虽然方芳的行为有些奇怪，但这并不能表明方芳就是那个下药的人哪！何况她这样做难道不知道后果吗？

当朱迪把那天的情形复述给凌小马和余一丁两人听后，两人都对方芳产生了怀疑，虽然凌小马也觉得方芳不可能对自己做这样的事，但他们之间确实存在矛盾，不排除她因为恨自己而采取过激的报复行为。

"不可能是方芳，余叔叔你还发现其他可疑的人了吗？"那天方芳对自己说的那么诚恳，怎么可能是她！

余一丁摇摇头，他虽然不清楚这个方芳的为人，她和凌小马之间有什么恩怨，但从旁观者的角度来看，她那天出入队医室的行为确实很可疑。

凌小马心里已经有了谱，他没有跟余一丁道别，便直接拽着朱迪离开了监控室。

"你今天怎么了？余叔叔好心帮忙，你却一副爱搭不理的样子，你知不知道这样挺让人寒心的，要我是余叔叔早就翻脸走人了……你听没听到？"朱迪跟在凌小马的后面给他讲着为人处世的大道理，然而凌小马自顾自地走在前面。

朱迪看他一点反应也没有，一把拉住他："凌小马你什么意思嘛！"

"没什么意思！"凌小马真的不知道怎么向朱迪解释他跟余一丁的关系，"我现在跟你也说不清楚，但许多人并不是你看到的那样，不论是余一丁还是方芳！"人心隔肚皮，他现在越来越看不懂。

听到凌小马的话，朱迪隐约察觉到他对方芳的怀疑，难道真的是方芳趁自己不注意将兴奋剂混入凌小马的药品中吗？如果是从她这儿出的错，她更有责任查清楚！

两人各自带着自己的心事回了泳队，结果刚要进门，便看到一群记者堵在了游泳馆大门处，凌小马近来真是怕了他们，自他出事以来他们便一路围追堵截，不是问他兴奋剂的真相，就是问他体育总局那边对他的惩罚措施，难道他们就不能他一点生存空间，他就这么该被千夫所指吗？然而就在凌小马准备躲闪，趁机溜进去之时，傅有益从里面走了出来，霎时间成片的记者蜂拥而上，围住了傅有益。

"傅同学，请问你作为新苗计划的代言人，接下来的计划是什么？"

"关于凌小马的兴奋剂事件，你怎么看？"

"……"

当闪光灯和话筒纷纷对准傅有益时，凌小马才意识到原来自己已是明日黄花，外界的目光关注的是傅有益而不再是他凌小马，这本应该是件高兴的事，可为什么他感觉到的却是一阵阵的苦涩呢！

朱迪从他落寞的表情中读懂了他的心事，她明白这个冠军光环本应该属于他的，而现在却转移给了另一个人，他怎么会甘心而没有怨言呢？而那个让他失去冠军头衔的人很可能就是自己……

傅有益同样看到了凌小马和朱迪，他不屑地朝他看了一眼，便转头回答记者的问题。

"关于兴奋剂事件，我想应该是个误会，虽然小马的技术有待评定，但他的为人我还是信得过的，也请大家给我们泳队一点时间，我们一定会给大赛一个交代，给大家一个答复……"然而这并不是他的真心话，他其实一点都看不起凌小马，一个靠吃兴奋剂赢了比赛的人根本不配成为他的敌人，他怎么有脸再出现在泳队！

当傅有益还在记者的包围下侃侃而谈时，方芳已经来到了台阶下，此时的情景已不似从前，谁春风得意，谁落魄失意，不过几天的工夫便颠倒了过来！凌小马，没想到自己也会有这么一天吧！升得越高摔下来也就会越痛，凌小马，我要你永远记住这种感觉！

方芳的到来马上吸引了傅有益的眼球，他不想让她等久了，便几句话结束了话题，冲出记者的包围走向了方芳。

"想去哪儿？"他边说边搂上了她的肩膀，完全不避讳记者还在场。

当方芳发现有记者在拍他们时，她看了傅有益一眼，用眼神告诉他要注意场合，她不想这么高调，可从傅有益眼中她看到了坚定，他的手臂同样告诉她此刻她休想离开他。

这一幕不光被记者拍到，凌小马和朱迪同样看在眼中，他们亲密的动作表明两人的关系显然不一般。可他们从什么时候开始的呢，完全没有征兆啊？朱迪一脸的疑惑，而凌小马则情绪复杂地望着两人。

当方芳的余光扫到凌小马正望着这边时，她本想拒绝傅有益亲昵的胳膊此时却主动搂在了他的腰上，随即以温柔的目光对视傅有益，故作娇羞地说道："你去哪儿我去哪儿。"

听到方芳这样的回答，傅有益内心遮不住的欣喜一下子堆在了脸上，此时从方芳的眼睛中，他只看到了自己，这让他情不自禁地在她的额头上深情一吻，然后拉着她的手准备离开。当他们经过凌小马身旁时，方芳故意瞥了凌小马一眼，对现在的方芳而言，没有任何比能打击凌小马，刺激凌小马更能让她感到报复快感的事了，她能让他走上人生巅峰，同样也能让他摔到粉身碎骨，没有凌小马，她照样可以找到其他爱她的人。

　　方芳那一眼没有震慑到凌小马，反而惊到了朱迪，方芳眼神中的嘲讽与炫耀让朱迪感到背后一阵发寒。朱迪第一次发觉方芳竟然还有这样的一面，那充满敌意的眼神明明指向的便是凌小马，难道真如他们所说，下兴奋剂的人就是方芳？她必须问清楚！

　　趁两人还没走远，在一个拐角处朱迪追上了他们，朱迪一把拉住方芳，说有事想单独问她，傅有益很识相地站在了一边。

　　"你有什么事？"方芳很不耐烦，她上次还哭着求和，可现在的态度完全一转。

　　"是你对不对？是你往凌小马的药中放了甲睾酮，是不是？"朱迪试探性地问道，其实她心里也没底。

　　"你别血口喷人，凌小马吃的药里出了问题，应该问你自己，别牵扯到我！"方芳故作镇静，可是她的手已经有些发颤。

　　"决赛那天，你来找我其实不是为了道歉，而是为了陷害凌小马，对不对？"方芳游移不定的眼神正一步步出卖她，朱迪这次问得很肯定。

　　"我为什么要陷害他，就因为我们之前的不愉快？这一点根本算不得证据吧！"听朱迪的口气，她好像已经找到了证据，可她究竟知道多少呢，方芳虽然害怕但很想知道。

　　"当然不止这些，还有监控！"

　　当听到监控时，方芳一阵惊恐，脚底不由发软而后退了几步。傅有益在不远处看到方芳差点跌倒，马上走了过去，扶住了她，关心地问她怎么了。

　　"不可能，不可能的！"方芳若有所思地摇着头，"我进队医室之前，明明都已经查看过来，里面没有监控的，怎么可能拍到我！"

　　"果然是你！我没想到你竟然利用我给凌小马下药，你知不知道你这样做会毁了他？"朱迪只是想试探一下，除了她在走廊中的录像外，里面确实没装监控，可没想到方芳自己变相招认了。

　　方芳此时万念俱灰，没想到自己功亏一篑，既然他们已经有了证据，完全可以为凌小马洗白，可她却不想凌小马这么早就快活起来。

　　"毁了他？我的目的就是毁了他！朱迪，要不是你，我和凌小马的关系根本不会变成这样，这件事最大的祸根不是我，是你！"她恨透了朱迪，是朱迪让她的爱成为了恨。

　　朱迪听到她的解释，顿时哑口无言，不知如何回应，她隐隐感觉方芳是喜欢凌小马的，可她已经是叶枫的女朋友了，她跟凌小马也一直保持着距离，为什么连这样她都要嫉妒！傅有益听到这个消息也着实被方芳的行为吓了一跳，他一直以为凌小马是自己食用的兴奋剂，可没想到却是方芳下的，事情怎么会变成这样？

　　在得知真相之后，卫迟和凌小马都沉默了。凌小马对这个结果只是稍有意外，他在回来的路上就一直想如果是她，他该怎么办？方芳曾经是自己的良师益友，而如今却视自己为眼中钉、肉中刺，可不管她对自己如何，他都记得当时她对自己的鼓励和帮助，那是他人生最迷茫之时所有的希望和支柱，他愿意为了她的一时冲动买单。然而卫迟却不允许他感情用事，这次的兴奋剂事件不仅关乎凌小马的前途，还关乎学校和泳队的名誉，不可能就这样默认了。卫迟这次不能由着凌小马，他和校领导商议之后，决定马上申请听证会，并通知方芳希望她能在听证会上将事情的原委说清楚，学校将对她宽大处理。

方芳知道这一天迟早会来，只是她没想到这么快。校方怎么可能对她宽大处理呢？毕竟故意给运动员投放兴奋剂可是违法的事，她很有可能被学校开除，那以后她该怎么办？如果没有大学毕业证，她就只是有着一个高中学历的人，这样的人除了打工还有什么出路呢？一想到这儿，她痛苦得辗转反侧，难以成眠。

可终究还是逃不过，听证会那天她没有向以往一样化妆打扮，而是简简单单地洗了脸，将头发束了起来，对着镜子，她仿佛看到了原来那个自己，那个简单只知道学习，不爱美的自己，这样的自己不是很好嘛，为什么要为谁而改变呢？她本可以活得单纯，而现在想回去都不可能了。

当她迈出宿舍大门时，看到傅有益正靠着车等着她，两人见面没说一句，方芳知道他来送自己一程，也没拒绝他的好意，跟他上了车。

"紧张吗？"傅有益轻声问道。

"有一点吧！"这时候她好像面对着他更加坦然。

"我也有一点。"傅有益冲她笑了一下，右手随即握住了她的左手，给她力量，也给自己力量。

难道自己带着他也紧张起来了？方芳看他的样子感觉比自己还要紧张。

这段路程怎么会这么短暂，她还没想好，车子便已经停了下来。车库中车辆很少，灯也有些昏暗。傅有益先迅速地下了车，当方芳准备下车还未开车门时，傅有益按下了车锁，他一直想困住她，这次也不例外。

不顾方芳在车窗上的拍打，傅有益自己走了出去。他从没为她做过什么，但这次他想为她做一次。

听证会上，傅有益在媒体和体育局面前主动承担了所有，其实在来之前他便在私下与凌小马商量了对策，虽然两人关系不对付，但为了方芳，他们结成了暂时的盟友。了解情况之后，傅有益才得知原来现在的证据不足以让方芳认罪，但现在必须要有一个人来承担，否则校方和体育局那边会一直追究下去。为了能让方芳逃脱追究，傅有益才想到了这个法子，毕竟是泳队内部矛盾，校方也要考虑他父亲的面子，不至于把他开除。

一上午的听证会结束后，傅有益回到了车库，此时方芳已经拍打到无力，头紧靠着窗户。傅有益开了车锁，方芳听到解锁的声音后，立刻打开车门冲了出去，然而她没有奔向傅有益，而是朝出口方向跑去。

"别去了，听证会已经结束了。"他知道她要过去，可是一切已经过去了。

"结束了？"方芳不可思议地看着他，没有她这个当事人，听证会怎么可能结束。

"真的，我们回去吧！"傅有益走过去，抓住她的胳膊。

"你是不是帮我认了罪？"被锁住的时候，她就有感觉傅有益这次来绝不只是单纯来送她。见傅有益没有反应，她想自己果然没有猜错。

"为什么，你为什么要帮我，我从没爱过你，你没必要为了我承担这些，你个笨蛋！"方芳的声音已近乎嘶吼，她捶打着他，她怨他为她做这些，她不值得他为她这样！

"你不爱我，可你是我的女人，是我的女人，我就应该保护你！"傅有益不顾她捶来的拳头，将她紧紧锁在自己的怀里，他何尝不知道她所爱的是别人，可他就是控制不住地喜欢她，想保护她。

听到这些话，方芳的眼泪哗哗流了下来，在自己最落魄无助的时候，他还愿意留在她身边，愿意为她承担一切，她怎么可能无动于衷？原来一直有人这样深沉地爱着自己，可为什么到现在她才看见呢？如果早一点，是不是所有的悲剧都可以避免？她渐渐闭上了眼睛，胳膊也紧紧地抱在了他的腰上。

直到后来，方芳才打听到傅有益因为这件事情而被罚终身禁赛，他的运动生涯就这样结束了。得知此事的方芳很伤心，她觉得自己毁了他，一直良心不安。然而傅有益却安慰她道："其实现在也挺好的，想想以前学游泳一半是为了爸爸，一半是为了自己的虚荣心，根本不是真的喜欢，现在被禁赛了反而很轻松，可以想想自己真正想干什么，你说是吧？"

方芳觉得他大概只是在宽慰她，他学了这么多年的游泳怎么可能说放就放呢，可是傅有益却是真的在寻找自己喜欢的东西，没了游泳，他有了很多时间去尝试新的事物，摩托车、篮球、跆拳道他都很有兴趣，甚至没有了游泳的竞争，他跟凌小马的关系越变越好，这也许并不是一个坏的开始。

归　来

　　兴奋剂事件得以解决后，虽然凌小马禁赛半年的惩罚可以取消，但他的成绩确实是兴奋剂食用后取得的，所以他的冠军头衔照样被剥夺了。滨大泳队史无前例面对了冠亚军齐失的惨况，新苗计划也不得不另觅他人做代言，就在泳队士气低沉之时，朱迪却带来了一个振奋人心的好消息——叶枫提前回来啦！

　　叶枫归来的消息无疑对泳队是一剂强心针，这个学成归来的勇将必定技艺更加精湛，必将给他们带回荣耀，然而令他们想不到的是归来的叶枫竟然窝在家中，谁也不见，就连朱迪也只跟他说了几句话便回来了。大家都猜不透叶枫是怎么了，怎么只离开了三个月便跟之前的他判若两人了呢？不但不见人，甚至连泳队也不回了，所有队员都好奇叶枫到底经历了什么。

　　卫迟作为教练不方便直接到叶家拜访，只能让凌小马和朱迪作为代表过去慰问一下，一路上凌小马发觉朱迪心事重重的样子，不用想也知道肯定与叶枫有关，他本不想过多询问他们之间的私事，可他们两人的状况都让人担忧。

　　"叶枫回来后，有没有告诉你，他为什么提早回国呢？"

　　朱迪摇摇头，她也很想知道，可是叶枫什么都没告诉她。

"那之前你们视频时，有没有发现他有什么不一样？"

"好像没有，你也知道他不怎么爱说话，什么都憋在心里，没人能猜透他到底想什么。"朱迪觉得自己很失败，即使成了他的女朋友，他还是一样对她有所保留，他可以告诉他妈，可以告诉他兄弟，但为什么不愿意让她一起分担呢？有时候她能察觉他低落的心情，可问他却撬不出一个字，她问得好累，想必他被自己逼问得也好累吧！

朱迪的到来，再次引起了叶母的不满，叶母打心眼里看不起朱迪的出身背景，虽然她与自己的儿子差不多一起长大，可她知道叶枫的将来是要跟自己门第相当的女孩子结合，而非朱迪这样一个野丫头。但今天多了一个凌小马过来看叶枫，她也不好发作，只好冷着脸让他们进去了。

听说凌小马和朱迪来了，叶枫强打起精神，可他内心是害怕面对他们的。

"嘿，哥们儿，怎么一副肾虚的样子就回来了，难道你……嘿嘿！"凌小马一上来就没个正经，这种调侃也不顾及朱迪还在一边看着呢。

"切！"久违的调侃，叶枫不禁扯出了一抹微笑，在异国他乡他还甚是怀念像凌小马这么有意思的人。

"说正经的，你什么时候回泳队啊？大家还等着你呢！"这是他最关心的事。

"我……我可能……不回去了。"叶枫在回国之前便已经决定了，不再游泳，可他没勇气回泳队跟大家一个交代。现在凌小马来得正好，他可以把自己的意思传达给大家。

"什么？不回泳队，你要干吗？进国家队啦？"凌小马以为叶枫要平步青云，正要为他高兴呢。

"不，我决定要放弃游泳了，以后都不游了！"说出这些话，对他来说有多难，他从没想过就这样放弃了自己的梦想，可他也意识到梦想毕竟只是梦想。

听到叶枫的话，朱迪和凌小马都蒙了，叶枫说他要放弃游泳，简直不敢相信。

"为什么？"凌小马和朱迪异口同声地问道。

"所有人都问我为什么，为什么要放弃，可是你们知道我经历了什么吗？每天每天的训练，一次又一次的绝望，你们根本不清楚我们跟世界上高手之间的距离有多大，这种距离是付出再多努力也无法弥补的，我尽力了，可是根本无济于事，现在我累了，走不下去了。"对他来说，这三个月的训练之旅简直是一场噩梦，这个梦足以让他怀疑自我，怀疑人生。

"因为有差距，所以就该放弃，你就这个逻辑啊，叶枫，我凌小马算是看错你了！"没想到这话是从叶枫嘴里说不来的，凌小马真的恨不得揍他，直到打醒他为止。话不投机半句多，凌小马愤愤地离开了叶家。

朱迪愣在原地，他之前从没跟她提过要退出，甚至一点苗头都没有，要不是凌小马过来，他是不是都不肯跟她多说半句？

"我什么时候有了这样的念头，为什么从来不肯告诉我呢？难道我就这么不值得信任吗？"

"不是不值得信任，而是离这么远，说了你也只会替我白担心，何必呢？"叶枫想过告诉她，可他觉得就算朱迪知道了又能改变什么呢。

何必，一句何必，让朱迪失望透顶，原来自己才是个多余的人，何必告诉自己，因为根本就没这个必要，她从来不是他考虑的第一位，他倾诉的第一位，女朋友的位置不过只是个摆设，对他来说根本就没这个需要。认清自己位置的朱迪哪还有资格再待下去，她哭着跑回了家，把自己锁在屋中。

朱建强不知道这孩子怎么了，怎么一回来就躲进屋子里哭。

"闺女，你怎么了，有啥不开心的跟老爸讲讲，别一个人闷着。"朱建强担心地敲了几下朱迪的门。

朱迪止住泪水，她不想让老爸看到她这样，可她现在很想问问别人，她跟叶枫还怎么进行下去，她打开了门，让父亲走了进来。

"是不是遇到不开心的事了，还是谁欺负你了？"

"爸，你说叶枫真的喜欢我吗？可他为什么遇到问题第一个想到的人不是我呢？"

原来是为了叶枫的事，朱建强觉得自己家的闺女平时都挺坚强的，唯独感情缺根弦，搞不定。

"叶枫喜不喜欢你，我不知道，你得自己体会，但爸爸知道，喜欢你的人一定不舍得你哭，一定什么事情都忍不住跟你分享，不管高兴的还是难过的。虽然不知道你们之间遇到了什么样的问题，但爸爸要告诉你，好的爱情一定不是屈就，不是小心翼翼地看对方脸色，而是在对方面前做最真实的自己，好比你，整天大大咧咧的，可一到叶枫面前就跟小猫一样，你这样委屈自己反而让我很担心，明白吗？"

父亲的一番话让朱迪更加确定了叶枫对自己的感情，她与叶枫的爱情不过是纸糊的，一捅就破，外面的人看得清清楚楚的，只是里面的人还浑然不知。这座她用期待堆积而成的沙堡终究在现实面前崩塌了。

"爸爸，我知道我该怎么做了！"朱迪从来不是个拖泥带水的人，对感情亦是如此，既然事实已经这么明朗，自己又何必再继续装糊涂。

第二天，叶枫的妈妈正式来到泳队为自己的儿子请辞，虽然她也希望自己的儿子有一天能像过去的自己一样站在世界冠军的领奖台上，可现在既然他态度这么坚决，自己也不好再说些什么，只好替他跑这一趟，希望泳队的教练和队员能理解他。

其实叶枫要退队的意思，凌小马那天回来便转达给了卫迟，卫迟其实很能体会他的感受，像叶枫这样的人生一直没经历过大的波浪，从他出生到现在一直走得太顺，这对他来说并非一件好事，没有坎坷难以磨炼坚强的意志，这是真理，叶枫必须要经历这么一道坎才有可能真正实现突破，否则一些小的风浪根本不足以激发他的斗志。虽然他现在有了退队的想法，但卫迟相信对于一个属于水的孩子最终他一定会回来，可他也不能放任叶枫这样消沉下去。

在传达完叶枫的想法后，叶母找到了朱迪，她一直想让朱迪离开叶枫，可在叶家根本没有合适的机会，现在她既然在外面遇到她，就必然不会放过这机会。

叶母还未开口，朱迪已经大概料到她要说什么了，不等她先讲，朱迪便开门见山，直接说道："伯母，我知道你想说什么，我也想明白了，我和叶枫确实不合适，可是这种不合适不是你所以为的家境，而是因为我们之间的感情出了问题，所以我决定分手了。伯母你既然可以为叶枫代办一切，那我们分手的事你也帮忙代办了吧！"说完，朱迪便扭头走了，她感觉自己从来没在叶母面前这么放肆过，虽然分手很难受，但是说完之后她觉得很痛快。

叶母得到自己想听的答案，很是心满意足。她正准备回去，却在游泳馆外遇到了久违的人——余一丁，这个将近20年没见的人竟然出现了。

两人见面先是一阵尴尬，毕竟此时再见容颜都不似从前，怕对方认不出自己了，可对方的眼神还是那么熟悉。

"你还好吗？"叶母先开了口。

"嗯，好，挺好的！"余一丁不知除了说好，他还能怎么回应，虽然世事变迁，可她毕竟是他爱过的第一个人，若不是所谓的门第差异，他们也不至于分开。

"那她呢？她应该也还好吧！"她以为即使她先结了婚，他也会一直爱着自己，可没想到他也很快组建了自己的家庭。

"她已经不在了，我们最后一次见面没多久，我们就离婚了，我出了国，她的情况我也是最近才知道的。"若不是凌姗，他不知要什么时候才能从情伤中走出，可她却也绝情地要跟自己离婚。

"最后一次见面？那好像已经是很久的事了。"记得那天她跟叶天成吵架离家出走时，第一个想到的便是他，她哭得声嘶力竭地要他出来跟他见面，向他哭诉叶抓城的种种冷漠，然而他除了听她讲，一句安慰的话也没说，那时候她才意识到自己已经不是他的唯一，他心里有了别人。那天他不停地看着表，随时准备要离开的阵势，然而他越是这样，她越不放他离开，一直要他陪自己在酒吧喝酒，喝醉了之后被他带到了宾馆，然而他并没有动自己，而是坐着睡了一晚上。自从那次之后，她再也没找过他。

就在两人寒暄之时，凌小马恰好从馆里出来，看到眼前一幕，没想到余一丁还认识跟叶枫的母亲，可看两人的谈话明显不像是正常朋友间该有的氛围，这里面一定有故事。

待叶母走后，余一丁目送了很久："你认识叶枫的妈？"余一丁还没扭过头来，便从后面传来了凌小马的声音，着实吓了他一跳。

"嗯，认识你妈之前就认识了。"

"听这口气应该算是老情人了吧！"凌小马虽然不想知道自己父亲的陈年旧事，但毕竟小姨说他是婚内出轨，这使凌小马不得不对他的红颜知己产生极大的兴趣。

"可以这么说，只可惜造化弄人，不过塞翁失马，焉知非福，没了她遇到你母亲，我也很幸运！"虽然跟凌姗在一起的时间不长，但他真的从她身上体会到了那种细水流长的温情，那是汪海海所没有的。

"那你跟我妈恋爱后，再见到她还有感觉吗？"

"小子，我不是个花心萝卜，我对爱情很专一的，过去的就过去了，我没有留恋过，即使我跟你妈结婚后，不得已出来见她，我也是坦坦荡荡的，没有乘人之危，更没有做一点对不起你妈的事！"

"乘人之危？"凌小马明显嗅到了奸情。

余一丁赶紧跟他解释清楚，他只是陪她没有做任何越轨的举动。

听到这个消息后，凌小马突然想到了什么，他赶紧打电话给小姨。

"小姨，我妈怎么知道余一丁出轨了？"

　　这孩子怎么一上来就问这么没边际的话，其实关于这件事她也不是很清楚，只是听姐姐说她那天一直跟着余一丁和一个女人，看到他们进了宾馆。

　　"只是看到进了宾馆，并没有捉奸在床？"凌小马想要确切的答案。

　　"这种事，你妈怎么好意思上去，何况孤男寡女在宾馆里待一夜难道还不能说明什么问题吗？"

　　凌小马挂了电话，也许妈妈真的是误会了，余一丁只是出于道义看护了叶母一个晚上，他出于本能地站在了余一丁的那边，他宁可相信这就是个误会，可就这么一个误会断送了一个家庭。

　　当他再进来游泳馆时，余一丁已经不在了，听教练讲他这次是来辞行的，新苗计划已经结束了，他辞行之后就要飞回澳洲了。这么快就要离开，凌小马有些措手不及，为什么他刚想与他冰释前嫌，他就要走了？不能再等了，他已经错过了太多与他相认的机会，这次再错过就不知何年何月了，凌小马赶紧打了车赶去机场。

　　当他跑到安检口时，余一丁刚想进去，凌小马一下子拽住了他。回头一看是凌小马，余一丁打心眼里高兴，不管他是谁的儿子，他都一样喜欢他。

　　没等余一丁开口，凌小马便拥抱了他，原来抱着父亲是这种感觉，他的背很厚实也很踏实。

　　"谢谢你来给我送行！"余一丁同样拍了拍凌小马的后背。

　　"记得再回来，我还有秘密没告诉你呢！"凌小马放开了他。

　　"嗯，下次一定要告诉我，一言为定！"

　　"一言为定！"

　　直到最后一刻，那句流转在他嘴边的一声"爸爸"也没有说出口，但他相信他会回来的，到那时他会毫不犹豫地跟他相认。

　　叶枫退队的消息不胫而走，不但本校的人对此次感到吃惊，外校的对手们也觉得滨大泳队这是要没落的节奏。本来叶枫回来是件鼓舞人心的好事，可没想到现在反倒成了打击队员们士气的坏事，连自己最信赖的战友都弃自己而去，这怎么不让人寒心呢。

　　胡彪可不接受叶枫什么差距太大的屁理论，他只知道即使自己这辈子他都赶超不上叶枫和凌小马，但他愿意为之一搏。他几次去劝叶枫，换来的还是他的不言不语，气得胡彪直跺脚。卫迟也让他慎重想想如果不游泳，他还有没有其他愿意奋斗的方向。其实离开泳队之后，叶枫也觉得自己失去了方向，上课，到叶氏实习做管理……他把自己的时间安排得满满的，可是一天下来他还是觉得空虚，浑浑噩噩不知自己为了什么，但他劝自己这只是暂时的，以后习惯了就好。没有了朱迪，叶枫同样这样说服自己，其实他一早就知道，比起自己，凌小马更适合朱迪，要是当时不是自己宣示主权，恐怕现在朱迪会更快乐。

　　怎么劝都不肯回泳队的叶枫成为泳队的一块心病，大家渐渐对叶枫丧失了信心，同时对滨大泳队的未来丧失了信心。为了鼓舞士气，凌小马组织大家到"泳吧"一聚，最近发生了太多事情，以至于大家都没有好好聚一下，而现在确实需要重振军心了。

　　在酒精和凌小马慷慨激词的催化下，队员们好不容易开始恢复了一些斗志，可就在此时，体大的司马南听说滨大的泳队在"泳吧"聚会，便提起了兴致要来凑热闹。

"这不是吃了兴奋剂的凌小马吗？吃完药就是不一样，一下子就能从狗熊变英雄，从阳痿变壮男，你们说是不是？哈哈哈……"司马南还是死性不改，他没能力挤进新苗计划，心里便记恨进去的他们。

"阳痿就阳痿，总比某些人滥交得艾滋病要强多了！"凌小马不动声色地反击道，他这次可不是来跟他打架的。

司马南心想这家伙简直活得不耐烦了，竟然敢诅咒他得艾滋？可他还没奚落完呢，怎么能现在就发动火力。

"听说你们泳队的叶枫从澳洲回来就退队了，这次我倒觉得他做得对，要是我跟你们这一群废物待在一个队里，我早就退了！"司马南直接侮辱了整个团队，这让滨大泳队的每个人都气愤到剑拔弩张。

然而凌小马却阻止了他们："何必为了一颗老鼠屎毁了一锅好粥呢？"他们泳队已经伤痕累累，不能再为不必要的事添新伤了。

司马南再也忍不下去了："凌小马，你们得意什么，一个破落户式的泳队还能坚持多久，我们体大分分钟干死你们，信不信？"

"还没比就说大话，司马南我就佩服你这厚脸皮！"凌小马一步不让。

"比就比，凌小马，要是输了就得学叶枫自动退队，怎么样？"

"好，我凌小马奉陪到底！"

"要玩就玩大的，我们玩团体赛，4×100接力怎么样，一退可就是四个，敢不敢？"

如果只是凌小马一个人，他绝对没得犹豫，可现在要牵连他人，凌小马不得不慎重考虑。

"好，玩就玩！"胡彪看凌小马游移不定的样子，直接替他答应了，这里面含他一份。

双方约定两天后不见不散。

可问题是现在除了凌小马和胡彪，其他人都没了与体大比赛的勇气，输了就要退队这对他们来说太残酷了。最后方永旭站了出来，他也参加，输了就输了，但不能输一口气，那现在就差一个人了，一个能与体大司马南抗衡的人，除了叶枫，他们想不到其他人。

为了说服叶枫参加比赛，凌小马一直等到叶枫下课，一见叶枫走出来，凌小马便冲了上去，急着把事情说清楚。

"你这次必须出山帮我们，如果没有你，我们和司马南的比赛必定凶多吉少，你也不想最后泳队主力全都主动退队吧！"

"那是你们自己的约战，跟我无关！"既然已经想好了要退队，就一定要忍住，不能再回头了。

"你说的是人话吗？什么叫跟你没关系，叶枫，你看看现在的自己，你真的还认识他吗？那个一心想为集体取得荣誉的叶枫哪儿去了，那个照顾大家的叶枫哪儿去了？就因为一点挫折就变成这样，叶枫你还真是玻璃心啊，这样的你别说司马南了，连我都看不起你！既然你觉得无所谓，那就不劳烦你了，接着度你的假吧！哼！"还以为他能为了大家回到泳队，看来是他凌小马想错了。

没有叶枫，泳队还得再出一个人才行啊，可谁也不敢迈出这一步，眼看明天就要比赛了，如果没有人难道他们要弃赛吗？

从学校回来的叶枫也陷入了苦恼，离开泳队的日子他比谁都怀念，为了克制自己的想法，他在学校里绕着游泳馆走，在家里也不在泳池旁徘徊，虽然白天理智可以将这股思念困在思想的深渊，然而夜晚他却控制不了来自深渊的阵阵呼唤，他的细胞渴望着水，渴望着在水中浮沉。今天凌小马的一番话也真的提醒了他，现在这个自己他确实很陌生，就像一个没有灵魂的空壳，没有信仰的行尸走肉，他以为他会习惯，但实际上他没有一刻不在呼唤着，不在叫嚣着赶快醒来。他的沉睡原来只是一次不成功的自我催眠，现在该是觉醒的时候了，想到这儿，他不知不觉走到了泳池旁边，垂直扑了下去……

司马南等四个人早已经在等着他们了，然而等来的却是三个人。

"哈哈哈，我就说滨大没落了吧，连四个人的队伍都凑不起来，赶紧解散得了！"司马南一直等着看滨大的笑话，这次他们人都没有，必死无疑。

凌小马、胡彪和方永旭低头不语，他们现在把最后两棒寄托给一个人，可这样做肯定在耐力和爆发力上不及四个人，可这也是没有办法的办法。

"谁说滨大凑不起人来！"仿佛是叶枫的声音，所有人都回头看去，果然是他。

司马南没想到叶枫会来，他不是已经退队了吗？他的到来同样震慑到了体大的其他队员，来的人毕竟是叶枫啊，何况他还是从澳洲特训归来，体大的气势瞬间瘪了大半。

"我就知道你小子不会坐视不理的！"凌小马伸出了右手，手背朝上，手心朝下。紧接着胡彪和方永旭的手依次压在了上面，当大家看向叶枫时，叶枫郑重地将手放在了最上面，虽然在澳洲屡遭挫折，可他还是觉得跟队友在一起，跟泳池在一起才能重拾自信。

四个人相互看了看，会心一笑。

"加油！"

画面定格在这个激情而奋斗的时刻，这些逐梦的少年。

如果梦想只是梦想，那也是好的，就如同爱情只要还是爱情，就值得你满心期待！

9岁的凌小马，第一次出现在小姨凌洛面前，她问他："想要什么？"

"像妈妈一样游泳。"

20年后，她再次问他："想要什么？"

"游泳！"

"如果人生是一条带你去往梦想之地的河流，那么游泳就是一种无法摆脱的迷思。因为在水中，我可以看到她，那个美丽又陌生的，我的老妈。"

初心初作（后记）

李　楠

　　抬笔渐拙，颇有遗憾。此憾无奈他人，只归咎于自己的懒惰和拖延。故此放于首行，规谏自己。

　　内心深处，我是一个迷恋故事的人，爱有趣的故事，惜传奇的人物。喜欢在漫漫夜跑中，跟你的故事摩挲，和你的人物较真。看之无聊，实之有趣至极。时至今日，太会写故事的人也许会被评论家或同行看轻，但那些跌宕起伏的情节依旧让我不能自拔。极小的人物，不起眼的情绪，往往是那么地迷人。所以，我一直认为小说是有解闷功能的。只呈现不解释也不分辩，以初心为重。用朴实的文字来讲述那些不得不说的破事儿。

　　此番，这曲"破事儿"，有感而发自我的同名电视剧剧本《180度空白》。看到题目，可能并不能猜出这是一本关于体育题材的校园故事。"180度转身"，顾名思义就是在自由泳折返时，纵向翻转180度，蹬离、滑行，完整动作。医学理论上，在这180度的翻转中，大脑会出现0.1秒的空白。0.1秒不过就是眨眼工夫，而这个计量对一个游泳运动员来说，却是冠军的赛末点。选取这样鲜为人知的专业术语，更是看重它极小的度量带来无限可能的属性。这与我定位不起眼的"破事儿"，是不谋而合的。小而见大，大而容小。小说嘛，就是往小里说，却可以朝深处想，也就够了。哲学家和鸡汤君都说过，人生没有意义，小说尽在闲处。某位大家如是说，好的小说不是结构式而是生长式的。所以只要是自然而然，瞒天过海，自圆其说而没有纰漏，都让我诚然接受。

回到这本体育故事，之所以选择这样燃情的题材，无非是想说一句：每个人都在匆匆忙忙地走着自己，梦想难以梦想的，追逐难以追逐的，永远都在路上。回过头来，是否还有那份最原始的本真。激荡青春，肆意追求，无悔奋斗。如果人生是一条带你去往梦想之地的河流，那么游泳就是一种无法摆脱的追思。

一个酷爱跑步的人，因为一场雨中游泳，而选择用一群游泳逐梦少年，呈现一段动感燃情的青春岁月。这便是做此书的初衷。

这本一直被我挂在嘴边的"破事儿"小书，却是我第一本出版的小说。窃喜而不想为人知的虚荣，让我嘴上说它不起眼，但心里却爱极了它。所以，请愿谅我的口是心非。在此，感谢帮助这本小书问世的花城出版社。我们编剧团队的小伙伴，王春晓和赵欣，她们为了本书尽心尽力、创意非凡。封面的插图，出自我先生手笔，谢谢老先生出手相助。也感谢父母，永远是大树，滋养我这棵小草。

最后，感谢本书的文学编辑，我的至亲、伙伴、闺蜜、良师集一身的美女诗人、著名制片人波儿女士，你的鼓励让我坚持，你的包容融化我固执。与君相识相知，此生之幸也。你对我所有的溢美之词，我都照单全收了。那些认为漂亮女人就不专业的，是病，得治。

0.1秒短暂的空白，可谓修合无人见，存心有天知。作书作文做人，不忘初心，方得始终。